D0711009

Funded by the Houston Area Library System
with a grant from the Texas State Library
through the Texas Library System Act
(H.B. 260) and the Library Services
and Construction Act (P.L.91.600).

Andamios

Mario Benedetti

Andamios

ALFAGUARA

ANDAMIOS
© D. R. 1997, MARIO BENEDETTI

ALFAGUARA^MR

De esta edición:
© D. R. 1997, Aguilar, Altea, Taurus, Alfaguara, S.A. de C.V.
Av. Universidad 767, Col. del Valle
México, 03100, D.F. Teléfono 688 8966

- Distribuidora y Editora Aguilar, Altea, Taurus, Alfaguara, S.A.
  Calle 80 Núm. 1023. Bogotá, Colombia.
- Santillana S.A.
  Torrelaguna 60-28043. Madrid.
- Santillana S.A., Avda San Felipe 731. Lima.
- Editorial Santillana S. A.
  Av. Rómulo Gallegos, Edif. Zulia 1er. piso
  Boleita Nte. Caracas 1071. Venezuela.
- Editorial Santillana Inc.
  P.O. Box 5462 Hato Rey, Puerto Rico, 00919.
- Santillana Publishing Company Inc.
  2043 N. W. 87 th Avenue Miami, Fl., 33172 USA.
- Ediciones Santillana S.A.(ROU)
  Javier de Viana 2350, Montevideo 11200, Uruguay.
- Aguilar, Altea, Taurus, Alfaguara, S.A.
  Beazley 3860, 1437. Buenos Aires.
- Aguilar Chilena de Ediciones Ltda.
  Pedro de Valdivia 942. Santiago.
- Santillana de Costa Rica, S.A.
  Apdo. Postal 878-1150, San José 1671-2050 Costa Rica.

Primera edición en México: febrero de 1997
Quinta reimpresión: marzo de 1999

ISBN: 968-19-0328-5

Diseño: Proyecto de Enric Satué
© Cubierta: Lourdes Almeida

Impreso en México

*A Roque, Zelmar, Paco, Rodolfo y
Haroldo, exiliados para siempre
en mi memoria*

O lugar a que se volta é
sempre outro
A gare a que se volta é outra,
Ja nâo está a mesma gente, nem
a mesma luz,
nem a mesma filosofia.

FERNANDO PESSOA

y encontré el molde de unos
pies
y encontré luego el molde de un
cuerpo
y encontré luego el molde de
unas paredes
y encontré luego el molde de
una casa
que era como mi casa.

HUMBERTO MEGGET

Andamio preliminar

Hasta ahora mis novelas habían nacido sin introito, pero ocurre que no estoy muy seguro de que este libro sea una novela propiamente dicha (o propiamente escrita). Más bien lo veo como un sistema o colección de andamios. El *Diccionario de la Lengua Española* (Real Academia Española, Madrid, 1992), incluye entre otras la siguiente definición de *andamio*: "Armazón de tablones o vigas puestos horizontalmente y sostenidos en pies derechos o puentes, o de otra manera, que sirve para colocarse encima de ella y trabajar en la construcción o reparación de edificios, pintar paredes o techos, subir o bajar estatuas u otras cosas, etc. U. t. en sent. fig." (Me gustó sobre todo eso de las estatuas).

Como podrá comprobar el lector, si se anima a emprender su lectura, este libro trata de los sucesivos encuentros y desencuentros de un desexiliado que, tras varios años de obligada ausencia, retorna a su Montevideo de origen con un fardo de nostalgias, prejuicios, esperanzas y soledades. A pesar de ser yo mismo un desexiliado, advierto que no se trata de una autobiografía sino de un *puzzle* de ficción, compaginado merced a la mutación de realidades varias, casi todas ajenas o inventadas, y alguna que otra propia. Por otra parte, de ningún modo pretende ser una interpretación psicológica, sociológica ni mucho menos antropológica, de una repatriación más o menos colectiva, sino algo más lúdico y flexible: la restauración imaginaria de un regreso individual. El desexiliado de marras no se enfrenta a un conglomerado social ni a un país oficial u oficioso, sino a *su* país personal, ese que llevaba dentro de sí y lo aguardaba fuera de sí. De ahí el inevitable cotejo del país propio de antes con el país propio de ahora, del presente que fue con el presente que vendrá, visto y entrevisto desde el presente que es. El desexiliado, aunque a veces recurra a menciones tangenciales, no se detiene en variaciones políticas o meteorológicas, cotizaciones de Bolsa o resultados futbolísticos, inflaciones o deflaciones, ni siquiera en esperanzas o frustraciones de un electorado fluctuante y todavía inseguro; más bien busca sus privados puntos y pautas de referencia y aquí y allá va comprobando la validez o invalidez de sus añoranzas, como una forma rudimentaria de verificar hasta dónde y desde cuándo su país personal ha cambiado y comprobar que tampoco él es el mismo de años atrás. Como bien ha intuido Haro Tecglen, "el estado actual de la democracia es la imperfección. A veces —muy pocas— alcanza la gracia; cuando los ciudadanos adictos la aceptan como imperfecta y asumen que es un régimen en construcción continua cuyo edificio jamás estará terminado: un sistema sin final posible". Conforme. Todo "régimen en construcción continua" precisa de andamios, y más aún si "jamás estará terminado".

En ese contexto, cada capítulo de este libro puede o quiere ser un andamio, o sea un elemento restaurador, a veces distante de los otros andamios. Algunos de éstos se sostienen (Academia dixit) "en pies derechos [¿por qué no izquierdos?] y puentes" del pasado, mientras que otros inauguran nuevas apoyaturas. Todo ello anotado con la irregularidad y el picoteo de temas y criaturas que convoca la explicable curiosidad o la tímida emoción del regresado.

No piense el lector que aquí le endilgo de contrabando una reseña (auto)crítica, ni mucho menos una parrafada de autopromoción. Todo lo contrario. Se trata simplemente de avisarle, francamente y desde el vamos, que aquí no va a encontrar una novela *comm'il faut* sino, a lo sumo, una novela en 75 andamios. (Como por desgracia suele ocurrir en los soportes de madera y hierro, desde estos otros, más o menos metafóricos, puede suceder que algún personaje se precipite en un vacío espiritual.) Ahora bien, si los andamios, reales o metafóricos, no le interesan, le aconsejo al lector que cierre el libro y salga en busca de una novela de veras, vale decir de tomo y lomo.

M.B.

Montevideo-Buenos Aires,
Madrid-Puerto Pollensa,
1994-1996.

1

Fermín movió lentamente el vaso de grapa con limón y luego lo situó a la altura de sus ojos, para mirar, a través de esa transparencia, el rostro distorsionado de Javier.

—Parece mentira. Casi una hora de carretera, no siempre impecable, con el correspondiente y abusivo gasto de nafta, nada más que para tener el honor de conversar un rato con el ermitaño que volvió del frío.

—Del calor, más bien.

—Veo que no has perdido la vieja costumbre de enmendar mis lugares comunes, que, por otra parte, siempre han sido mi fuerte. La verdad, Javier, no comprendo por qué, desde que volviste, te has recluido en esta playa de mierda.

—No tan recluido. Dos veces por semana voy a Montevideo.

—Sí, en horas incómodas, cuando todos estamos laburando. O durmiendo la siesta, que es uno de los derechos humanos fundamentales.

—Ya sé que ustedes no lo entienden, pero necesito distancia, quiero reflexionar, tratar de asimilar un país que no es el mismo, y sobre todo comprender por qué yo tampoco soy el mismo.

—Quién te ha visto y quién te ve. De insumiso a anacoreta.

—Nunca fui demasiado insumiso. Al menos, no lo suficiente.

—¿Vas a seguir solo? ¿No pensás traer a Raquel?

—Eso terminó. Aunque te parezca mentira, el exilio nos unió y ahora el desexilio nos separa. Hacía tiempo que la cosa andaba mal, pero cuando la disyuntiva de volver o quedarnos se hizo perentoria, la relación de pareja se pudrió definitivamente. Quizá "pudrió" no sea el término apropiado. Tratamos de ser civilizados y separarnos amigablemente. Además está Camila.

—¿Por qué Raquel quiere quedarse? ¿Qué le ha brindado España? ¿Por qué permanecer allí es para ella más importante que seguir contigo?

—Aquí lo pasó mal.

—¿Y vos no?

—Yo también. Pero reconocé que hay una diferencia entre pasarlo mal por lo que vos hacés y pasarlo mal por lo que hizo otro. Y para ella ese otro soy yo.

—Vamos, Javier. No me vendas ni te vendas tranvías. Ni carretas de bueyes. Justamente a mí, que me sé de memoria tu currículo. A ver, confesáte con este sacerdote. ¿Qué fue eso tan grave que hiciste?

—Sólo pavadas. En cana, propiamente en cana, estuve apenas quince días, y no lo pasé tan mal. Pero en el libro de los milicos figuro siete veces. Conversaciones telefónicas, algún articulito, firmas aquí y allá. Pavadas ¿no te dije?

—¿Y Raquel?

—Raquel nada. La interrogaron tres veces. Le preguntaban sobre mí, pero a esa altura yo ya estaba fuera del país, al principio en Porto Alegre, luego en España. Muerta de miedo, la pobre. Y sin embargo los convenció de que lo ignoraba todo. La verdad es que efectivamente lo ignoraba. Quizá por eso los convenció. En cambio nunca la pude persuadir (a ella, no a la policía) de que yo no era un pez gordo, sino una simple mojarrita. Más aun, siempre creyó que yo no le confesaba mis notables misiones secretas, simplemente porque no confiaba en ella. Ahora bien, esa crisis pasó; fue difícil, pero pasó. Muy pronto nos sentimos felices por estar a salvo. Y poco después más felices aun, porque quedó embarazada, y todavía más cuando, precisamente el día que nació la nena, conseguí por fin un trabajo casi decente. No obstante, aquella vieja sospecha había quedado sin resolver. Más de una vez estuve a punto de mentirle, de inventar cualquier historia heroica que le sonara a verosímil, pero no pude. Pensé que algún día se enteraría e iba a ser mucho peor. Y además me pareció una falta de respeto hacia aquellos que sí habían arriesgado mucho. Además, en Raquel hay otro elemento que también cuenta: no tiene confianza en la invulnerabilidad de esta democracia, cree que en cualquier momento todo puede desmoronarse y no se siente con ánimo para empezar, de nuevo y desde cero, otro recorrido de angustias. Si antes fue difícil, me decía, imagináte ahora que somos doce años más viejos.

Fermín se inclinó para dejar el vaso sobre el caminero de yute y luego se acercó al ventanal. Por entre los pinos se filtraba un sol decreciente y también un trozo de la playa, totalmente desierta.

Desde su rincón de sombras preguntó Javier:

—¿Realmente te parece una playa de mierda?

—En invierno todas las playas me parecen de mierda. ¿A vos no?

—A mí me gustan en invierno casi más que en verano.

—Confirmado: anacoreta.

—Aquí podés pensar. Y es bárbaro. Casi había perdido esa costumbre y recuperarla me parece un milagro.

—No me digas que en Madrid no pensabas.

—Sólo lo imprescindible. Pensamientos cortitos, como telegramas. Miniaturas de reflexión. Apenas para salir del paso y hacerle un regate al estrés.

—¿Regate?

—Moña, *dribbling*, finta. Eso que, según dicen, hacía Julio Pérez, allá por los cincuenta.

—Ah. La próxima vez traeré un traductor.

—Mirá, Madrid es una ciudad lindísima, pero sería realmente maravillosa si la trasladaran a la costa. Es muy deprimente no ver nunca el mar.

—Aquí es río. No lo olvides.

—Ése es un mote histórico. Ridículo, además. Para mí es mar y se acabó. Vos, nacido y criado en Malvín, ¿dijiste acaso o pensaste alguna vez que vivías frente al río? Siempre te oí decir que tus ventanas daban al mar.

—Eso es semántica y no geografía.

—Pues a mí me gusta el mar semántico.

La risa de Fermín culminó en un estornudo ruidoso.

—¿Lo ves? Tengo alergia a las playas invernales.

—¿Querés que te preste un saco de lana?

—No. También soy alérgico a la lana. Y a los gatos. Y al musgo. Y al viento norte. Y al catecismo. ¿O ya no te acordás?

—Me acuerdo sí. Pero has nombrado seis, y antes eran siete alergias ¿no? Tantas como pecados capitales. ¿No habrás omitido por ventura la alergia al imperialismo?

—Ah, los viejos tiempos. Qué memoria, che. Esa alergia ya pasó de moda.

—Salvo cuando es incurable.

—Hermano, tenés que ponerte al día. Democracia es amnesia ¿no lo sabías?

Se acercó a Javier y lo abrazó.

—Me hace bien hablar contigo. Anacoreta, o más bien *Anarcoreta*, me alegro de que hayas vuelto. Debo tener los ojos llorosos ¿verdad? No sé si será por el estornudo o por tu regreso. Digamos que por ambas provocaciones.

Javier, para disimular su propia vulnerabilidad, se dedicó a servir otras dos grapas.

—Éstas van en estado de pureza. Se me acabaron los limones.

—¿Y allá qué tomabas?

—Fino. O sea jerez. Lo más parecido a la grapa es el orujo. Son casi iguales. La verdadera diferencia es la que media entre "grapa en Montevideo" y "orujo en Madrid". El contexto, que le dicen. Preferí habituarme al jerez, que no admite falsos cotejos y además no desfonda el hígado.

—Ahora decime, con franqueza: ¿cuándo te empezó la nostalgia, o al menos una nostalgia tan compulsiva como para que rompieras con Raquel?

—Ruptura no es la palabra. Implica violencia, y lo nuestro fue más suave. Doloroso sí, pero suave. Son muchos años de querernos, y querernos bien. Digamos separación.

—Digamos separación, entonces. *Replay:* ¿cuándo te empezó la nostalgia?

—Fueron varias etapas. Una primera, ésa en que te negás a deshacer las maletas (bueno, las valijas) porque tenés la ilusión de que el regreso será mañana. Todo te parece extraño, indiferente, ajeno. Cuando escuchás los noticieros, sólo ponés atención a los sucesos internacionales, esperando (inútilmente, claro) que digan algo, alguito, de tu país y de tu gente. La segunda etapa es cuando empezás a interesarte en lo que sucede a tu alrededor, en lo que prometen los políticos, en lo que no cumplen (a esa altura ya te sentís como en casa), en lo que vociferan los muros, en lo que canta la gente. Y ya que nadie te informa de cómo van Peñarol o Nacional o Wanderers o Rampla Juniors, te vas convirtiendo paulatinamente en forofo (*hincha*, digamos) del Zaragoza o del Albacete o del Tenerife, o de cualquier equipo en el que juegue un uruguayo, o por lo menos algún argentino o mexicano o chileno o brasileño. No obstante, a pesar de la adaptación paulatina, a pesar de que vas aprendiendo las acepciones locales, y ya no decís "vivo a tres *cuadras* de la Plaza de Cuzco", ni pedís en el estanco (más o menos, un *quiosco*) una caja de fósforos sino de *cerillas*, ni le preguntás a tu jefe cómo sigue el botija sino el *chaval*, y cuando el locutor dice que el *portero* (o sea el golero) "*encajó* un gol" sabés que eso no quiere decir que él lo hizo sino que se lo hicieron; cuando ya te has metido a codazos en la selva semántica, igual te siguen angustiando, en el recodo más cursi del almita, el goce y el dolor de lo que dejaste, incluidos el dulce de leche, el fainá, la humareda de los cafés y hasta la calima de la Vía Láctea, tan puntillosa en nuestro firmamento y, por obvias razones cosmogónicas o cosmográficas, tan ausente en el cielo europeo. No obstante, *as time goes by* (te lo dice Javier Bogart) por fin se borran las vedas políticas que te impedían el regreso. Sólo entonces se abre la tercera y definitiva etapa, y ahí sí empieza la comezón lujuriosa y casi absurda, el miedo a perder la bendita identidad, la coacción en el *cuore* y la campanita en el cerebro. Y aunque sos consciente de que la operación no será una hazaña ni un jubileo, la vuelta a casa se te va volviendo imprescindible.

—Mirá lo que son las cosas. Mientras vos te enfrentabas allá con tus nostalgias completas, yo y unos cuantos más estábamos aquí locos por irnos.

—Siempre andamos a contramano.

—Nada es fácil.

—Nada. En mi caso particular, reconozco que, pese a toda mi obsesión por volver, no habría podido hacerlo sin ese golpe de suerte que me desenredó el futuro.

—¿De qué tío abuelo heredaste?

—¡Cómo! ¿No sabías que gané un montón de pasta (o sea de guita) con la pintura?

—¿Pintor vos? ¿De cuadros o de paredes?

—Cuadros. Pintados por otros, claro. Te cuento. Durante un tiempo estuve trabajando en una empresa de importación/exportación. Y como me defiendo en varios idiomas (inglés, francés, italiano), me mandaban con cierta frecuencia a otros países europeos. Una tarde, en Lyon, me topé con un mendocino (no lo conocía de antes, pero resultó que era amigo de otro amigo al que sí yo conocía) y fuimos a cenar a un restorán chino. Hacía como ocho años que él vivía en Francia, no en Lyon sino en Marsella. ¿Sabés con qué se ganaba la vida? Pues vendiendo en Francia cuadros de pintores que conseguía por ahí, en otros países europeos; pintores franceses poco menos que desconocidos en el exterior pero sí valorados en las galerías de París o Marsella. Los compraba por una bicoca, y luego los vendía a muy buen precio en Francia. Y fue generoso, me prestó la idea: "¿Por qué no te dedicás a algo así, pero con pintores españoles? A mí dejáme los franceses ¿eh?". Creo que no fue una operación consciente, pero es obvio que el plan del mendocino me quedó archivado en el disco duro del marote. Al poco tiempo la empresa me envió a Italia y fue mi primer viaje exploratorio. En los ratos libres empecé a hurgar, no en las elegantes galerías de Via Condotti o Via del Babuino sino en las ferias y en los seudoanticuarios de baja ralea, cuyos propietarios a veces ni se enteran de alguna que otra maravilla, perdida en medio de su caos. Por supuesto, era como buscar una aguja en un pajar, pero esa vez el azar me llevó de la mano hasta un óleo que estaba arrinconado y cubierto de polvo. Me acerqué porque me pareció un Blanes Viale. Pero me equivoqué. Era un paisaje costero y en el ángulo inferior izquierdo la firma era legible: H. Anglada Camarasa. Desde la primera vez que había visto en Puerto Pollensa un cuadro de este pintor (nacido en Barcelona, 1871, pero residente por

33 años en Mallorca), me convertí en un fiel adicto a su pintura, de modo que conocía bien su estilo y sus modalidades, bastante cercanas por cierto a Blanes Viale. Para no despertar las sospechas del desenterado propietario, adquirí aquel Anglada junto con dos porquerías, que abandoné tres cuadras más adelante en un contenedor de basura. El precio del paisaje era irrisorio. Una vez en el hotel, le quité el marco, con bastantes dificultades pude enrollar la tela y finalmente la metí en un tubo. No volé directamente a Madrid sino a Palma de Mallorca, que es donde más valoran las obras de Anglada. Tengo allí varios amigos (incluido un compatriota), que están bien relacionados con el mundo del arte. A todos les sorprendió el hallazgo. Al parecer era un cuadro al que se le había perdido la pista. En 24 horas consiguieron un comprador, y, previo el pago de comisión al intermediario, pude embolsarme el equivalente a casi 20 mil dólares. Ése fue el comienzo. De a poco me fui convirtiendo en un especialista en Anglada Camarasa (en Palma hay un museo estupendo con buena parte de su obra) y tan buen resultado me dio ese filón, que poco tiempo después, y aunque Raquel me repetía hasta el cansancio que era una locura, dejé mi empleo y me dediqué con ahínco a la pesquisa de sus obras. Mi campo de operaciones siguió siendo Roma, aunque luego lo amplié a Nápoles, Salerno y hasta a Palermo. Siempre con Anglada. Fui vendiendo los cuadros no sólo en Mallorca sino también en Barcelona y Madrid. En Florencia hallé asimismo (y eso sí fue una sorpresa) un Blanes Viale, pero ése no lo vendí en Mallorca sino que lo traje conmigo a Montevideo y aquí encontré un barraquero interesado. Por desgracia, nunca encontré un Klimt polvoriento e ignorado, pero reconozco que mi afición por Anglada me proporcionó un buen capital. Pude hacer algunas seguras y rendidoras inversiones. Ahí nomás organicé el despegue. Raquel y yo tuvimos

una ardua e interminable confrontación. No quiso volver. Por nada del mundo. Quizá encontró por fin el pretexto válido para terminar con una situación que estaba pudriendo nuestra convivencia. Dividimos la guita, de modo que en ese aspecto me quedé tranquilo. Pudo comprar un apartamento y no pasarán apuros, ni ella ni Camila. Además, animada por mi éxito, Raquel abrió una galería de arte y le va bien. Desde aquí la ayudaré, siempre que pueda. Y en las vacaciones me mandará a Camila. Por otra parte, quedó establecido que nos escribiríamos regularmente y con toda franqueza.

—¿Y cuál es tu proyecto?

—La casa de Montevideo la perdí, por razones obvias, pero me queda ésta. Como ves, no se deterioró demasiado, gracias a que en todos estos años la ocupó un matrimonio amigo, que justamente ahora se radicó en Florianópolis. Así que vivienda, la tengo segura. Ya sabés que instalé un videoclub en Punta Carretas, más para ayudar al hijo de un amigo (el flaco Rueda ¿te acordás?) que para sacar algún provecho. Y eso anda bastante bien. Habrás visto que todos los videoclubes trabajan casi exclusivamente con dos ramas: violencia pornográfica o pornografía violenta. No son sinónimos, tienen matices que los diferencian. Pues bien, pensé que una ciudad como Montevideo, que tuvo hace treinta o cuarenta años una buena y exigente cultura cinematográfica, no podía haberla perdido por completo. Y entonces abrí un videoclub nada más que de buen cine. No hicimos publicidad (el negocio no da para tanto) pero se fue corriendo la voz y estamos trabajando cada día mejor. Voy dos veces por semana, normalmente los viernes y los sábados, porque en esos días el botija Rueda y su noviecita no dan abasto. Ahora trabajan con más comodidad y eficacia, porque les instalé una computadora. Es estimulante ver cómo la gente llega preguntando por Fellini,

Visconti, Bergman, Buñuel, Welles, etcétera, y (ahora
que por fin somos latinoamericanos) también por
Gutiérrez Alea, Glauber Rocha, Leduc, Aristarain o
Subiela. Tenés que ver la reacción (para mí, inesperada) de algunos chicos, que nunca habían visto *La strada*,
El ciudadano, *El verdugo* o *Umberto D.* Me alegra que
eso les guste y hasta les asombre. Más aún: algunos de
ellos se enfrentan al blanco y negro casi con la misma
curiosidad que tuvieron nuestros viejos cuando se
enfrentaron al tecnicolor de Natalia Kalmus.

—O sea que sos un *boom*.

—Algo mucho más modesto: un nostálgico del
buen cine.

—¿Y con esa nostalgia te alcanza para vivir?

—Con eso, más algo de intereses de lo que
quedó después de la partición. También conseguí una
corresponsalía para el Río de la Plata de una agencia
de segunda categoría, radicada en Madrid. No pagan
bien, pero tampoco exigen mucho. Y me sirve para
no perder la mano periodística. Además, tené en cuenta que viviendo aquí no pago alquiler. Ni tengo auto.
Viajo en ómnibus, que me deja a una cuadra.

—Seré curioso. Esta franja de la costa ¿no se
llamaba antes El Arrayán?

—Sí, pero a la compañía que adjudicaba los
solares le pareció una etiqueta poco vendedora. Algún gerente debe haber pensado que aquí nadie sabe
qué es un arrayán, y el muy tarado lo cambió por
Nueva Beach. Al parecer inicialmente estuvieron barajando otros nombres como South Beach y New
Beach, pero un último escrúpulo les hizo no perder
del todo la raíz hispánica y le pusieron Nueva Beach.

—Que suena como el culo.

—Y ni siquiera somos originales. En España
irrumpió en el mercado una nueva cerveza que lleva
como distintivo: New Botella.

—¿Te has relacionado con los vecinos?

—No demasiado. Esto no es una casa de apartamentos. Y menos aun en invierno. Hay gente que vive aquí todo el año pero otros llegan sólo los fines de semana, y si el tiempo está malo, ni siquiera eso. Además, sólo hace dos meses que me instalé. Con todo, a veces converso un rato con la pareja de jubilados que vive al lado, en esa casita con techo de tejas. Parecen buena gente. Entre otras cosas, me van a conseguir un perro. Aquí es indispensable. Tengo ese muro, que por lo común desanima a los rateros adolescentes, pero no a los verdaderamente idóneos. Claro que esto no es Carrasco, aquello les atrae más. Por suerte.

Fermín bostezó con cierta rara pujanza. Como si el bostezo formara parte de una calistenia.

—No es que tenga sueño ni que me aburra. Es la jodida hora del ángelus.

—¿Te bajó la tristeza?

—Vamos, che. Ni que fuera la regla.

Fermín se levantó y se puso a mirar el único cuadro que decoraba la pared del fondo.

—¿Éste también forma parte de tu cosecha italiana?

—Sí, es un Anglada. Lo conseguí en Milán. Pertenece a la serie "Rayo de sol. Bahía de Pollensa". Después de que pasaran tantos por mis manos, me hice este regalo. Por suerte es un óleo sobre tela y no sobre tabla, y por eso me resultó más fácil de trasladar. Lo elegí por dos razones: una, que me encanta como pintura, y dos, que reproduce la bahía de Pollensa, en Mallorca, uno de los lugares de España que siempre he preferido.

Por primera vez se produjo un silencio prolongado. Desde la costa llegó, amortiguado por la distancia, el graznido de alguna gaviota rezagada.

—La semana pasada —dijo de pronto Fermín— tuvimos una reunioncita en lo del viejo Leandro. Te adelanto que varios de los que asistieron, incluido el viejo, expresaron su intención de visitarte. No sé si lo harán en barra o de a uno, pero van a venir: Sonia, Gaspar, Lorenzo, Rocío.

—¿Conspirando otra vez?

—No, viejo. Eso se acabó. Pero quedó algo, algo que nos une. A veces recordamos. Cosas. Cositas. Peliagudas cositas. Nos animamos, nos reímos un poco. De pronto nos cae la tristeza. Como en esta jodida hora del ángelus. Pero el problema es que la tristeza nos cae a cualquier hora. Tenemos ángelus del desayuno, ángelus del mediodía y ángelus del ángelus. No te niego que es bueno saber que estamos vivos y a salvo. ¿A salvo? Es un decir, comentaría el escepticismo de tu Raquel. Siempre hay un auto quemado, una cruz gamada en algún muro, simples recordatorios de que están ahí, probablemente leyendo el horóscopo para ver si vuelven los tiempos propicios.

—Tengo muchas ganas de ver a todo el grupo. Pero no sabía cómo localizarlos. Intenté algunas llamadas a viejos números. Pero responden voces extrañas. Ni siquiera sabía si se habían ido, si se habían quedado o si habían vuelto.

—Sonia estuvo dos años en Mendoza. Gaspar consiguió un trabajo en San Pablo. Pero ya hace un tiempo que volvieron. Leandro, Rocío y Lorenzo no se fueron. Yo también me quedé. Justamente estuvimos hablando de esos años fuleros. Un repaso de la historia más o menos patria. Si habíamos hecho bien o mal en quedarnos. O en irnos. A esta altura, quienes nos quedamos creo que hicimos mal. Al menos nos habríamos librado de la cana y de todo lo que ella trajo consigo. Pero no todos piensan así. Nosotros no, pero hay quienes hasta reciben mal a los que regresan. Quizá sea, en el fondo, una forma oblicua de reconocer que ellos también debieron irse.

—¿Cómo está Rocío? ¿Se ha repuesto?

—Bastante. Es una tipa muy vital. Pero diez años de cana son muchos años. Nunca habla de esa temporada más bien horrible. Ni nosotros se lo preguntamos. Hicieron todo lo posible por reventarla, por enloquecerla. Y ella aguantó. Pero nada de eso sucede en vano.

—¿Y vos?

—¿Yo? A mí tampoco me gusta rememorar.

—Tenés razón. Disculpáme.

—No importa. Con vos no importa. Físicamente salí mal, con un diagnóstico de cáncer ¿sabés? Muchos salimos de allí con esa etiqueta. Los médicos dicen que, en la mayoría de los casos, es una consecuencia de las biabas, que fueron muchas y muy perfeccionistas. Desde entonces he estado en tratamiento y parece que el proceso se ha detenido. En realidad, me siento bien. Volví a dar clases en Secundaria. El trabajo siempre ayuda. Ver diariamente los rostros de los pibes, más inocentes de lo que ellos creen, eso me estimula. Siempre se puede hacer algo, inculcar alguna duda saludable, sembrar una semillita, eso sí, todo con mucho cuidado. Como sabés, doy literatura, y afortunadamente los clásicos siempre fueron bastante subversivos. El Siglo de Oro, especialmente, es una jauja. Me encantan esos tipos, los esquives que le hacen a la censura y otras inquisiciones. El día que volví a dar clases, empecé, en homenaje a Fray Luis: "Decíamos ayer".

—¿Y Rosario?

—Ahora estamos bien. Pero te confieso que también en ese aspecto la reinserción no fue fácil. Diez años son diez años. Dejaron huellas. En ella y en mí. Aunque te parezca mentira, creo que tuvimos que reenamorarnos, empezando ahí también desde cero. O desde menos cinco. Porque Rosario es otra y yo soy otro. Por suerte, desde ambas otredades volvimos a gustarnos. Con los chicos fue más difícil. Fijáte que, cuando me llevaron, Dieguito tenía cinco años y cuando salí tenía quince, todo un hombre. Muchos besos, muchos abrazos, muchas lágrimas, pero te das cuenta de que en el fondo sienten que los abandonaste. Aunque comprendan el motivo y hasta lo compartan. Pero los abandonaste. Diez años de abandono. Es demasiado. El verano pasado decidí tomar el toro por las guampas. Era una noche cálida, serena, llena de estrellas, con sólo los gatos maullando de amor. Me llevé al botija a la azotea y allí, iluminados por una luna veterana, todo fue más fácil. Yo admití mi responsabilidad, mi tronco de culpa, y él asumió su incomprensión, su astilla de egoísmo. Fue lindo. Desde entonces, todo va mejor. Así y todo, noche a noche me aturde con su rock imposible. Pero ahí no me meto. Cada uno es dueño de su propia catarsis y de sus propios tímpanos. Lo malo es que aporrea los tímpanos ajenos, incluidos los de este servidor, y mi catarsis huye despavorida.

—No sé si es bueno que no hablemos del pasado entre nosotros, porque, de lo contrario, ¿con quién vamos a hablar? Tengo la impresión de que para los chicos de ahora somos cliptodontes, seres antediluvianos. En España, por ejemplo, ya casi no se habla del franquismo. Ni a favor (salvo uno que otro taxista) ni en contra. La derecha no habla a favor, porque ha aprendido de apuro un dialecto más o menos democrático y, en un momento en que tiene la obsesión de ser centro y de privatizarlo todo, hasta a Jesucristo, no quiere que le recuerden su querido apocalipsis. En cuanto a la izquierda, cierta parte no habla en contra para que no la tilden de rencorosa o vengativa, pero otra porción se calla porque también se ha encandilado con el centro. Hay tantos marxistas que reniegan de Marx como cristianos que abominan de Cristo. John Updike cuenta en su autobiografía que a su abuelo, todo un erudito, la familia le tomaba el pelo diciendo que "sabía estar callado en doce idiomas". Pues bien, ahora ha proliferado otro tipo de silenciosos, que saben estar callados en tres o cuatro ideologías.

—Te retruco con Borges, que si bien dijo muchas lúcidas gansadas a lo largo de su ceguera, las fue compensando con visiones geniales como ésta: "Una cosa no hay, y es el olvido".

—Es cierto, ¿pero te has preguntado de qué sirve no olvidar? Después de todo, a Borges le era más fácil porque, como buen ciego, vivía y sobrevivía gracias a su memoria, que precisamente es el no olvido.

—Te confieso que a mí me sirve no olvidar. Es una zona triste, lúgubre, pero imprescindible. Lo peor que podría sobrevenirme es una amnesia.

—A veces hablás como un personaje de Henry James que hubiera leído al primer Onetti.

—Algo cronológicamente imposible.

—Y por eso más sabroso.

—*Ego te absolvo.*

No recordaba haber visto un horizonte dibujado con tanta nitidez. Como trazado con un tiralíneas. Así, desierta, la playa tenía cierta dignidad. Entre la costa vacante y la lejanía, un poco más acá del horizonte, la procesión de toninas giraba sobre sí misma. Javier aspiró con fruición aquel aire salitroso. Y, casi sin proponérselo, empezó a bajar. A bajar por la pendiente de la memoria.

En otra playa, más al Este, quizá con una franja más ancha de arena y con un horizonte no tan finamente trazado, con treinta años menos, claro, había conocido a Raquel. Bien instalada en la adolescencia, con un aura de virginidad que todavía se usaba a mediados de los sesenta, discretamente custodiada por hermanos y hermanas, primos y primas, y no demasiado consciente de su desbordante simpatía y de su cuerpo recién acabado de moldear, nerviosa cuando se recogía el pelo negro y tranquila cuando se sabía mirada y admirada por los codiciosos fornidos de fin de semana, Raquel tenía un modo casi melancólico de coquetear. Cuando se desplazaba entre las dunas, lo hacía muy derechita, sin bambolear el trasero como sus primas querendonas ni acariciarse morosamente los muslos con el pretexto de quitarse la arena. Miraba y frecuentaba a los muchachos casi como otro muchacho, pero era consciente de que ellos sabían establecer la diferencia. La institución del *topless* era todavía algo inconcebible, pero imaginar lo medianamente oculto era un estimulante ejercicio y una constante revelación, de modo que cada uno de los atléticos mirones creaba su visión personal de aquellos pechitos candorosos, apenas cubiertos por una malla verde que hacía juego con sus ojos esmeralda y esbozaba, con dos leves promontorios, los pezones prematuramente enhiestos.

Frente a ese despliegue de seducción e inocencia, Javier había empezado a enamorarse. No obstante, se resistía todo lo que podía, ya que estaba convencido de que Raquel no le concedía la menor importancia, y que, en todo caso, era Marcial (un musculoso que años después iba a consagrarse vicecampeón nacional en 400 metros llanos) quien recibía sus muestras de atención. Javier acabó archivando sus secretas pretensiones cierta luminosa mañana en que asistió por azar a un encuentro no programado del musculoso y la bella. Ambos estaban junto a la orilla, apenas a dos metros de Javier. El agua mojaba los grandes y toscos pies de Marcial y los breves y perfectos de ella, y cuando el futuro vicecampeón preguntó, entrador: "¿Qué te pasa que hoy estás tan linda?", ella enrojeció tan visiblemente que Javier sintió que el ánimo le bajaba hasta los meniscos, y, simulando indiferencia, se puso a caminar con parsimonia, como si intentara pisar las olitas que morían entre cantos rodados. De vez en cuando recogía alguno y lo arrojaba al mar con toda su fuerza, como quien se desprende de ilusiones, de sentimientos, de algo así.

Dos gaviotas que desfloraron su soledad y quebraron la mansedumbre del crepúsculo, tironearon de nuevo a Javier hasta su presente de recién regresado. Pensó en otra (o la misma) Raquel, la que había quedado en Madrid. Sintió frío en los hombros, en el estómago, en las rodillas. Las mujeres, las pocas mujeres de su vida, le habían dado calor, y ahora echaba de menos esos brazos, esos vientres, esos labios, esas piernas.

—¡Javier! ¡Javier!

A Javier le pareció que el llamado procedía de un grupito que estaba junto al quiosco, en Dieciocho y Convención, pero le costó individualizar al gritón. Sólo cuando un tipo de campera y boina alzó y agitó los brazos, pudo reconocer la corpulencia de Gaspar, pero éste ya se acercaba corriendo.

—¡Cretino! Menos mal que te encuentro en la calle, porque al parecer no frecuentás a los amigos de antaño. Ya me contó Fermín que estás viviendo en una playa insulsa, más solitario que una ostra viuda.

Sólo cuando pudo desprenderse del abrazo constrictor del amigo reencontrado y sobre todo cuando comprobó que no le había quebrado ningún hueso, Javier estuvo en condiciones de festejar lo de la ostra viuda.

—En España dicen más solo que la una.

Gaspar lo miró con detenimiento, como verificando las huellas que diez años de exilio habían dejado en el viejo compinche.

—Te conservás bastante bien, Malambo. Siete u ocho canas y nada más. Se ve que el duro caviar del exilio te sentó divinamente.

—No jodas.

—¿A que no sabés qué miraba toda esa gente? En esta esquina siempre se instalan dos tipos con el jueguito de la mosqueta. Hoy la candidata fue una pobre vieja. Le birlaron quinientos. De los nuevos. Esta semana no comeré, dijo la veterana, pero no lloró. Más bien asumió su puto destino, o sea su inocencia y/o bobería, con la misma entereza que una heroína de Sófocles o del Far West. Casi lloro yo por ella.

—Vos también te mantenés en línea. Se ve que el tierno churrasquito doméstico te sentó bárbaro.

—Te dolió ¿eh? lo del caviar. No me hagas caso. Yo también me las tomé. Estuve un par de años en Brasil. No me fue mal. Los fotógrafos siempre somos necesarios. Alguien tiene que retratar a los políticos con la boca abierta, eso siempre les da bronca. Y yo me he vuelto un especialista. Se les ve hasta la campanilla.

Como disculpa y para anular todo rencor, un nuevo abrazo. Esta vez sí creyó Javier que el buen amigo le había roto una costilla, pero fue una falsa alarma.

Ambos tenían tiempo disponible, así que decidieron meterse en el Manhattan. Había que ponerse al día. Gaspar pidió un cortado y un sandwich caliente; Javier, una cerveza y dos porciones de fainá. De la orilla, por favor.

—El fainá fue siempre una de mis nostalgias y no había caviar que compensara su ausencia. En Madrid no se consigue harina de garbanzos. Una vez estuve a punto de obtenerla, pero sólo a punto. Supimos que viajaba a España un primo de Raquel. Le pedimos que nos trajera un kilo. Y lo trajo. Pobre desgraciado. En Barajas un funcionario llenapelotas, de esos que se saben de memoria la Ley de Extranjería, le revisó el equipaje y creyó que aquello era cocaína. Imagínate: un kilo de blanca, en estado de pureza, toda una fortuna. Para peor el viajero era joven, algo imperdonable. Menos mal que llamaron a uno de la Técnica y este bendito había oído hablar del fainá y por ende de la harina de garbanzos. Incluso hizo gala de su cultura culinaria: algo así como lo que en el sur de Italia llaman la torta de *cece*, ¿no es verdad? Y por fin el primo pudo pasar. Es claro que nunca más pedimos que nos trajeran esa mala imitación de la coca. Para colmo, cuando Raquel se puso a hacer fainá, algo anduvo mal y se le quemó en el horno. Hice entonces una mala broma, que no fue bien recibida por el primo: che, ¿sería efectivamente harina de garbanzos?, ¿estás seguro de que no era coca?

—A propósito, me dijo Fermín que vos y Raquel...

—Sí.

—Lástima ¿no?

—Sí.

Javier no estaba en ánimo de explicar a todos sus amigos, uno por uno, cuál era su situación conyugal.

Por su parte, Gaspar advirtió que no era el momento de profundizar en el tema. El propio Javier lo extrajo del pozo.

—¿Y vos? ¿Qué hacés ahora? Por el alarido que pegaste hace un rato, me pareció entender que ya no estás en la clandestinidad.

La potente risotada del otro hizo que el cajero mirara, azorado.

—¿Te acordás de aquella etapa delirante? Cuando íbamos a lo del Neme.

—Decíamos Neme como si se tratara de un *nom de guerre*. Y se llamaba Nemesio. ¿Quién se llama Nemesio en estos días?

—Sí, ¿quién se llama Nemesio tras la caída del Muro?

—Y tras la guerra del Golfo.

—Y el asedio a Sarajevo.

—Y las masacres de Ruanda.

—Y la IV Cumbre de Cartagena.

—Y la V de Bariloche.

—Y el ocaso de la *ch* y la *elle*.

—Y la defensa patriótica de la *eñe*.

—Y los dos pases del siglo: Maradona a Boca y Hugo Batalla al Partido Colorado.

—Y el supermercado del condón.

—¡Baaaasta!

—Bueno, basta. Pero cuando nos citábamos en lo del Neme, allá en el Prado, había que tomar un taxi, luego un autobús, después otro taxi, seis cuadras a pie y por último un trole, todo para despistar a la cana. Y mirá vos, la cana estaba en otra cosa.

—¿En qué otra cosa?

—Ah no, viejo. No diré una palabra sin la presencia de mi abogado, que, dicho sea de paso, se fue a Italia y no volvió. Me chismearon que integra el equipo asesor de Berlusconi. Otros, más discretos, lo ubican como experto en la ardua tarea de conchabar niñas orientales con destino al meretricio en Milán.

—¿Meretricio? Debe hacer veinte años que no oía una denominación tan apolillada.

—Fuera de bromas, te aseguro que yo nunca doy crédito a calumnias tan verosímiles.

—¿Qué se habrá hecho del Neme? ¿Sabés algo?

—Ocho años en cana. En Libertad, nada menos. Asistencia a la asociación para delinquir. Y no precisamente por lo del Prado. Salió bien de ánimo, pero físicamente destruido. A los seis meses le falló el *bobo*.

—La puta madre. Todos los días me entero de algo.

—Sí, la puta madre. Y te seguirás enterando.

—Neme, Nemesio, Némesis.

—Eso dijimos aquella tarde, en el del Norte.

—Némesis: venganza. ¿De quién y contra quién?

—La venganza siempre viene de arriba. Cuando los de abajo queremos vengarnos, nos revientan. Inexorablemente.

—¿Será por eso que yo me aburro de mis rencores?

—Puede ser. Yo en cambio los riego todas las
tardes. Y es la única herencia que le dejaré a mi hijo:
que los siga regando.

4

En aquel modesto colegio de Villa Muñoz enseñaban diez o doce maestras. Y sólo un maestro. Cuarentón, de mediana estatura, canoso que había sido rubio, manos grandes con dedos afilados como dicen que usan los pianistas, pecoso pero no demasiado, con pantalones anchos y campera estrecha pero de marca, tal vez heredada de algún pariente próspero, fumador empedernido pero nunca en clase, con zapatos trajinados pero siempre lustrosos, y una voz agradable, más bien grave, ante la cual era imposible distraerse.

De nombre, Ángelo Casas. Ojo: Ángelo, no Ángel. Igual que su abuelo de Udine. Los muchachos le decían "don Ángelo" o simplemente "maestro". Todos lo querían, pero Javier lo quería más. Tal vez porque era huérfano y, en su andamiaje personal, don Ángelo venía a ocupar el lugar del padre. Lo cierto era que en clase Javier ponía el máximo de atención, aun en aquellas mañanas en que el maestro se dedicaba a leer las rondas de Gabriela Mistral, algo que siempre lo aburría. Dame la mano y danzaremos; dame la mano y me amarás. Años después aprendió a disfrutar de la "otra" Gabriela, la de *Desolación*, pero en aquel entonces apenas si disculpaba esa insistencia poco menos que obligatoria, sabedor de que una vez al mes no había más remedio: debían cantar a coro con las otras clases, en un alarde de empalago colectivo. Podían haber elegido, por ejemplo, a Juan Cunha. Desde que había encontrado un ejemplar de *Triple tentativa* en la biblioteca del tío Eusebio ("Un gato por la azotea. / La noche, parda también. / Un gato por el pretil: / Con su sombra, ya eran dos; / Y, contándole la cola, / Podía pasar por tres."), Javier se había convertido en un devoto de Cunha, aunque éste no escribiera rondas infantiles. La poesía especialmente escrita para niños le producía alergia o más bien un tedio insoportable. Estos autores deben creer que los niños somos idiotas, murmuraba, que sólo entendemos los diminutivos. Y dale con el perrito, el gatito, el lorito, la nenita, el papito. Juan Cunha no, escribía en serio y sin diminutivos.

No obstante, y a pesar de las rondas, a Javier le gustaba don Ángelo. El maestro no hablaba nunca de su vida personal. Pero poco a poco ellos habían ido averiguando algunos pormenores. Vivía a siete u ocho cuadras del colegio. Todavía no sabían si era soltero, viudo o divorciado. Pero no tenía hijos. En la casa (jardincito, fondo con gallinas, patio descubierto y con glorieta) sólo residían él y su madre. No habían averiguado quién era el huésped y quién el anfitrión. La madre era alta y delgada, muy activa. Algunas tardes se sentaba a leer en el jardincito y otras veces se entretenía en aporrear un viejo piano que tenían en la salita, junto al balcón. Su repertorio se componía de milongas criollas, algún chamamé (su preferido era *El rancho de la cambicha*) y sobre todo canzonetas napolitanas (*O sole mio, Catarí*), pero no cantaba, simplemente tecleaba la melodía, cortedad que el vecindario (sin decírselo, claro) le agradecía.

A los pocos meses de conocer al maestro, y sobre todo después de enterarse de que tenía madre pero no mujer, a Javier le vino una inspiración. ¡Su madre, claro! ¿Cómo no se le había ocurrido antes? Su madre llevaba varios años de viudez, era joven aún y al menos a Javier le parecía linda. Y simpática. Y alegre. Una persona que sabía reírse. Y contagiaba la risa. Cuando el padre de Javier murió, Nieves había pasado dos años sin reírse. Toda la casa callaba, primero de rabia y después de tristeza. Sin la alegría de Nieves, aquello no era hogar. Ni familia. Gervasio y Fernanda, los dos hermanos mayores de Javier, no paraban en casa. Esto es un velorio, decían. Y fue precisamente gracias a Javier, que la madre recuperó su risa.

A Javier le atraía la historia y, aunque nada de eso figuraba en los programas de primaria, siempre conseguía que alguien le prestara manuales sobre Egipto, Grecia, Roma, etcétera, y a menudo escribía breves resúmenes sobre figuras como Alejandro Magno o Julio César y hasta dibujaba prolijamente mapas que luego mostraba a don Ángelo, que siempre lo estimulaba pero no dejaba de corregirle los errores. En cierta ocasión estuvo diez días trazando un complicado mapa sobre las guerras púnicas y en el ángulo superior izquierdo dejó libre un recuadro para dibujar el título. Cuando hubo concluido la faena y antes de llevárselo al maestro, se lo mostró a Nieves y ahí fue cuando ella recuperó su risa. Porque el título del vistoso recuadro decía *gerras púnicas*. "¿Dónde dejaste la U?", preguntó la madre en mitad de su risa, pero en seguida se arrepintió porque la expresión de Javier era de casi llanto. Quiso enmendarla y fue peor: "Pero, Javier, el mapa está lindísimo y, después de todo, el título lo podés corregir. Dibujás otro recuadro y lo pegás encima y así podés llevárselo al maestro". "No", murmuró Javier, "quedaría muy desprolijo". Y en medio de su tercer puchero pudo esbozar una sonrisa. "Al menos sirvió para que volvieras a reír, Nieves." Siempre la llamaba por su nombre. Le parecía ridículo decirle mamá o mami. Entonces Nieves lo abrazó, porque era cierto, había recobrado su risa y se sentía mejor, mucho mejor, como si hubiera recobrado también su identidad. "También tu padre disfrutaba cuando yo reía. Pero en todo este tiempo no podía, no es que me lo propusiera, sencillamente no podía. Fijáte que mi luto no fue vestirme de negro sino quedarme sin risa. Y ahora por suerte volví a reír. Gracias a vos, Javier." Pero él no le llevó al maestro sus *gerras púnicas* ni tampoco rehIzo el recuadro con el título mutilado. Arrolló cuidadosamente el mapa, lo sujetó con una banda elástica, lo metió en el ropero y allí quedó.

Sin embargo, ese episodio terminó de convencerlo de que su proyecto era viable. Era esencial que don Ángelo y Nieves se casaran. Es claro que, como primera medida, tenían que conocerse, y eso no era tan fácil. Según la peculiar e interesada óptica de Javier, hacían muy buena pareja. Y además cumplían con los requisitos que siempre había escuchado como imprescindibles. Él era un poco más alto que ella, digamos unos diez centímetros. Tres años más viejo. Y ambos eran flacos, o sea que no tendrían que hacer tratamiento para adelgazar.

Tuvo que esperar tres meses, exactamente hasta la fiestita de fin de cursos. Nieves no quería ir, estaba muy ocupada con unos arreglos de la casa. Tampoco prometieron concurrir los hermanos de Javier.

—Nunca insististe para que fuéramos a esa basura de fiesta. ¿Qué bicho te ha picado este año?

Javier aceptó que sus hermanos le negaran apoyo, pero su asedio a la madre se volvió poco menos que insoportable.

—Van a asistir todas las madres, sólo vos vas a faltar, don Ángelo se va a ofender.

—Pero, Javier, si el maestro es tan bueno como vos siempre me contás, no se va a molestar porque falte una de las madres, sobre todo si vos le explicás que tengo mucho trabajo en la casa.

—No, Nieves, no lo va a entender, porque durante el año me trató muy bien, me ayudó muchísimo, me ha inculcado [dijo así: inculcado] el gusto por la lectura, si te fijás tengo mucho mejores notas que en años anteriores, cuando sólo tuve maestras.

Y se puso solemne para añadir un argumento irrebatible:

—Y eso, todo eso, una madre tiene que agradecerlo.

Paradójicamente, fue esa última cursilería la que convenció a Nieves y decidió ir a la fiestita.

¡Y Nieves y don Ángelo al fin se conocieron! Javier los distinguía desde lejos (no podía estar con ellos, porque participaba en el *acto artístico*, recitando tres sonetos, de quién iba a ser, de Juan Cunha), veía que conversaban animadamente y fue concibiendo tantas esperanzas, que al final trabucó dos tercetos de su poeta dilecto, aunque por fortuna nadie se dio cuenta.

Cuando estuvieron de vuelta en la casa, Javier, radiante, se enfrentó a Nieves: ¿Y qué tal? ¿Qué le había parecido el maestro? Nieves hizo un extraño movimiento (que para el hijo resultó indescifrable) con las manos y dijo que parecía buena gente, que era amable, que indudablemente disfrutaba enseñando, pero cuando se saludaron se dio cuenta de que tenía las manos húmedas, como sudadas a pesar del aire fresco, y ella siempre había sentido un inevitable rechazo hacia las personas con las manos sudadas.

—Pero, Javier, no te preocupes, eso es sólo una manía personal y estoy segura de que don Ángelo es un maestro excelente.

Javier bajó los ojos, se miró las puntas de sus zapatos de domingo, que aún conservaban un poco de la tierra roja del patio del colegio. Y así, mediante un suspiro profundo y desolado, puso punto final a uno de los más ambiciosos proyectos de su vida.

5

Javier: aquí estamos, Camila y yo, acostumbrándonos de a poco a que no estés con nosotras. Para quererte, para odiarte, para hacerte la tortilla española de tus amores, para mirar el *Informe semanal* de TVI o para indignarnos con el abusivo hipnotizador en el programa de Rafaella Carrá, y sobre todo para suplantarte en la responsabilidad de llevar al Garufa hasta el parquecito y aguardar a que él se reencuentre con su árbol preferido y le endilgue sus aguas menores y mayores y también para que el pobre dragonee a las perras del barrio y afine sus preferencias para cuando ellas estén por fin en celo. Hoy estuve reflexionando acerca de si esa disponibilidad limitada de las hembras caninas es ventaja o desventaja en comparación con el salvoconducto más amplio de las hembras humanas. Y no llegué a ninguna conclusión. Todo tiene sus pros y sus contras. Ahora por ejemplo no estoy en celo, pero nunca se sabe.

Camila está contenta con el resultado de sus exámenes y cada vez se siente más conforme con haber elegido Periodismo. No le gustan demasiado los profesores, pero en cambio le encanta la carrera. Al parecer tus genes son más poderosos que los míos. Seguramente te escribirá. Tengo mis dudas: cuando por fin obtenga la Licenciatura, ¿ésta le servirá de algo para conseguir trabajo? Es claro que eso ocurre con todas las carreras, aquí o en cualquier parte. Hace unos meses, para llenar cincuenta vacantes de médicos en el Servicio Social, se presentaron nada menos que tres mil profesionales. Pero volviendo a Camila, vos sabés que es cada día más difícil entrar en los diarios. Siguen atornillados a sus puestos varios periodistas de viejo cuño, algunos de ellos sobrevivientes del franquismo, casi te diría que son estrellas, aunque eso sí muy democráticos. No necesito contarte (vos lo sufriste, no sé si en carne pero sí en computadora propia) que ya no existen franquistas puros en este lindo país. Sólo quedan los impuros y a veces hasta son *best sellers*. Y siempre constitucionalistas, no faltaba más. Cambiaron a José Antonio por Azaña. Y los otros no pueden protestar porque ellos cambiaron a Pablo Iglesias por Helmut Kohl. A lo mejor hiciste bien en volver. Y yo hice mejor en quedarme. ¿Sabés lo que pasa? Que en unos lugares tengo más miedo y en otros menos miedo. Pero desde hace más de veinte años el miedo se me metió en la sangre y cuando veo (siempre desde lejos, lagarto lagarto) un milico, así sea suizo o noruego, me viene la taquicardia. Es cierto que aquí tengo la vida mejor solucionada (no sólo el miedo, también el consumismo se me metió en la sangre) y eso, para un ama de casa con hija en estado de gracia (Camila está cada día más linda) no es poca cosa. La galería me lleva su tiempo pero es un trabajo que me gusta. Cada vez me voy especializando más en artistas latinoamericanos, y, dentro de lo posible, compatriotas. Ahora tengo un Gamarra, un Frasconi y un Barcala. Me gustan tanto que todos los días les subo los precios para asustar a los posibles compradores y poder seguir teniéndolos frente a mí. Si tuviera un Botero o un Lam los vendería de mil amores, pero infortunadamente no los tengo. Me gustan, claro, pero para otros muros, no para los míos. Gamarra, Frasconi y Barcala son mi familia; Botero y Lam, una prestigiosa familia ajena. Anoche Camila fue con sus amiguetes a un recital de José Agustín Goytisolo y Paco Ibáñez. Dice que cuando escuchó *Palabras para Julia* se puso a llorar. Y que la voz aguardentosa del Paco le movió algo en las tripas. Eso nunca le ocurre en los conciertos de *rock*, a los que también asiste pero regresa indemne, con los ojos secos. A esta altura de este siglo carcamal, ya no sé si es saludable llorar o meter el corazón en las brasas hasta que amanezca reseco y sin futuro. ¿Y a vos cómo te está yendo? Podrías escribir más a menudo. Especialmente por Camila. Aunque te escriba poco, igual se siente incómoda con tus largos silencios. También a mí me gusta saber de tu nueva (o renovada) vida. Creo que habíamos quedado en que, pese a todo, íbamos a seguir comunicándonos, con sinceridad y ¿por qué no? con afecto. No hay que dejar que lo bueno se extinga. No tengo inconveniente en que se extinga lo malo. Además, quiero noticias. Algunas tan pedestres como saber si, aun con Arana, las veredas siguen tan deshechas y tan provocadoras de porrazos y fracturas. ¿Qué dicen los viejos amigos? Ya no se dice compañero ¿verdad? ¿Siguen fieles a sí mismos o ahora militan en la infidelidad posmodernista? En Europa tenemos, bien lo sabés, algunos ejemplares paradigmáticos que se mudaron, con toda su batería, su biblioteca y su epistemología, de "la derecha de la extrema izquierda" a "la izquierda de la extrema derecha", y tan campantes. Quiero noticias, pero de las que se forjan en el subsuelo de la calma, ésas que no vienen en *Búsqueda* ni siquiera en *Brecha*, que siguen siendo mis nexos de unión con "la patria, ese lugar en que no estoy", como bien escribió uno de los más clarividentes heterónimos de Pessoa. Yo misma me siento como un heterónimo de Pessoa. ¿No te habría gustado tener un hijo que se llamara Heterónimo? Para abreviar, como se acostumbra aquí en España, lo habríamos dejado en Eter. ¿Acaso no dicen Inma, por Inmaculada? Como ves no he cambiado, sigo delirando como hace cuatro lustros. La otra noche soñé con vos. Mirá que no era un sueño erótico. Ése al menos. Simplemente te acercabas, me sacudías suavemente un hombro y me decías en el oído: Despertáte, Raquel. La verdad es que no siempre me gusta despertar. ¿A vos sí? Bueno, nada más. Besos de Camila y R.

6

Sentado junto a la ventana, en uno de los tantos bares, todos cortados por la misma tijera, con mesitas de plástico y servilleteros cuadrados, sin ese acogedor *lambris* que tenían los de antes, Javier recupera la avenida sin árboles, esta descafeinada Calle Mayor en que ha venido a parar 18 de Julio, a esta hora todavía pululante y agitada, bordeada por los vendedores ambulantes que dieron tanta guerra al Municipio y a los celosos guardianes de la paz ciudadana; recorrida por señores de corbata y portafolio, señoras de taco bajo y bolsas de compras, muchachos/chachas unisex, y también niños descalzos y en harapos que vigilan las propinas de las mesas cercanas a la puerta para arrebatarlas de un zarpazo y salir corriendo en zigzag y atravesar la calzada con el semáforo en rojo y esquivando camiones, como arriesgada medida para que nadie les dé caza.

Ya no hay viejo ni nuevo Tupí, piensa Javier, y al Sorocabana de la Plaza Cagancha lo han arrinconado en un galpón sombrío. Ya no hay cine Ariel ni Grand Splendid ni Rex Theatre (donde vio *El Gran Dictador* de Chaplin, en la época en que venían nutridas excursiones de porteños porque en Buenos Aires estaba prohibido) ni Iguazú (donde hace un siglo pasaron la deliciosa *Tener y no tener*, de Howard Hawks). Ya no hay Estudio Auditorio ni Teatro Artigas. Tampoco hay redadas de estudiantes, apenas si las hay de vendedores ambulantes no autorizados o de hinchas que regresan, exultantes o rabiosos, del Estadio. Ahora la lucha armada es entre hinchas.

Cuando amigos españoles viajaban al Uruguay, al regreso en Madrid hablaban maravillas de cómo somos, piensa Javier y en seguida recapacita, pero yo me acuerdo de cómo éramos. A ver, ¿cómo éramos? ¿Más amables, menos hoscos? ¿Más sinceros, menos hipócritas? Quizá éramos menos desagradables, okei, y a lo mejor todavía hoy somos menos soberbios que los porteños. Dice Quino que un uruguayo es un argentino sin complejo de superioridad. No tanto, no tanto. También puede ser que un argentino sea un uruguayo sin complejo de inferioridad. ¿Cómo somos? Menos corruptos tal vez, pero Fermín dice que somos menos corruptos porque aquí hay menos para embolsar. Una de las virtudes que más aprecian los madrileños es que en Montevideo no hay atascos (aquí decimos: nudos) en el tráfico/tránsito (¿cuál es la denominación correcta? Tengo que fijarme en el Larousse). Sin embargo Fermín, que, como ya lo habrán notado, es mi asesor sociológico-jurídico-deportivo-político-cultural, opina que a medida que disminuye el salario medio va aumentando (para decirlo al modo de Mairena) el número de automóviles consuetudinarios circulantes en la rúa. Y además, con kilómetro cero. Puede ser, puede ser. Hay más coches, eso es evidente, pero no estoy en condiciones de vigilarles el cuentakilómetros. También voy conociendo a algunos que antes tenían un utilitario y humilde Volkswagen y ahora disponen de un exultante Rover. Y no son ministros, ni siquiera senadores, que conste. En realidad, se trata de chismes que ejercito (sin acento en la segunda *e*, eh) conmigo mismo. Después de todo, los autochismes no hacen mal a nadie. Concluye Javier y pide otro cortado.

7

Un germánico de la Schwarzwald le dijo una vez a un vallisoletano amigo de Javier que él no entendía el uso del superlativo en castellano. "Fíjate: bueno, estupendo, cojonudo." Y el vallisoletano, divertido y con ese humor de golpe y porrazo que caracteriza a los ibéricos (excluido Gila, que por suerte practica la sutileza) le enjaretó: "Ah sí, ¿no será que en alemán no tienen cojones?". Y, claro, el teutón, que era hijo putativo de la Wehrmacht, no le habló más pero entendió la diferencia.

Javier recordó ese tierno dialoguito porque estuvo un buen rato tratando de definir el oficio de periodista y por fin encontró que el calificativo adecuado era ése: cojonudo. Traducido al rioplatense sería *piola* o *macanudo*. Cojonudo idioma este de Cervantes y Peloduro. Pero, al fin y al cabo, admitida la cojonudez o piolismo del sacro oficio, ¿cuál había sido, en su trayectoria personal de prensa, el capítulo más conmovedor o ridículo o escalofriante? Por ejemplo, había asistido, de pura casualidad, a aquel episodio de la calle Piedras, cuando en plena canícula dos truhanes se fajaron (al parecer a causa de un alijo) durante una nutrida media hora, puñalada va, puñalada viene, sin que nadie interviniera, menos que menos la policía, y allí quedaron quietecitos, en medio de un charco de sangre compartida. Entonces fue corriendo hasta la redacción y describió la refriega con tanto realismo que el jefe le reprendió: Te la acepto porque estamos sobre el cierre, pero mirá que en *policiales* no quiero ciencia ficción. Otra buena fue la de aquel accidente en Comercio (que todavía no se llamaba Avenida Mariscal Francisco Solano López) y Dalmiro Costa, cuando un motonetista se introdujo con máquina y todo, nadie supo cómo, en un camión, *container* o algo por el estilo, que estaba inmóvil, candoroso y ajeno, listo para introducirse en el portal de una fábrica. El muchacho reapareció (por supuesto, ya sin casco protector) cinco minutos después, con los pantalones desgarrados, sus partes pudendas al aire vespertino, un zapato en una mano y parte del manubrio en la otra, y preguntando con angustia a los presentes: "¿Dónde estoy? No sean malos, díganme dónde estoy".

Otro hecho fuera de serie, sobre el que no escribió porque se trataba de un colega algo disminuido, ocurrió en el Estadio, una tarde de clásico. El colega, que era fotógrafo, alineó a los dos equipos para la imagen de rigor, pero cuando advirtió que en el visor de su Rolleiflex aparecían desenfocados, en lugar de ajustar el enfoque, hizo retroceder a los 22 jugadores hasta que el conjunto apareció impecable y sin fantasmas en su exigente visor. Hay que aclarar que al día siguiente la foto apareció muy bien enfocada.

Sin embargo, la cobertura periodística que Javier nunca pudo borrar, ocurrió apenas un mes antes de abandonar el diario. Avisaron a la redacción que en una casa abandonada del barrio La Comercial había aparecido una niña que al parecer estaba muerta.

Allá fue Javier y llegó junto con la ambulancia y la policía. Exhibió su carnet y pudo entrar con los enfermeros. La niña tendría once o doce años. Uno de los enfermeros confirmó que estaba muerta. El policía tomó nota. La depositaron en una camilla. Javier caminaba a su lado. No podía dejar de mirar la cabeza de la niña, que había quedado inclinada hacia él. De pronto vio que aquellos labios sin color esbozaban una sonrisa, que los ojos se abrían y le hacían un guiño casi cómplice. Luego se cerraron. Javier tomó fuertemente del brazo a uno de los enfermeros, que era viejo conocido. "Está viva y abrió los ojos", casi le gritó en el oído. El otro puso una terrible cara de incrédulo, pero así y todo se inclinó sobre el cuerpecito, le movió suavemente la cara (que no estaba rígida, observó Javier), intentó tomarle el pulso y se volvió hacia Javier: Vamos, che, tan temprano y ya borracho. Más tarde, en la redacción, antes de entregar la nota ("su rostro parecía tener vida, sus labios parecían esbozar una imposible sonrisa"), llamó al Maciel, preguntó por un funcionario amigo, éste fue a averiguar y regresó a decirle que cuando la ambulancia había llegado al hospital la niña estaba muerta. O, como dicen en España: ingresó cadáver. (Cada vez que Javier hallaba esa expresión en un diario madrileño, se le figuraba que el cadáver había llegado al hospital haciendo *jogging.*) Estos detalles nunca los contó a nadie, ni al jefe, ni a otros colegas, ni siquiera a Raquel. Quizá temía hacer el ridículo, pero nadie habría podido convencerlo de que aquel rostro de cera no le había sonreído y hasta dedicado un guiño de complicidad. ¿Qué le había querido transmitir? ¿Que prefería morir? ¿Que este mundo era una mierda? A veces todavía sueña con aquel guiño, con aquella sonrisa. Pero en el sueño la niña lo mira fijo con sus ojos castaños y le dice: No te preocupes, Javier, todos vamos hacia lo mismo, así que cuanto antes, mejor.

8

La primera vez que se reunieron para festejar la vuelta del "Anarcoreta" (el nuevo apodo, con la autoría de Fermín, había sido rápidamente adoptado por el clan, y, salvo Gaspar, ya nadie se acordaba del viejo mote de Malambo) no hablaron casi nada de política, que precisamente había sido el menester o artesanía o fajina que antes los había unido. Empezaron a rememorar películas de antaño o de hogaño, a ver quién se acordaba del reparto completo. Siempre ganaba Leandro, que hasta el golpe militar había poseído "el fichero cinematográfico más completo de esta margen del Plata" (así había sido calificado por un crítico profesional que años después murió de infarto). A partir del golpe, no. Ahí se le acabó a Leandro esa manía o extraño sustituto de la filatelia, porque cuando los milicos le allanaron el luminoso estudio que entonces alquilaba frente al Parque Rodó, llegaron a la conclusión de que nombres como Humphrey Bogart, Merle Oberon, Jean Gabin, Vittorio de Sica, Anna Magnani o Emil Jannings, no correspondían a actores y actrices de fama sino que eran meros seudónimos de subversivos locales y foráneos. Y que títulos como *Ladrones de bicicletas*, *Sangre y arena*, *El asalto al Expreso de Oriente*, *Rififí*, *Los desconocidos de siempre*, *Viñas de ira*, *Doce hombres en pugna* o *Pacto de sangre*, no pertenecían a películas como cualquier ingenuo podría creer sino que servían de cobertura a operaciones armadas, ya realizadas o a realizar. Ergo: se llevaron todo el fichero y si te he visto no me acuerdo. Leandro no lo pudo recuperar ni siquiera con el vigilado advenimiento de la democracia.

Así estuvieron como dos horas en un reservado de la cervecería del Chueco, hasta que alguien mencionó *Los amantes*, y otro *El último tango en París*, y entonces Fermín (aprovechando que ni Rosario ni Sonia ni Rocío estaban presentes) lanzó al ruedo una pregunta removedora: ¿todos ustedes se acuerdan de cómo y cuándo fue la primera vez? Como los otros vacilaron entre la cortedad y la jactancia, el autor de la ponencia quiso dar el ejemplo y dijo que él sí se acordaba: que fue en un quilombo del Cerro, y que había sido un tío materno, de ascendencia siciliana, quien lo había llevado poco menos que a los tirones.

—Por entonces yo era más pusilánime que una violeta tímida —confesó el demagogo—. Nunca olvidaré el culo cosmogónico de mi voluntariosa iniciadora. Cada nalga era un hemisferio, y entre hemisferio y hemisferio había un agujero en la capa de ozono que me inspiró mucho más pánico que deseo. No te rías, Gaspar, y tené en cuenta que yo tenía catorce y esa mina como cuarenta y siete, aunque representaba sesenta y dos. Sin embargo, aquella fogueada obrera de la cachondez comprendió ipso facto mi desconcierto. No te asustes, botija, las nenas de ahora lo tienen más chiquito, pero conviene que empieces a lo grande. Lo cierto es que me trató como una madre y al final hasta pude corresponder a su cosmogonía con una erección deslumbrante y bien desinfectada. Por suerte aún no había sida. Ahora en cambio hay que cuidarse hasta de la suegra.

—Mi estreno fue con una primita de Durazno, a orillas del Yi —dijo Lorenzo—. Yo tenía quince. Me llevaba dos años pero también era nuevita. Como éramos tan inexpertos, nos pusimos de acuerdo y conseguimos un ejemplar de *El matrimonio perfecto* de Van de Velde, que era el Zendavesta erótico de la época. Estuvimos repasándolo durante una semana, y una tarde, a la hora de la siesta, cuando sus tíos y mis viejos roncaban en la casa solariega la lenta digestión de una raviolada *alla bolognesa*, nosotros dos, que apenas habíamos probado aquel manjar porque la ansiedad nos había vuelto inapetentes, nos fuimos a la costa del Yi, que es un río monosilábico pero simpatiquísimo, y en un sector de arboleda bastante tupida, abrimos el libro con la santa intención de repasar los capítulos de rigor, pero cuando íbamos sólo por los prolegómenos, arrojamos el manual a un costado y nos empezamos a quitar mutuamente las ropas, que no eran muchas porque hacía calor, extendimos luego las prendas sobre la hierba, y allí nomás, sobre ellas, después de asombrarnos durante dos minutos al vernos en pelota por vez primera, dimos comienzo a nuestro primer cuerpo a cuerpo, sin atenernos a ninguno de los requisitos estipulados por el experto internacional pero gozando como locos con nuestra inexperiencia. Después de esa vez lo volvimos a hacer como en diez o doce siestas (inclusive una vez, que fue la mejor, bajo la lluvia) o sea, hasta que concluyó el verano y yo tuve que volver a Montevideo y ella se quedó con sus tíos y la orilla venturosa del Yi. No nos vimos durante quince años, pero una vez nos encontramos, no fue ni en Montevideo ni en Durazno, sino en Buenos Aires (Corrientes y San Martín), casado yo, casada ella, y decidimos tomar un cafecito en La Fragata (ya no existe), porque se había citado ahí, pero una hora más tarde, con su marido, y estuvimos largo rato riéndonos de aquel viejo y mutuo bautismo y también de la bibliografía consultada. Y al final mi prima, ya treintañera pero todavía muy apetecible, confesó: Yo creo que en aquel primer curso intensivo, lo aprendimos todo y para siempre, te puedo asegurar que nunca lo he olvidado. Estuve a punto de tomarle una mano, pero fue una suerte que vacilara, porque la hora había transcurrido sin que lo advirtiéramos y en ese instante apareció el marido y ella pudo presentarme muy campeona: Mirá, querido, éste es mi primo Lorenzo, con quien tanto jugábamos y nos divertíamos cuando éramos niños. Mucho gusto, dijo él, y me estrechó la mano con tanto vigor que casi me fractura el metacarpo.

—No tengo tan buena memoria como ustedes —dijo a su turno el Viejo—. Consideren que ya pasé los setenta y que vengo del campo. Mi viejo era domador, ¿lo sabían? No recuerdo si la primera vez fue con una ternerita, preciosa ella, o con la hija de unos peones, que tampoco estaba mal. Pero les juro por esta cruz, yo que soy ateo confesado, que nunca engañé a mi señora, que en paz descanse, con una ternerita, por hermosa que fuera. Y además en Montevideo no son fáciles de conseguir.

Los otros festejaron la autosemblanza de ficción, conscientes de que el Viejo cumplía así con su firme propósito de siempre: no hacer confidencias. Ni políticas ni personales. Era el tipo más reservado del mundo y sus alrededores. También el más honesto y más leal. Pero si se trataba, por buenas razones, de ocultar algo, podía ser el más mentiroso del Mundo Occidental y Cristiano, después del Papa, claro.

Cuando le había llegado el turno a Javier, asomó en el reservado la cabeza poco agradable del "Tucán" Velasco, y hubo que suspender la mesa redonda, porque siempre se dijo que el Tucán había sido espontáneo confidente de la policía, algo que nunca se pudo demostrar pero que fue profusamente difundido gracias a una cadena de coincidencias que adornaron su currículo con una alfombra de sospechas.

—¿Qué tal, muchachos? ¿Otra vez conspirando? ¿Así que volviste, Javier? Alguien me lo chismeó, pero no te había visto. ¿Te vas a quedar? Ya sé que tuviste un exilio espléndido. Te lo merecías, qué carajo. ¿De qué hablaban? ¿De política?

—No —dijo el Viejo—. El tema de hoy es más escabroso. A ver, Tucán, ¿cuándo fue tu primera vez?

La pregunta quedó sonando. Todos se hicieron los distraídos, pero el rostro del Tucán se puso primero verde oscuro y luego verde pálido. Miró a los cuatro con todo un cargamento de rencor, y luego dijo, recalcando cada palabra:

—Está visto que ustedes nunca aprenderán. Pasaron los años y siguen siendo los mismos hijos de puta.

Y se fue, rabioso, sin saludar a nadie. Nadie supo qué decir, pero Javier tuvo la impresión de que el Tucán quizá había interpretado que la pregunta del viejo Leandro se refería a otra primera vez.

9

—Algo debo agradecerle a los milicos —dijo Egisto
Dossi (era inevitable que en el Liceo Miranda todos le
llamaran "Egipto") la mañana de sábado en que apareció en el videoclub de Javier en busca de dos películas que quería disfrutar por cuarta vez: *Casablanca*
y *Viridiana*—. Me empujaron al exilio con apenas 120
dólares y un pasaporte al que sólo le quedaban seis
meses de validez. Y en esos seis meses, transcurridos
en Buenos Aires, la Reina del Plata, tuve que aprender a desempeñar changas periodísticas, pero también
a hacer de maletero en la estación Retiro, a barrer hojas
secas en la plaza San Martín, a revender entradas de la
Bombonera, a lustrar zapatos en la Recoleta, a comprar y vender dólares en Corrientes y Reconquista, a
vender viejas partituras de tangos y discos de 78 rpm
en la feria de San Telmo, pero sobre todo me dio tiempo para acordarme de mi abuelito genovés por parte
de padre (mi otro abuelito, el padre de mi vieja, era
napolitano, en estos países machistas los ancestros por
línea materna no sirven para un carajo) y así pude
conseguir un impecable *passaporto* tano, que por tanto era y es de la CE y me otorga el privilegio de tener
en los aeropuertos europeos una ventanilla especial,
en tanto que los tercermundistas vulgares y silvestres
hacen tremendas colas y soportan concienzudos y
malhumorados interrogatorios. Al fin de cuentas, después de tantos enchufes, fajinas y laburos subsidia-

rios y mal remunerados, me fui afirmando de a poco en el sector periodístico (de algo me sirvió un meteórico pasaje, allá en el nebuloso pasado pregolpe, por *El Bien Público* y *La Idea*), y aunque nunca pasé de *free lance*, mandé notas a distintos medios desde todos los puntos que voluntaria o involuntariamente fui conociendo, y, lo más extraño de todo, los fueron publicando y hasta pagando, qué me contás. Así conocí, por ejemplo, Quito, que después de Monte y Baires me parece la ciudad más maravillosa de este puto continente mestizo, y también Guanajuato, que viene a ser un prodigioso museo pre y pos colonial que funciona hasta los domingos, y México City, injustamente calificada de capital corrupta, cuando lo que ocurre es que la *mordida* es el equivalente azteca de la propina en el resto del orbe. Mi teoría es que la *mordida* mexicana es una propina "a priori", pero ¿acaso la propina propiamente dicha no es una corrupción "a posteriori"? Y conocí La Habana Vieja, con edificios que se están cayendo pero con niños saludables y extrovertidos, que han leído a José Martí en vez de a Constancio Vigil, y eso sólo ya vale una revolución. Y me acosté con gringas malolientes e indiecitas limpitas, nada más que para dejar mal a los estadígrafos, y me enamoré casi de veras solamente una vez, como en el bolero, y fue de una mulata china de Camagüey, pero la ingrata me dejó tres semanas más tarde por un güero de Copenhague, que a su vez la cambió un mes después por una preciosa negrita de Camerún. Pero no me quejo. Hace tres años me casé con una ex puta hamburguesa, que para colmo se apellida McDonald (su padre adoptivo era de Iowa), y que toda su breve vida había soñado con ser fiel a alguien y ha realizado conmigo un ideal tan digno de encomio, además de aportar al folklore conyugal una erudición erótica que cada noche me asombra un poco más. Una de estas tardes te la traigo aquí para que la conozcas y le alquiles cualquier video que incluya la canción *Lili Marleen*, que es su favorita. Entre nosotros todo está claro. Ella ya sabe que si alguna vez me pone cuernos, con todo lo que la quiero no tendré más remedio que estrangularla, de modo que gracias a ese convenio tácito vivimos felices y mutuamente satisfechos. En Europa he viajado poco. Aun así, durante la Copa del Mundo del 90 mandé copiosas notas deportivo-humorísticas a *El Mercurio* de Chile y al *New Herald* de Miami, diarios progresistas si los hay, pero cuando Rubén Sosa erró aquel fatídico penal frente a España, di parte de enfermo y ahogué mi congoja celeste en doce copas de grappa. Con todo, mi especialidad periodística no es el deporte sino la corrupción generalizada, que ya ha adquirido una importancia olímpica y mundial. Ésa es la gran transnacional. Ahora está de moda la globalización de la economía, pero me resulta más excitante la globalización de la corrupción. Javiercito, ahora no se forra el que no puede, y el que no puede trata de. Todo está bodrido, decía premonitoriamente el turco Mustafá. ¿Vos qué pensás (sinceramente, eh) de esta hora histórica? A mí no me entusiasma. Me gustaba mucho más cuando todos éramos pobres pero honrados. Te juro por la tía de mi vieja (por la vieja jamás, eso es sagrado) que yo quisiera ser ético, moral a toda prueba, pero ¿a dónde voy con ese anacronismo? Ya fui suficientemente papanatas en mi sarampión (más bien escarlatina) progresista. Perdí empleo, vivienda, ahorros, título profesional, vida familiar, cielo con Vía Láctea, causal jubilatoria, sobrinitos canallas, zaguanes con novias. Y además enriquecí mi currículo con seis meses de cana, reconozco que livianita. Algo he aprendido. Ay, Anarcoreta, de nuestros viejos tiempos lo mejor que recuerdo es la emoción. La emoción de saber cuál era el tira que te vigilaba, la emoción del teléfono pinchado y cómo nos divertíamos hablando para la grabadora. La emoción ante el miliquito recién salido de la pubertad que te examinaba al derecho y al revés el documento trucho y al final te decía sonriendo: está bien, señor, puede seguir, y el señor seguía, seguía, por lo menos hasta el próximo café para concurrir con urgencia a *caballeros* a fin de evacuar la entonces endémica diarrea del pánico heroico y constructivo. Ah, las emociones. No quiero más emociones, te lo advierto. Ya cumplí con mi cuota. La última vez que estuve en Estados Unidos, compré en una liquidación dos mordazas para la voz de la conciencia. Allí las hacen de plástico, de acero inoxidable, de tela *wash&wear*, podés elegir la que más te guste. Pero no vayas a pensar que he rematado todos mis escrúpulos. (¿Vos sabías que en tiempo de los romanos había una moneda llamada "denario", que pesaba cuatro "escrúpulos" y después los bajaron a tres?) Los guardo en una vitrinita de cristal de Bohemia. Para mostrárselos a mis nietos, si vienen. Todavía me falta mucho para proclamarme un PhD de la granujada clásica, simplemente me juzgo un humilde artesano de la triquiñuela. En todo caso, me considero un tipo leal, aunque eso sí, más a los medios que a los fines. Nunca jodí a nadie. A veces me conmuevo al repasar mis virtudes completas. Por otra parte, y para que aquilates hasta dónde ha llegado mi cambio, te diré que ahora soy católico, apostólico y romano. El Papa Wojtyla es mi líder. Seráfico, intolerante y un poquito bandido, pero él besa el suelo y yo beso a las minas, la diferencia es notoria y a mi favor. Tú sacerdote, yo sacrílego, dijo el jefe piel roja antes de recibir la comunión. Y Buffalo Bill no pudo aguantar la risa. Yo tampoco.

10

¿Por qué Anarcoreta? Si él ni siquiera había leído a Bakunin o a Kropotkin. Quizá le llamaban así porque nunca había encajado en algún grupo o partido o movimiento de izquierdas. Era tan anarcoreta que ni siquiera había hecho migas con los anarcos. Alguna vez los había ayudado, pero también había ayudado a los tupas y, aunque menos frecuentemente, a los bolches. Siempre que su independencia quedara a salvo, no le importaba ayudar. Con cada grupo tenía algo de afín (más en lo que rechazaban que en lo que apoyaban) pero sus diferencias despuntaban no bien se hacía presente la rigidez del mazacote ideológico. Marx le simpatizaba más que Engels; y Lenin, por supuesto, más que Stalin, pero nunca había podido con *El Capital* y tenía la impresión de que sólo el 0,07% de los marxistas convictos y confesos lo conocía en profundidad. En cierta ocasión, poco antes del golpe, había "guardado" en la casa del balneario a un dirigente sindical, y una noche en que se quedaron discutiendo y tomando copas hasta tarde, aquel duro le había confesado, con cierta vergüenza, que Stalin le parecía "un asesino progresista", aunque de inmediato reconoció que esa categoría, inventada allí mismo por él entre añeja y añeja, se pasaba de dialéctica. En otras ocasiones había servido de correo a los tupas y lo había hecho sin resquemores pero sin comprometer para nada su futuro. Cuando los ácratas de pelo en pecho secuestraron la bandera de los Treinta y Tres, estuvo a punto de ofrecerse para esconderla en un arcón lleno de recortes, que tenía en el altillo de su casa del Pantanoso (la que años después perdió), pero pensó que no había hecho méritos suficientes como para que los anarcos confiaran en él hasta ese punto, así que no concretó la propuesta, y lo bien que hizo, porque cuando los milicos allanaron su casa lo primero que revisaron, y de paso desvencijaron, fue precisamente el arcón del altillo.

Siempre había sido antiyanqui, eso tal vez se lo había inculcado don Ángelo, claro que muy indirectamente, porque hablarle de ese tema a los botijas habría desencadenado una insoportable avalancha de padres y madres demócratas. Pero el maestro usaba a veces pretextos mínimos para introducir temas morales, presupuestos éticos, y enarbolaba el Reglamento Provisorio del viejo Artigas como si fuera una bandera del siglo XX. Y, claro, contra Artigas no había demócrata de pacotilla que arriesgara tirarse a fondo. Sólo muchos años después de la época escolar se vino a enterar de que don Ángelo había caído en una redada, simplemente porque había comprado un mimeógrafo y en él reproducía, para el consabido reparto, no el Manifiesto Comunista ni la carta a Quijano del Che Guevara, sino poemas de Vallejo, Neruda, González Tuñón y algunas prosas de Roberto Arlt y José Pedro Varela. No estuvo mucho tiempo adentro, y, cuando lo soltaron, Javier fue a verlo a Las Piedras, donde se había autoconfinado después de jubilarse.

Al comienzo el maestro no lo reconoció, pero se quedó mirándolo fijo.

—Todavía no sé quién sos —murmuró entre dientes (postizos, claro)—, pero al menos tenés los ojos de un antiguo alumno mío, que me parece recordar se llamaba Javier Montes.

Y ahí nomás, sin esperar confirmación ni desmentida, le propinó por las dudas un tremendo abrazo, y sólo después de esa efusión inquirió:

—Sos Javier Montes, ¿verdad?

—Verdad.

Don Ángelo se mantenía bien, hasta tenía un talante más animado que cuando ejercía de maestro en la escuelita de Villa Muñoz, y ese reencuentro con el ex alumno lo rejuvenecía más aún. Estuvieron horas y horas repasando sus vidas. Javier le preguntó si, después de la experiencia carcelaria, por breve que hubiera sido, no había pensado en emigrar.

—No —dijo el maestro—, entre otras cosas porque se quedaron con mi pasaporte y mi cédula de identidad. Podría intentar, invocando la nacionalidad de mi viejo, que los italianos me dieran otro documento, pero la verdad es que no quiero irme. Mamá murió hace dos años, ya muy viejita. Hasta el final estuvo aporreando el piano con sus milongas, chamamés y canzonetas. Precisamente cuando le vino el infarto masivo estaba tocando y la cabeza le cayó sobre las teclas, que ya estaban amarillas de tan vetustas. De modo que ya no me quedan ni la *mamma* ni el piano desportillado ni el jardincito ni mis clases. Si me fuera a Italia, tampoco allá tendría a nadie. Aquí al menos me quedan, no sé si amistades pero sí afinidades. Trabajo algo en política y sindicalismo, pero bastante menos de lo que imaginan en San José y Yi. Te confieso que lo del mimeógrafo fue mi acto más subversivo. Me he pasado de Lenin a Gestetner, ¿qué te parece? ¿Y tu madre?

—Ahí está, sola también, porque mi hermano y mi hermana se fueron del país, pero no por problemas políticos. No tenían motivos para exiliarse. Ahora viven en Estados Unidos. Mi hermano empezó como cónsul en una capital centroamericana, no recuerdo si Panamá o Tegucigalpa, pero ahora está de gerente no sé si en un Banco o en un supermercado. Mi hermana, que al final se recibió, usufructuó una modesta beca en California, y creo que ahora enseña español en una universidad de tercera. La vieja ve con aprensión el momento en que yo también decida irme (o que otros lo decidan por mí), aunque por razones opuestas a las de mis hermanos.

—¿Y te vas a ir?

—No me gusta nada la perspectiva, pero mucho menos me gusta la tortura y comerme cinco o seis años de chirona por asociación a no sé qué. Creo que al final será la única solución. Me parece horrible dejar sola a Nieves, pero estoy seguro de que lo pasaría peor si tuviera que ir periódicamente a visitarme al penal de Libertad.

—¿Te casaste? O, como dicen ahora, ¿te acompañeraste con alguna de las primorosas niñas que abundaban en nuestro barrio?

—Sí, maestro, por ahora me he acompañerado, pero creo que voy a casarme, y si me voy, ella vendrá conmigo.

—¿Cómo se llama?

—Raquel. Usted no la conoce.

—¿No se llamaba así aquella muchachita muy graciosa que todos los días vos acompañabas hasta su casa?

—No, ésa era María Luisa. Tiene razón que era graciosa, pero un día se fue con sus padres a Recife.

Don Ángelo lo miró con ojos tristes. Entonces, para exiliarse de aquel recuerdo tan lejano, Javier le contó por primera vez su catástrofe de las *gerras púnicas*, y don Ángelo recuperó por fin las antiguas arrugas de su risa.

11

Le había sucedido un 28 de diciembre, ya no recuerda de qué año. Día de Inocentes. Ya lo habían hecho caer como en diez inocentadas. Siempre le ocurría así. En cambio él nunca se proponía hacer caer a los demás. Le parecía un juego infantil, pero, aparte de infantil, estúpido. Cuando entró en el ascensor del Municipio, junto con una multitud de eventuales contribuyentes, que, a medida que el aparato hacía escala en los distintos pisos, se iba desgranando, creyó distinguir que el rostro de una mujer joven, en el ángulo opuesto al suyo, era el de Raquel. Cuando iban por el octavo y ya sólo quedaban cinco personas, ella lo miró sonriendo y movió los labios, pronunciando en silencio su nombre. Desde aquella temporadita en la playa, sólo se habían visto desde lejos: una vez en Avenida Brasil, él estaba en una esquina y ella pasó en un taxi, y otra vez en la platea del Solís, pero no se habían hablado. Cuando llegaron al décimo, ambos dejaron el ascensor. Se besaron con besos mejillones y él le preguntó a qué oficina iba. Raquel rió y dijo que iba a una del segundo, pero que cuando lo vio había decidido no bajarse. Él en cambio iba al tercero, pero ídem ídem. Ante la doble inocentada, allí nomás decidieron que ninguno de sus trámites era lo suficientemente urgente como para impedirles que bajaran de nuevo a la calle y se metieran en un café frente al Gaucho. Javier la encontró lindísima y se lo dijo.

—Vos tampoco estás mal.

Y ahí se dieron cuenta de que ambos habían enrojecido.

—Hace tiempo que me gustás —dijo Javier—, pero allá en la playa vos tenías otras preferencias.

—Y yo tratando de darte celos con el pesado de Marcial y vos ni te enterabas.

—Tenemos que recuperar el tiempo perdido —dijo Javier.

—Tenemos que recuperarlo —dijo ella, con determinación.

La recuperación comenzó ese mismo Día de Inocentes. Como ella vivía con su hermana, fueron al apartamentito de Javier. (Ya no tenía la casa del Pantanoso.) Estaba un poco desordenado, pero él no perdió el tiempo en disculparse.

—Cerrá las persianas —pidió ella.

Y él las cerró. En estos menesteres le gustaban las tinieblas. Y fue en las tinieblas que surgió el desnudo de Raquel, al principio abrazada a sí misma, como si quisiera atrapar aquel trozo de tiempo, o como si le prometiera a su cuerpo un goce merecido, o como si estuviera invitando a Javier al abrazo doble y verdadero. Pero él estaba tan maravillado que había quedado inmóvil frente a esa Venus del Espejo que el bueno de Velázquez le regalaba para su goce particular, tal como si ella hubiera resuelto abandonar el Museo de Londres por aburrido y lleno de ingleses. Ella entendió aquella inmovilidad como el homenaje que efectivamente era, y aprovechó a su vez para mirar y admirar a un Javier al natural, estupefacto e inminentemente suyo. Pero llegó un instante en que aquella tiniebla empezó a vibrar y ella se abrazó con más fuerza que antes y Javier despertó por fin de su estupor y se arrimó, le apartó suavemente los brazos, la rodeó por fin con los suyos, luego la fue recorriendo poro a poro, la besó en varios itinerarios, a cuál más audaz y conmovedor, y terminó llevándola a la cama deshecha para deshacerla un poco más.

Ella y él con los ojos abiertos, para no ahorrarse nada del instante, para no perder ni un solo centímetro del otro cuerpo, y luego ella y él con los ojos cerrados para no ahorrarse nada de lo que estaban sintiendo por primera vez en sus vidas, para no perder ni un solo vaivén de aquel terremoto que ocurría fuera y dentro de cada uno. Después, mucho después, cuando Javier abrió las persianas, Raquel estaba bajo las sábanas.

Ella lo contempló con un tierno entusiasmo, alzó un brazo y dijo ¡hurra! Javier la miró a su vez, y en un susurro, como si temiera que el alevoso azar lo estuviera escuchando, repitió también las dos mágicas sílabas.

12

—Me prometieron el perro, un lindo *boxer*, para el próximo lunes —dijo el vecino jubilado—. Le va a gustar. Además, un perro es siempre una buena compañía, y en invierno, en estos páramos, una seguridad. Yo sé que usted a veces está dos o tres días sin venir, pero no se preocupe, yo se lo cuidaré como cuido al mío. A mí también me gustan los perros. Mi mujer, en cambio, prefiere los gatos, y menos mal que mi perro y su gato hacen buenas migas, a veces hasta juegan juntos. Mi perro está ya un poco viejo, tiene como diez años, que en un perro es bastante. Me lo regaló mi yerno cuando era un cachorrito de tres meses. O sea, que para él somos (mi mujer, el gato y yo) su única familia. Aquí, como usted habrá visto, abundan los perros, pero cada uno está en su casa y bien amarrado. Yo le doy más libertad, pero él está tan acostumbrado a esto, que no le da por hacer visitas. Eso sí, los domingos por la mañana lo llevo a la playa y se mete en el agua, nada un poco, alborota bastante y corre por la arena con todo el ímpetu que le permite su edad provecta. El gato no. El gato se queda ronroneando alrededor de mi mujer, mientras ella ve la telenovela brasileña. Le diré que para alguien como yo, que trabajó toda su vida, no es sencillo habituarse a la rutina del jubilado. En el laburo uno hace amigos y cree que serán para toda la vida, pero resulta que cuando nos retiramos, ya nunca más nos vemos, ni siquiera nos telefoneamos. Treinta años de oficina no transcurren en vano. Treinta años en la Caja atendiendo a jubilados, y ahora otros que ni siquiera conozco, me atienden a mí. Siempre he oído decir que los burócratas son unos holgazanes, que no trabajan, que van a primera hora a fichar y luego desaparecen o en todo caso regresan a última hora para fichar la salida. Y eso es cierto. Pero sólo parcialmente cierto. Porque usted habrá observado que, pese a esas carencias, a esas fallas, pese a la enervante lentitud de la burocracia, el Estado sigue funcionando, cada oficina cumple con sus trámites. ¿Y sabe por qué? Porque en cada departamento hay siempre uno o dos tipos responsables que son los que hacen el trabajo y que, aunque conscientes de que los otros pelotudean, ellos de todos modos cumplen con sus obligaciones, y no precisamente para hacer méritos, ya que cuando llega el momento de las mejoras, casi siempre asciende, porque tiene buena cuña, ése que firma y se va, y en cambio el que labura todo el santo día queda de nuevo postergado. Mire, vecino, yo le confieso que durante mis treinta años de empleado público, fui uno de esos idiotas responsables que hacen funcionar las oficinas, uno de ésos que son muy elogiados por el jefe y buscados por el público, porque la gente sabe quién trabaja y quién no. Fui de esos idiotas pero no me arrepiento. Porque, me vieran o no, siempre me refugié en el trabajo, en la responsabilidad que uno asume cuando cobra el sueldo, por magro que éste sea. Como mi padre, fui batllista desde bien temprano. Y Batlle nos inculcó la importancia del Estado. Batlle nos enseñó a proteger al Estado protector. Ahora les vino a estos posmodernos el sarampión de las privatizaciones. ¿Por qué será? ¿Será porque realmente quieren defender la famosa eficacia? ¿O será porque tienen la intención de introducirse en la economía privada y por eso comienzan a mediatizar el Estado para ponerlo al servicio de ese propósito? Mire, don Javier, se habla mucho de la corrupción en Italia, en la Argentina, en Brasil, en España, y se destaca que aquí no es tan grave. O al menos que la corrupción es más modesta. ¿Usted cree ese cuento de hadas? Lo que ocurre es que aquí la corrupción sigue otro manual de instrucciones. Aquí los jerarcas no se forran con los fondos del Erario público; aquí, defienden desde el Estado las privatizaciones, y no bien las consiguen, se pasan en un santiamén, con armas y bagajes, a la economía privada. El sistema es sencillo. Por ejemplo, quitémosle fondos a la Universidad de la República, y cuando ésta empiece a ahogarse, y los estudiantes, los funcionarios y los docentes se larguen a la calle, señalemos entonces qué ineficaz se ha vuelto la enseñanza pública, aun la superior, y destaquemos una vez más que la solución es la Universidad privada, donde no se producen huelgas y hasta hay una cierta facilidad para titularse, y además, esto es muy importante, como en la privada los estudiantes deben pagar, ello también sirve para eliminar de un discreto zarpazo a los que vienen de abajo. Mire usted, empezamos con el perro y vea qué lata le estoy dando. Ah, pero no es casual. Yo sé (no me pregunte cómo lo sé) que usted es buena gente, que tuvo muy atendibles razones para exiliarse, que sus opiniones políticas no están muy lejos de las mías. O sea, que puedo confiar. Y no se preocupe por el perro. El lunes sin falta lo tendrá. Así que prepárele el alojamiento. Junto al supermercado venden unas casillas macanudas. Y además vaya pensando el nombre. El nombre es muy importante.

13

Aunque parezca extraño, siempre que se reunían los del viejo clan, hablaban de cualquier cosa menos de su pasado en común. Hablaban, por ejemplo, de la epidemia de cólera que afortunadamente no alcanzó a este país; de la alianza de los partidos tradicionales para reventar a la izquierda que emerge; de los etarras cuya extradición reclamó y consiguió el gobierno español y los consiguientes incidentes (con un muerto) del Filtro; de las ventajas y desventajas del Mercosur; de la red de prostitución uruguayo-milanesa; de Punta del Este como antifaz o contra rostro del país; de la telebasura; del cierre sucesivo de cines y teatros; de las reyertas internas del Frente Amplio; de la Ley de Lemas; de la invasión coreana en la Ciudad Vieja y alguna zona del Centro y las consecuentes disputas de consumados karatecas por la momentánea posesión de una puta doméstica. Los argumentos se cruzaban con los tragos; las intolerancias con las euforias; las depresiones con el estrés, todos ellos prototipos insoslayables de la industria nacional de estados de ánimo.

En cambio, cuando Javier los encontraba de a uno, la cosa era distinta. Tenía por norma no preguntarles sobre la época sombría. Sentía que, como recién llegado, no tenía el derecho de escarbar en pretéritos íntimos, lesiones tristes, reservadas, a veces dramáticas. Pero en algunas ocasiones, aunque él no preguntara, el viejo compinche reflexionaba en voz alta. Por ejemplo Alejo, que pasó seis años, no sólo entre rejas sino entre inolvidables olores a podrido.

—El horror del calabozo no es sólo lo que te quita sino también lo que te impone. Al final te vas resignando a carecer de lo que te han despojado (el aire libre, tu mujer, tus hijos, tus lecturas, tus debates ideológicos), pero nunca te amoldarás a soportar lo que te fuerzan a aceptar. Y aquí ya no me refiero a la tortura, cuya asquerosidad es obvia, sino a los orines, la mierda, los vómitos, tuyos o de tu par de celda, repugnancias con las que estás obligado a convivir. Durante aproximadamente un año aprovechás la soledad para pensar, para hacer el más riguroso balance de tu maldita vida, porque cuando estás libre, en plena actividad, entre las horas de trabajo para ganarte el sustento y las urgencias de la militancia, no te queda ni un huequito de tiempo para pensar. En cambio, en la celda, tiempo es lo que te sobra. Sin embargo, transcurrido ese periodo de introspección, de autoanálisis, de cordón sanitario alrededor de tus errores, un día cualquiera la soledad empieza a pesarte, y si tenés socio de calabozo, incluso empieza a pesarte la soledad del otro, porque en esa curiosa relación hay una etapa de intercambio de recuerdos, de nostalgias, de remordimientos, pero llega un momento en que cada uno lo sabe todo de ese próximo prójimo; sabe a qué colegio fue, de qué maestra estuvo enamorado, en qué zaguán acarició los pechitos de la primera novia, cuándo y por qué sus padres se separaron, cuál fue el acontecimiento clave de su vida, cuándo le contagiaron la rubeola o la tos convulsa le desgarró la garganta, a quién votó por vez primera, cómo le fue en su fase de camionero o de contador público o de zaguero izquierdo o de oficial tornero o de agente de quinielas, cómo se lleva o se llevaba con su suegro socialata o su cuñado pachequista. Pero el día en que uno mismo o el "contiguo" empieza a elogiar la bombachita negra que su mujer se ponía para las noches de aniversario, o del lunar que ella o la otra tienen en el borde del ombligo, eso quiere decir que la historia verdadera se agotó, y que a partir de ahí empezarán a mentir, a inventarse hazañas o cobardías, a adornarse con luces y sombras que no son las suyas. Y entonces sobrevendrá el silencio, primero de uno, luego del otro, y por último de ambos, y ese silencio compacto, ese mutismo a dos voces, esa tregua no concertada, bueno, ésa es la verdadera soledad, porque todo queda adentro y se enquista, y la memoria hace y deshace ovillo tras ovillo, y en la caverna de uno mismo no hay cautela ni circunspección ni reticencia, los reproches se superponen con la melancolía, y en cada derrotero que emprende el raciocinio, en cualquier ruta que ensaya la cavilación, siempre hay un muro de contención que es la falta de libertad, esa frontera cochambrosa y purulenta que prohíbe la continuación de la vida. Y entonces concurre el catálogo introspectivo de preguntas, negaciones y dudas, y para qué me jugué por esto, para qué me arriesgué por aquello, qué vine a conseguir con el presente que inmolé, con el futuro a que renuncié, con las expiaciones inútiles y las culpas de ficción, con las lecturas maravillosas que me prohibí y las otras tediosas a que me obligué. Y de tanto cavilar y cavilar, llega por fin el dolor de cabeza que puede durar una semana, y el dolor de conciencia que puede durar una vida, todo ello agravado por una alimentación deficiente, escasa en proteínas y vitaminas, que colabora con tu debilitamiento y te va aflojando los huesos. Así hasta que llega el día, el día inevitable en que te preguntás para qué vivo, mi condena es de veinte años y saldré de aquí, si salgo, hecho un anciano prematuro, con las bisagras oxidadas, casi olvidado del lenguaje, y no me refiero a conjugaciones, sujetos y predicados y toda esa faramalla gramatical, sino olvidado de las palabras, de cómo se forman y deforman, y hasta de qué letras se compone tu nombre, porque ya no tenés nombre y sos un número, una cosa. Y, vaya paradoja, eso te anima un poco, te lleva a construir posibilidades, porque en la cana no es tan fácil suicidarse. Ellos no quieren que te mates y les robes así un trocito, digamos diez o quince años, del escarmiento; quieren que purgues hasta el final tu osadía, tu desvelo (prematuro quizá, equivocado tal vez) por ayudar a que eclosionara un país mejor, una sociedad más equitativa, una justicia más cabal. Ya estoy hablando con lenguaje de manifiesto, qué voy a hacerle. Ellos toman todas las medidas para que no te elimines, porque si lográs hacerlo, aparte de que les achicás cualquier condena, podés conseguir un escándalo póstumo (pregunta de cajón: ¿se habrá suicidado o lo habrán liquidado en la tortura?) y en el mejor de los casos una visita carcelaria de la Cruz Roja o de Amnistía Internacional o la negación a una y otra porque el gobierno juzga que atentan contra la soberanía nacional, pero esa negativa les hace pagar de todos modos un precio político. Como habrás podido comprobar, no pude matarme, pero te confieso que en los últimos años de cana elaboré varios proyectos que ni siquiera intenté llevar a cabo, tal vez porque no quería servirles el manjar de un fracaso, que es algo que siempre les entusiasma. Uno que había sido mi compañero de celda sí lo logró. Fue muy complicado, te ahorro los detalles, pero lo logró. A ellos les costó como un mes reponerse de esa derrota. A nosotros nos costó mucho más, porque era un tipo de primera. Es curioso que cuando estás allí, confinado y sin esperanza, hay sentidos que se atrofian y otros que se desarrollan. Ahí tratás de no olfatear, porque los olores te asquean. Dejás adrede de gustar, porque la comida es una bazofia, pero en cambio tratás de ver aun donde hay tan poco para ver, y palpás aunque ya sabés de memoria cada arruga de cada mugrienta pared. Pero sobre todo escuchás, porque el oído es casi el único sentido que te comunica con el exterior, con el mundo. El oído es el sentido de lo libre. Por él te llega el canto del gallo remotísimo, te enterás de que las incurables, repetidoras golondrinas trajeron otra vez la primavera, y escuchás los cantos provenientes de los camiones con obreros que acuden a la fábrica y siempre tratás de reconocer algún mensaje explícito o implícito, como una mañana en que nos llegaron las estrofas de una vieja canción de la guerra española, claro que autocensuradas para la ocasión: con el quinto quinto quinto, con el quinto sentimiento, y eso, a aquellos miliquitos apenas rescatados de la adolescencia y recién llegados de Rivera o de Tacuarembó, no les decía nada. Pero sólo lo cantaron una mañana, por si las moscas. Otras veces (dependía de dónde soplaba el viento) nos llegaba música del casino de oficiales. Alguno que otro tango, nunca de Gardel, ese subversivo. Pero el numerito más frecuentado era el *leitmotiv* de *El puente sobre el Río Kwai*.

14

Rocío fue la última a la que encontró. Había estado trabajando varios meses en Paysandú, y desde allí le telefoneó, no bien supo que Javier había regresado para quedarse. Fue un saludo de alegre bienvenida, con la promesa de un próximo reencuentro. Ya estaba terminando su tarea (una encuesta sobre las condiciones de trabajo de la mujer sanducera), así que dentro de pocos días bajaría a Montevideo.

Se le apareció en el balneario, un domingo, a las diez de la mañana. El primero en advertir su presencia fue Bribón, el *boxer* que le había conseguido el vecino. Pero cuando Javier abrió la puerta, ya el perro había hecho buenas migas con Rocío, le hacía fiestas y hasta lamía sus zapatillas de tenis.

A Javier le costó acostumbrarse al aspecto actual de Rocío, la vieja amiga. Su última imagen era la de una muchacha vivaz, nerviosa, emprendedora, siempre ocupada en organizar algo y organizándolo bien. Nunca había sido bonita. Sus pómulos salientes, sus labios gruesos, su nariz un poco más grande de lo normal, su abundante pelo negro limitado por un riguroso cerquillo, todo ello, unido a su metro setenta de estatura, le otorgaban un aspecto nada frágil que hacía que los compañeros la consideraran una excelente y eficacísima militante, confiable en todo, pero que no había atraído sentimentalmente a ninguno de ellos.

Ahora Javier la hallaba más madura y sin embargo más vulnerable, como si la dureza de sus rasgos se hubiera suavizado y hasta sus lindos ojos (que fueron siempre su mayor atractivo) miraran como buscando protección. Permanecieron un rato abrazados, ante la mirada comprensiva de Bribón, y sólo cuando éste decidió emitir un ladridito de desconcierto, se separaron, se contemplaron para cumplir con una inspección sumaria, y de pronto empezaron a lanzarse preguntas sin aguardar contestación alguna, como si cada interrogante ya llevara incluida la respuesta. Sólo después de esas primeras ráfagas, se sentaron en el piso de baldosas y empezaron a contarse sus modestas epopeyas. Ella sabía que Javier se había separado de Raquel, pero no hizo comentarios. Él, en cambio, sabía muy poco de la más reciente trayectoria de Rocío.

—Tuve un compañero —así inició ella su síntesis informativa—. Pero no resultó. Ambos salimos de la cárcel muy dolidos. Yo tenía la impresión de que nos mirábamos entre barrotes, sin lograr desprendernos de ese pasado común pero no compartido. Te aseguro que nunca quise permanecer esclava de aquella temporada alucinante, cavernosa. Desde que salí, intenté reinsertarme en la vida común, en ese espacio que reputaba propio, sin resquemores y hasta sin rencor. Pero es difícil. Cada cosa del mundo exterior me vinculaba, me vincula aún (unas veces porque las eché de menos, otras porque las subestimé) con algo o alguien de aquel otro mundo de confinamiento y ansiedad. Los años de encierro te parten la vida en tres trozos: antes, durante y después. Entre el antes y el durante, los puentes son sólidos y están hechos con sentimientos y convicciones, pero entre el durante y el después no hay puentes sino pasarelas estrechas y resbaladizas. Diez años ¿te das cuenta? Salí con la impresión de haber perdido media vida. De haberlo sacrificado todo para lograr algo, si se quiere modesto, y no haber logrado nada. Diez años. Es imposible que te imagines lo que significan diez años de soledad, no imaginarios como los cien de García Márquez, sino asquerosamente reales.

La playa estaba más concurrida que de costumbre: porque era domingo y porque era un día frío pero espléndido. Pero ellos, bien abrigados, prefirieron quedarse en una franja de sol, entre los pinos.

—Me gusta este trabajo de las encuestas —dijo Rocío—, los *surveys*, como les dicen ahora. No me limito a una empresa en particular. Como saben que les rindo, siempre hay alguna que me llama. Me he ido especializando en el área social. Siempre trato de evitar las encuestas sobre temas políticos. En ese campo la gente pocas veces es sincera. Aun los que luego aparecen en el renglón "no sabe/no contesta", aun ésos saben, pero no contestan. Fíjate cuántos años han pasado desde que volvió la democracia y no obstante siempre hay quien tiene miedo. Cuando el referéndum, por ejemplo, un buen porcentaje de los votos por el *sí* no provenían de gente que apoyaba la amnistía sino de la que temía que los milicos no aceptaran el triunfo del *no* y dieran un nuevo golpe y todo volviera a empezar. Sin embargo, cuando el otro plebiscito, el más reciente, votaron masivamente contra el gobierno privatizador, y eso porque allí no funcionó el miedo sino el apego al Estado protector, concertador, empleador, y esta vez no hubo temor a que los militares no aceptaran el resultado, porque después de todo también ellos viven a costa del Estado empleador. En cambio, el otro tipo de encuestas, digamos la social, te pone en contacto con la porción más sincera de la gente. Si una mujer recibe casi diariamente una soberana paliza de su hombre, nunca se lo dirá a un policía, que lógicamente le va a pedir nombre, documento y otras referencias, en tanto que sí puede confesárselo a una encuestadora, primero porque también es mujer (no faltará la que piense: quién sabe si a ésta, tan peinadita, también la casca el marido) y luego, porque no le pide nombre, documento, etcétera. En los barrios marginales, por ejemplo, las respuestas de las mujeres te permiten un diagnóstico mucho más ajustado a la realidad monda y lironda que el que se basa en las respuestas masculinas.

—Y en política —preguntó él—, ¿vos, concretamente vos, estás haciendo algo?

—No mucho. Los compañeros que en otro tiempo trabajaron junto a mí (vos, por ejemplo) se tuvieron que ir, y muchos no han vuelto. También hubo unos cuantos que, como yo, se comieron varios años en cana, y desde que salieron andan un poco dispersos. Los que nos llevan algunos años se han vuelto incurablemente escépticos y los más jóvenes nos miran como a bichos raros. Nos sienten tan lejanos como la batalla de Las Piedras. Alguna redada policial; la negativa generalizada cuando salen a buscar trabajo; las crónicas orales de padres, tíos y abuelos; el talante todavía rebelde de algunos sobrevivientes del cancionero popular de los sesenta y setenta, todo eso les entra por un oído y les sale por el otro, en tanto que el rock les entra también por un oído, les deteriora un poco el tímpano pertinente y se les queda allí, en el cerebro, a formar parte de su ritmo de vida. Algún día ese ritmo les saldrá por el otro oído, no lo dudes, pero tal vez sea tarde.

Javier acotó que él no era tan pesimista.

—Claro, porque te fuiste. Mirá que no te lo reprocho. Yo también me habría ido, si hubiera podido. Pero no me dieron tiempo, ya sabés que caí en una redada absurda. Cuando pude, ya no era el momento. Lo cierto es que tu experiencia es distinta de la mía.

Mientras hablaba, sin rencor y casi sin amargura, tranquila pero triste, Javier miraba sus largas manos que, sin poner demasiada atención, jugaban a la payana con las cinco piedritas de rigor. Cuando hizo el puente y concluyó la serie, miró a Javier.

—Viste, todavía me acuerdo. No tenés idea de la felicidad que habría sido para cualquiera de nosotras poseer estas cinco piedritas en la celda. Pero allí no había ni eso.

Javier cocinaba a veces, pero hoy no tenía ganas. Por otra parte, su repertorio culinario no iba más allá del churrasco, los huevos fritos y acaso una ensalada. Así que fueron caminando hasta la única cafetería de ese alrededor. Rocío recorrió con mirada profesional la nutrida asistencia.

—Ésta sí que es clase media pura y dura.

Javier sonrió.

—Somos eso ¿no?

—Y a mucha honra, qué caray.

A la tarde, tras un café que sí preparó Javier y una reparadora siestita en los perezosos, siguieron barajando temas y problemas.

—Estoy terriblemente charlatana —admitió ella, un poco avergonzada—. Pero no sabés cuánto tiempo hace que no tenía con quien hablar así, como hablo contigo. Aunque discutamos, aunque no siempre estemos de acuerdo, vos y yo sabemos qué supuestos y presupuestos manejamos, vos y yo compartimos un lenguaje, una etapa de vida, una ansiedad y también una esperanza, aunque esté deshecha.

Entonces Rocío le pidió que le hablara de su vida en España, de por qué había vuelto, de su mujer, de su hija. Javier empezó por el final.

—Camila es lo que más extraño, lo que más echo de menos. Me siento exiliado de mi hija. En una de sus cartas, hace ya unas semanas, Raquel citaba a Pessoa: "La patria, ese lugar en que no estoy". Y cuando leí esa frase, que yo desconocía, aunque tengo bien leído mi Pessoa, la sentí como mía. Sí, desde Madrid la patria era el Uruguay en que no estaba. Pero ahora, aquí, ¿la patria es el lugar en que estoy? No lo sé, y me amarga bastante no saberlo. A veces creo que la he recuperado, pero otras veces me siento también aquí un exiliado. Y otras más, pienso que mi patria es Camila, que Camila es el lugar en que no estoy. Sé que la veré, porque no bien podamos, vendrá a verme, a estar un tiempo conmigo, pero luego volverá a Raquel, a Madrid. Y yo pasaré largos periodos sin mi hija, y cada vez comprobaré cuánto y cómo cambió desde su última visita, pero me habré perdido la transformación cotidiana.

Javier iba a seguir respondiendo a las otras preguntas de Rocío, pero de pronto el sol se fue, Rocío miró el reloj y se asombró del tiempo transcurrido.

—¿Por qué no te quedás? —dijo Javier.

—No, mañana empiezo a trabajar a las ocho y media.

—Mirá que aquí tenés ómnibus departamentales desde muy temprano. Podés dormir en mi cama y yo me arreglo con un colchón en la cocina.

Ella agachó la cabeza y lo pensó durante unos minutos.

—Está bien, me quedo. ¿Tenés despertador? Por la mañana siempre me cuesta despabilarme.

Javier trajo frazadas y sábanas limpias.

—Vine a darte trabajo —dijo ella.

Él se quedó leyendo como una hora en su colchón. Luego apagó la luz y vio que también el dormitorio estaba a oscuras. Durmió aproximadamente otra hora y de pronto se despertó y sintió la necesidad imperiosa de levantarse. Entonces caminó hacia el living. Y allí la vio. Alta y desnuda, iluminada por la luna que atravesaba el ventanal. Se fueron acercando, paso a paso, frío a frío. Como dos fantasmas, pero cuando se abrazaron ya eran otra vez dos cuerpos en busca de calor.

15

Las gaviotas. En la playa desierta son las dueñas. Sus graznidos agudos, persistentes, suenan con más nitidez que los bocinazos de los autobuses en la carretera. Javier puede permanecer allí durante horas, bien protegido de la destemplanza todavía invernal por su vieja campera de cuero, su bufanda de lana gris y la gorra azul que había sido su primera compra, en una tienda especializada de la Plaza Mayor, cuando llegó a Madrid en un helado febrero de veinte años atrás.

No todos los fríos tienen el mismo sabor. El de Madrid, sobre todo cuando nieva, es más bien dulzón y éste en cambio es un frío salado. De vez en cuando se pasa la lengua por los labios resecos y se llena la boca de sal marina.

Las gaviotas disfrutan de una envidiable libertad. No precisan gorra ni bufanda para sentirse en el frío como en su hogar. De vez en cuando se hunden en el agua, ondulada y monótona, y regresan con alguna presa que, desde su atalaya de pinos, Javier no puede identificar. Después caminan orondas, soberbias, dominadoras, por las arenas húmedas, ya un poco endurecidas porque el agua en retirada las va dejando al cuidado de un sol flaco, blandengue, que aparece de a ratos, como por compromiso, entre jirones de nubes sin prestancia.

A Javier le gustan el frío, la cercanía del mar, pero nunca se deja invadir por la tiritona, preludio de resfríos y bronquitis de triste recordación. Sonríe a solas al recordar que en ciertas regiones de España llaman tiritona al simple castañeteo universal. De a poco se ha ido convenciendo de que no sólo su lenguaje tiende a ser bilingüe; también lo son sus pensamientos. La necesidad tiene cara de hereje, repetía Nieves en el primer lustro de su viudez. Sin embargo, cuando él subía en un taxi madrileño y ordenaba: Por favor, a la Plaza Cayao (nunca se acordaba de decir Callao), el chofer lo miraba con ayuda del espejito alcahuete y le preguntaba con sorna y seguridad: Argentino ¿verdad? y él debía recitar su bando explicativo número doscientos treinta y cuatro, aderezado además con el necesario estrambote de que Uruguay no es Paraguay.

Pinos, pinos, y uno que otro eucalipto. Arriba, entre las ramas, trocitos de cielo, y abajo, un olor o fragancia o aroma, que parecían contrabandeados de un pasado remoto.

Tanto tiempo se pasó añorando su soledad, que ahora, cuando al fin la ha recuperado, a Javier le parece un poco inhóspita y embarazosa, pero de todas maneras preferible al fragor compacto e incesante de las grandes ciudades abarrotadas.

Las gaviotas suspenden de pronto sus vuelos en picada y sus desfiles y lo miran con curiosidad, seguramente extrañadas de esa presencia que viene a romper la unanimidad del frío. Ante semejante interés, Javier levanta un brazo, y las gaviotas, asustadas o tal vez sólo ofendidas, dan unos pasitos marcando sus huellas en la arena semidura y trasladan su expectativa a las olitas. A Javier no le dan la espalda sino la cola. Luego, en un arranque simultáneo, emprenden vuelo.

16

Todavía no se atreve a definir ante sí mismo el tono exacto de sus sentimientos, o mejor aún: de su actitud frente a Rocío. Ya han pasado varias noches desde aquélla en que se juntaron bajo la mirada lúbrica de la vieja luna. Ambos estaban un poco ansiosos, eso era cierto, pero hasta ese instante no lo habían advertido. Sólo en el comunicativo roce de piel contra piel se fueron enterando de una conmoción interior, de una bocanada de afecto que se mezcló con sus lenguas anhelantes, buscavidas.

Antes de cualquier culminación, Rocío se había abierto en un llanto libre, sin convulsiones ni histerismo, que había humedecido el hombro de Javier. Él le tomó la cara con sus dos manos y ella sonrió en medio de sus lágrimas. Hace años que no lloraba, dijo. Ni siquiera lo consiguieron con la picana. Gritaba como una condenada (que eso era, después de todo), pero no lloraba y eso los volvía frenéticos. Que una mujer tuviera tanto aguante, lo consideraban un agravio personal. Era, después de todo, mi modesta y costosa venganza, el último recurso para conservar mi pobre identidad. Pero ahora, contigo, sentí que podía soltar todo ese dolor, todo ese desconsuelo.

Javier la había apaciguado lentamente, morosamente. Rodeó sus pechos con una caricia liviana, envolvente, que no repetía sus trazos sino que cada vez inauguraba otro sendero. Así hasta que los oscuros botones respondieron alzándose, el llanto cesó como por encanto y ella fue bajando lentamente sus manos, en busca del tiempo perdido.

A él le había gustado el cuerpo de Rocío. Aun en medio de aquel vaivén compartido, tuvo la suficiente lucidez como para reconocer que, desnuda, ella era mucho más atractiva y deseable que lo que parecía anunciar cuando estaba metida en sus vaqueros raídos y el sacón de lana.

Fue una noche tierna, recurrente, que a ambos les hizo bien. La duda vino después y ahora Javier intenta desvelarla. Hasta esa noche, ni él, y acaso tampoco ella, cada uno por su lado, habían mantenido en los últimos tiempos una relación sexual plena. Y eso el cuerpo suele echarlo de menos. Al comienzo de su desexilio, Javier había aprovechado algunas ocasiones, sin animarse a una continuidad. Todavía no se había adaptado, estaba receloso e inseguro. Ahora, en su encuentro casi fortuito con Rocío ¿qué había prevalecido? ¿el disfrute sexual? ¿el recuerdo de la antigua militancia compartida? ¿un anticipo de algo más duradero? ¿una piedad profunda ante las señales, para siempre imborrables, en aquel cuerpo que había sido torturado, despojado de su intimidad, violado tal vez?

Y, por otra parte, ¿qué había prevalecido en ella? ¿el deseo inevitable después de la abstinencia? ¿el incanjeable refugio en un cuerpo-y-alma amigo, capaz de comprender tanta tristeza? ¿el intenso pasado en común? ¿la afortunada, indispensable libertad para que en sus ojos resecos brotara por fin el llanto? ¿el sentirse deseada, necesitada, penetrada, colmada?

Javier decide no preocuparse demasiado. El tiempo dirá. Aun en medio de la comunión más estrecha, nadie dijo te quiero, sólo balbucearon sus nombres. Rocío. Javier. Como llamados de socorro. Sólo eso, que es bastante. Quizá ella esté ahora mismo sacando sus propias cuentas, deshojando sus propias dudas, preguntándose a sí misma tantas cosas, desbaratando prejuicios o quizá, qué peligro, haciéndose ilusiones. Quién sabe. A lo mejor está en su cama de sola, sin interrogarse, dejando simplemente que sus manos recorran su propio y castigado cuerpo a fin de que la memoria de la piel pueda reconstruir el itinerario de otras manos, las de un hombre llamado Javier.

Ahí él se detiene en su sobrio delirio. Pecado de vanidad, piensa. De soberbia, de machismo, piensa. Veremos qué trae el futuro. El mediato y sobre todo el inmediato. O sea, pasado mañana, cuando vaya al apartamento que Rocío alquila en el Cordón.

Ya llevaba varios meses en Montevideo y aún no había mandado ninguna nota a la Agencia. Eso sí, tenía fax y computadora, pero ahí estaban, poco menos que vírgenes, esperando su mandato. Tenía toda la intención de inaugurarse como corresponsal, pero ¿qué podía interesar a la prensa y el público españoles acerca de un país como éste? La verdad es que no lo tenía claro. De América Latina sólo importaban los terremotos (como en Colombia), los asesinatos políticos (como en México), la crisis de los balseros (como en Cuba), los militares confesionales (como en la Argentina), la guerrilla maoísta (como en Perú), los cárteles del narcotráfico (también como en Colombia), los pronósticos de golpe (como en Venezuela), los desplantes de Pinochet (como en Chile). Pero en Uruguay no hay terremotos ni asesinatos políticos, ni balseros (¿a dónde irían?) ni guerrilla en activo, comparativamente hay poca droga y es el único país latinoamericano que se libró del cólera, por suerte no hay perspectivas de golpe y los módicos desplantes militares ocurren intramuros. La paz lisa y llana, exterior al Primer Mundo, no es noticia en sus *mass media*. Es cierto que en guerras absurdas no podemos competir con la ex Yugoeslavia, en corrupción con Italia y alrededores, en terremotos con Japón, en racismo con Le Pen, en espionaje telefónico con el Cesid. Y para mayor *inri* (como dicen en la Península), nos

confunden con Paraguay, que ni siquiera ha sido cam-
peón de fútbol, ni olímpico ni mundial. Ay, nosotros
lo fuimos ¡pero hace tanto! Ahora tenemos centenares
de futbolistas que se ganan la vida en el extranjero,
pero esa emigración no da prestigio. Apenas algún
gol que convierte Zalazar desde media cancha, o los
cinco que Fonseca le marcó al Valencia.

    ¿Sobre qué escribir entonces? Una posibilidad
sería llevar a cabo una amplia encuesta sobre gallegos, asturianos, vascos y mallorquines que aún andan
por aquí, al frente de panaderías, bares, entidades
bancarias o amuebladas. Tal vez lo intente, pero antes, para no trabajar al santo botón, tendría que con-
sultarlo con la Central. No obstante, tiene que existir
algún tema local que funcione en España. Javier se
propone salir cuanto antes de esta pereza imaginati-
va. No hoy, claro. Quizá mañana. ¿Canto popular? Pero
no tenemos carnavalitos ni chamamés, que es lo que
normalmente se escucha en la calle Preciados de
Madrid o en las peatonales de Palma y hasta en el
Boulevard Haussmann de París. Además, a Javier no
le gusta que el canto popular pida limosna. En realidad, le repugna que América Latina acepte un papel
de mendigo. ¿Rock montevideano? Sus pobres tímpanos del casi caduco siglo XX no soportan los tormen-
tosos decibeles del inminente siglo XXI. No es juicio
de valor, pero le provocan mareos y hasta náuseas,
sorry. Onetti era un buen tema, por supuesto, pero
lamentablemente ya no está. Podría investigar raíces
vitales, primeros asombros, manías de infancia y cosas así. Pero los biógrafos no han dejado ningún rin-
concito en la sombra. Y además, ¿por qué escarbar
indecorosamente en los suburbios, pecados y milagros de un ser corriente, cuya vida excepcional está
en sus libros?

    No tenemos montañas: el Cerro es apenas un
chiste. El mar es un río. Es posible que nuestro rasgo

incanjeable (aunque no tengamos la propiedad absoluta) sea la Vía Láctea. Por algo los europeos nos la envidian puntualmente. Pero queda tan alta, tan lejos, tan inalcanzable. Para el exiliado Javier fue probablemente su mayor nostalgia, al menos en el plano de lo trascendente. En Madrid, por ejemplo, le faltaba aquel techo de estrellas. No tenemos cataratas ni petróleo ni coca ni indios. Tenemos estrellas, constelaciones. Pocos negros, que por fortuna aportan algo al fútbol y dan vida y prestancia al carnaval. Somos blanquitos como los europeos, pero no somos europeos. Blanquita la piel y el corazón mulato. Hay rateros y punguistas, pero en ese oficio no podemos competir con Río. Ni siquiera con Madrid. Ya está. Por fin. Escribirá sobre Montevideo como reflexión social. Hasta puede dar para varias notas. Prehistoria, historia y pronóstico. Quizá no tenga color, pero sí colorcito. Ésa es, después de todo, su originalidad: una ciudad provinciana (de estilo provinciano), sin capital mayor a la que referirse.

18

> *Ya somos todo aquello*
> *contra lo que luchamos a los veinte años.*
>
> José Emilio Pacheco

Según Eduardo Vargas, el izquierdismo ya no es, como opinaban los clásicos, la enfermedad infantil del comunismo, sino la enfermedad, punto. Ya no estoy para esos trotes, le dijo a Javier, ni mucho menos para esos galopes, hace ya años que prefiero ir al paso. Se le había aparecido una mañana de sábado lluvioso en el videoclub y se habían abrazado discretamente, sin grandes aspavientos. Gracias sobre todo a una antigua corriente de mutua simpatía, pero poco más que eso.

—Así que diputado Vargas —dijo con amistosa sorna Javier.

—Y para peor del Partido Colorado —concluyó el novel representante del pueblo, parodiando el tono zumbón del regresado—. ¿Sabés qué me pasó? Hace unos cinco años, quizá seis, no recuerdo bien, me fui por toda una semana otoñal a Las Flores, o sea, al confortable rancho de un amigo, neoliberal pero macanudo, quien advirtió sagazmente que mi desconcierto necesitaba con urgencia una cura de reposo y reflexión. Y allí, solo como Robinson pero sin Viernes, desprovisto de mujer, hijos, suegra, sobrinos, acreedores, etcétera, fumando una refinada pipa holandesa frente a la estufa de leña crepitante, pude al fin reflexionar. ¿Y qué? Repasé concienzudamente mi adolescencia gaznápira, mi primera juventud en la FEUU, mis asambleas hasta la madrugada, mi militancia marginalmente subversiva, mis onerosas clandestinidades, mis fanfarronadas de un james bond pero 003, mi pánico viral y contagioso ante la vista de un milico cualquiera, mi analfabetismo ideológico, mi filatelia de chambonadas; bueno y además, el recuento de las prodigiosas minas que me había perdido con tanta gimnasia política, la carrera trunca, la hepatitis lograda gracias a los mejunjes y brebajes a salto de mata. Y aun debo felicitarme por no haber caído en cana (dos veces me salvé en el anca de un piojo) como sí les sucedió a mis cuatro cofrades más íntimos, que se comieron dos, tres, seis y ocho temporadas respectivamente, y en vez de hepatitis y gracias "al rigor y la exigencia en los interrogatorios", consiguieron dos cánceres, una fractura de pelvis y una diálisis de por vida. Decime un poco, ¿qué logramos? ¿qué vuelco revolucionario? ¿qué derrota de la injusticia? Hasta el Che Guevara se murió de pena. Nada, viejo, nada. De modo que, al concluir el quinto día de meditación y autocrítica, decidí arrimarme al viejo Partido Colorado de mis ancestros con claras señas de contrición y explícitas intenciones (nunca por escrito, epa) de compensar mis culpas, atribuibles a la inexperiencia de mi desamparada juventud, y pagarlas en cómodas cuotas de programada transición, que concluyeran (y así fue) en un virtual repudio del fidelismo y una discreta, aunque todavía vergonzante adhesión a aquello que en lejanos tiempos habíamos llamado imperialismo. Durante un conflictivo semestre vacilé en incorporarme a la derecha de la izquierda o a la izquierda de la derecha, pero después de leer cuidadosamente al tano Bobbio y no entender un carajo, me decidí por la segunda de tales opciones. Tiempo después, cuando me ofrecieron un discreto puestito en una lista de diputados, con alguna lejana posibilidad de ocupar un curul, me tomé quince días para elaborar mi respuesta. Sólo para disimular, ¿sabés?, con el objeto de que vieran que yo no era tan fácil de conformar. Su argumento era que mi pasado ayudaba a dar una imagen de pluralidad. Y para sorpresa de todos, y reconozco que gracias a dos infartos y un Alzheimer de quienes me precedían en la lista, salí electo ¿qué me contás? Aquí me tenés, quemando etapas, de turulato a curulato. Además, como en la Cámara nunca me incluyen en comisiones de ardorosa y responsable faena (intuyo que aún no confían plenamente en mi conversión), tengo bastante tiempo libre, que al fin puedo emplear en mis aficiones más queridas y tanto tiempo postergadas: la música clásica y los clásicos del cine. ¿Te das cuenta de que yo mismo me he convertido en clásico? Sin que sean demasiado suculentos, mis gajes de representante nacional me alcanzan para ir formando una buena compactoteca con todos los Bach, Vivaldi, Mozart, Beethoven, Brahms, Mahler, que en el pentagrama han sido. Wagner no, porque dicen que les gusta a los milicos porteños, es en lo único en que sigo fiel a mi vieja rebeldía. Además, y por parejas razones, me tenés de devoto suscriptor de tu videoclub. Ya he llevado prácticamente todos tus Eisenstein, Bergman, Orson Welles y Kurosawa. Es claro que complemento mi cultura cinematográfica con un competidor tuyo que se especializa en erotismo pragmático, ya que, después de todo, de carne somos. Ula, yo hablando como un loro y vos callado como una jirafa. ¿Sabías que las jirafas son mudas? Yo no. A ver, a ver, Malambo, contáme en qué andás. Me imagino que este inocente videoclub será tu tapadera. ¿Contra quién estás conspirando?

19

Cuando el ferrocarril no había empezado aún a moverse, Javier se asombró de que el vagón estuviese vacío. La única presencia extraña era una maleta dura, tipo Samsonite, que dormitaba entre dos asientos mullidos, como siempre son los de primera clase. Los andenes de Stazione Termini estaban en cambio repletos de viajeros, turistas o autóctonos, con impecables trajes de burócratas o desaliño de *globetrotters*, con estampa de *cosa nostra* o sotanas del Vaticano.

Había parejas que se sobaban minuciosamente durante el beso de despedida, madres que lloraban su desconsuelo ante el adiós del hijo recluta asomado en la ventanilla de segunda clase, changadores que sudaban copiosamente, ancianas que pedían ayuda para subir al tren sus discretos baúles.

Javier miraba atónito desde el vagón vacío. Él y la dura maleta acaso abandonada se miraban solidariamente. Cuando el tren por fin arrancó, se tapó los ojos. Sólo volvió a mirar cuando las plataformas y andenes de la colmada estación habían dejado sitio a la zona industrial, con chimeneas que salían al encuentro del convoy y luego se alejaban en dirección a Roma. Cuando por fin apareció la campiña, con vacas que bostezaban su tedio existencial y corderos que corrían exultantes, como si no les preocupara su futuro de carnicería, y hasta cosa extraña un hipopótamo casi azul metido en un charco barroso.

Durante tres horas, o dos, o cuatro (en el ferrocarril el tiempo avanza como sobre patines), Javier estuvo inmóvil, la valija también. Cuando por fin entraron en otra estación de categoría, Javier reconoció que se trataba de Cornavin, así también se llamaba la única vez que estuvo en Ginebra. Aquí los andenes albergaban mucha gente, pero el estilo suizo se contagiaba a los turistas, y todos, hasta un lote de *hooligans* que cantaban *a capella*, parecían circunspectos y un poco estirados. Además, no había curas, ni siquiera monjas. Ni Javier ni la maleta abandonaron el vagón de primera.

No bien el convoy empezó nuevamente a moverse (ahora iba hacia atrás), el compartimiento fue invadido por un inspector que pidió los billetes en tres idiomas, que no eran precisamente los de Suiza. Javier habría jurado que se trataba de holandés, portugués y catalán. Le mostró al políglota su *eurailpass*. El uniformado lo examinó sin el menor interés y se lo devolvió con un gesto tembloroso. Luego advirtió la presencia de la valija enigmática y preguntó si le pertenecía. Lo hizo probablemente en esperanto pero el sentido era inconfundible. Javier negó con su cabeza y con su gorra. El inspector extrajo de su cartera un plumerito y se lo pasó a la maleta, que en verdad estaba un poco polvorienta. Luego se fue sin saludar.

Ahora el paisaje no era de chimeneas ni de corderos. Había puentes, túneles y una autopista con una interminable hilera de automóviles atascados por culpa de un enorme camión semivolcado y un ciclista aparentemente muerto, rodeado de curiosos y policías. No sabía calcular las varias horas transcurridas desde esa imagen y la entrada del tren en la enorme estación de Frankfurt. Él había creído que la próxima era París, pero los carteles de *Eingang, Ausgand, Wechsel*, se fueron acumulando en su retina. Tampoco aquí abandonó el vagón de primera. La dura maleta gris se había convertido en su familia. Esta vez el inspector de turno habló en alemán con acento bávaro y cuando él le enseñó espontáneamente el *eurailpass*, sonrió abiertamente y dijo: *gute Reise*. No se fijó en la valija compañera, y cuando se fue silbaba muy quedamente una tonada que Javier identificó como la gastadísima *O Tannenbaum*. El tren arrancó, esta vez hacia adelante, entre los aplausos de la gente que llenaba la plataforma 5 y Javier reconoció un solo rostro: el del camarero gallego que lo había atendido alguna vez en el hotel Cornavin. ¿Por qué no estaba en Ginebra y sí en Frankfurt?

Javier se repantigó en su cómodo asiento, dispuesto a dormitar, pero no pudo. El paisaje, cada vez más veloz, lo sumía en el desvelo. Casitas de dos plantas y tejas rojas, grandes bloques de apartamentos en ciudades-dormitorio, iglesias con nidos de cigüeñas, uno que otro helicóptero extraviado.

De pronto la puerta del compartimiento se abrió y a Javier le sobrevino una violenta taquicardia. Una muchacha más hermosa que cualquier carátula de *Playboy*, le dedicó una mirada verdaderamente acalambrante. Se sentó frente a la maleta, la depositó con algún esfuerzo en el asiento de enfrente, extrajo de su bolso un llavero, abrió el candado y en consecuencia la valija, se quitó la chaqueta y la depositó en su interior, luego hizo lo mismo con un pulóver de lana verde, la blusa, los *jeans*, las medias, los zapatos. Cuando quedó totalmente desnuda y envolvió de nuevo a Javier con su mirada acalambrante, él se puso de pie, ya sin taquicardia, se quitó el saco, la camisa, los pantalones, la ropa interior, los calcetines, los zapatos y hasta el reloj pulsera. El rostro de la hermosa era de aceptación incondicional, de placer en cierne. Sólo dijo tres palabras: "Me llamo Rita". Fue sólo entonces que Javier advirtió, para su desencanto, que el tren estaba entrando en otra estación, mucho más

modesta que las anteriores y enseguida pudo recono-
cerla como la vieja y casi en desuso Estación Central
de Montevideo. Miró por última vez a la muchacha y
la maleta, y en un gesto desesperado pero imposter-
gable, decidió despertar. Le costó un poco darse cuenta
de que el bueno de Bribón le estaba lamiendo un
tobillo.

20

Éste fue el primer artículo que Javier mandó a la Agencia madrileña: "Montevideo, capital provinciana".

"Dentro del complejo muestrario de ciudades latinoamericanas, Montevideo es sencillamente una más. Así y todo, si se la compara con otras capitales de la zona, entonces aparece como una ciudad distinta, casi a contramano de los trazos, los regustos y las cicatrices urbanas del subcontinente. Por lo pronto, es una capital desproporcionada. Si uno se fija en el número de sus habitantes (1.300.000), debe admitirse que es una cifra más o menos corriente en las capitales latinoamericanas. Quito (1.420.000) y La Paz (1.400.000) apenas superan la población de la capital uruguaya. En cuanto a Santo Domingo, tiene la misma población: 1.300.000. El detalle está en que mientras Quito alberga el 14% de la población total de Ecuador; La Paz, el 19% del total de bolivianos; Santo Domingo, el 19% de la República Dominicana; en Montevideo, en cambio, reside el 42% de la población total. Si se hace el cotejo con otras capitales, el desequilibrio es aun más notorio. Las únicas que se acercan al porcentaje montevideano son Buenos Aires con un 31% y Santiago de Chile, con un 33%. Si Ezequiel Martínez Estrada bautizó a Buenos Aires como *la cabeza de Goliat*, ¿con qué metáfora habría que designar a Montevideo y su cabezona capitalidad?"

"Desde los inicios de la independencia, Montevideo acumula referencias que la vinculan con Europa. Si el legendario Garibaldi se hizo aquí presente en 1841 para mandar las tropas nacionales contra Rosas, el entonces celebérrimo Alejandro Dumas escribió (o, según cuentan las malas lenguas, hizo escribir y sólo firmó) desde París en 1850 su *Montevideo ou une nouvelle Troie*, débil como literatura pero resonante como apoyo solidario a la ciudad cercada. Lautréamont nace en Montevideo en 1846 y se lleva su memoria adolescente a París. El angloargentino Guillermo Hudson (que nació en Quilmes, Argentina, pero escribió en inglés) publica en 1885 su novela *The Purple Land* (La tierra purpúrea), situada en lo que luego se llamaría República Oriental del Uruguay."

"Por ésas y otras razones, Montevideo es una ciudad sin mayor carácter latinoamericano. Ningún europeo tendrá inconveniente en reconocer su colorcito seudoeuropeo, que empezó siendo postizo, mínimamente hipócrita, y ha acabado por constituir una inevitable, vergonzante sinceridad. De espaldas a América, y de hecho también de espaldas al resto del país, Montevideo, ciudad-puerto, sólo mira al mar, es decir a eso que llamamos mar y es sólo río (eso sí, el más ancho del mundo) y depende de imprevistas corrientes internacionales que sus aguas políticas o culturales sean dulces o saladas."

"Como ciudad-puerto, Montevideo ha sido sucesivamente mirada por ojos extranjeros. Después de todo, como ha escrito Borges, 'el color local es un invento extranjero; surge de que otros nos miren, no de lo que nosotros seamos'. Por la ciudad pasaron (y miraron), en muy distintas épocas: Sarah Bernhardt y Hugo von Hofmannsthal, Erich Kleiber y Louis Armstrong, Enrico Caruso y Albert Camus, Arthur Rubinstein y García Lorca, Roosevelt y De Gaulle, Borges y Fidel Castro, Neruda y Marcel Marceau, Juan Ramón

Jiménez y Dizzy Gillespie, Gabriela Mistral y Vittorio Gassman, André Malraux y el Che Guevara, Maurice Chevalier y José Bergamín, Jorge Amado y Rafael Alberti, Margarita Xirgú y Carlos Gardel. En los últimos tiempos, el nivel de los conspicuos visitantes ha bajado notoriamente: se llaman Pinochet y Stroessner, Bush y Collor de Mello."

"Antes de la dictadura y la televisión (que es otra dictadura pero en colores), Montevideo era, como ha señalado Daniel Vidart, 'el espejo de maniobras de nuestra sociedad'. También era el espejo cultural. Había un vasto público para los teatros y los cines, los cafés (Tupí Nambá, Sorocabana) congregaban tertulias con un orden del día que incluía política, fútbol y cultura, tres pilares insustituibles de la vida comunitaria. (Ahora, en cambio, los tertulianos no caben en los McDonald's.) La solidaridad era mucho más que una palabra. Cada clase tenía su tribuna en el Estadio Centenario, su sala de terapia intensiva y también su cementerio. Todo en orden."

"Ciudad de inmigrantes (las tres principales y sucesivas corrientes fueron de españoles, italianos y judíos), es también un mosaico arquitectónico. Todos los estilos se dan cita en la avenida 18 de Julio, principal arteria de la ciudad, y esa mezcolanza se ha ido convirtiendo en otro estilo y hasta ha adquirido un carácter peculiar y un extraño atractivo. La gran avenida es el termómetro de la ciudad. La dictadura la dejó sin árboles; la televisión, casi sin cines; la crisis, sin grandes tiendas. Invadida por los vendedores ambulantes y los ardides del contrabando, en algunos de sus tramos podría tomársela por un *Marché aux puces* del Tercer Mundo. No obstante, aunque ha perdido gran parte de sus modestos lujos, la Avenida sigue siendo una obligada referencia para el montevideano. Si no luce como antes, se debe sencillamente a que somos más pobres. Pero no hay en la ciudad ningún acontecimiento que de verdad importe (desde una victoria futbolística hasta una huelga sindical, desde una sobrecogedora manifestación política hasta la apoteosis del carnaval) que no se haga presente en 18 de Julio."

"Todavía hoy, tras doce años de dictadura y mientras recupera, con lentitud y algunos escollos, la buena costumbre de vivir en democracia, Montevideo mantiene (casi diría por fortuna) un estilo de vida bastante provinciano. Uno tiene la impresión de que aquí todos nos conocemos. Caminar por 18 de Julio es como moverse en el patio de la casa familiar. Siempre aparece alguien que, desde la acera de enfrente, alza el brazo como una antena racional, como la comunicación de una presencia."

"Esa proximidad, esa constancia del semejante, esa sensación de cercanía, hizo sin embargo más dramática la vida comunitaria durante la reciente dictadura. No era raro que un guerrillero fuera hijo de un ex parlamentario de derecha, o que una víctima de torturas fuera sobrina de un torturador. Hasta las hinchadas futbolísticas se inscriben en un estilo provinciano. Que un hincha de Peñarol se enamore de una chica de Nacional, o viceversa, puede originar resentimientos familiares de tal envergadura, que los conviertan en los Montescos y Capuletos del subdesarrollo."

"Como todas las ciudades del mundo, provincianas o no, Montevideo tiene mala conciencia de su vivir y de su morir, y quizá por eso no suele enseñar a los turistas sus cinturones de indigencia. Sin embargo a los extranjeros, y especialmente a los españoles, les gusta Montevideo. A mí también. Lo cierto es que en esta ciudad hay menos urgencias y menos *stress* que en las otras capitales de la franja atlántica. Su costa sureña, abundante en playas, y su estilo de vida, que asume sin conflicto la cercanía del prójimo, la hacen todavía, a pesar del legado de mezquindad que dejó la dictadura, una ciudad disfrutable y luminosa. Huelga decir que, por razones que quizá sean demasiado subjetivas, no la cambio por ninguna otra."

21

El primero que advirtió la llegada del auto fue Bribón, que emitió una serie de ladridos de alerta. Era raro que alguien apareciera a las siete de la tarde. Cuando sonó el llamador (una vieja mano de bronce que había encontrado hacía tres domingos en la Feria de Tristán Narvaja), los ladridos de Bribón subieron de tono. Quién es, preguntó Javier antes de abrir. Preguntó confiado, tal vez porque calculó, con cierta inocencia, que los rateros de esta zona no venían en auto.

No era un ladrón. Era un tipo alto, cincuenta y pico, con una avanzada calvicie y una mirada nada condescendiente. Su atuendo era deportivo, pero de marcas conocidas.

—Disculpe la hora inoportuna —dijo el recién llegado, quitándose la boina—. Mi nombre es Saúl Bejarano, coronel retirado.

Javier sólo pudo decir: ah. No le gustaba aquella invasión, y menos de un militar, aunque fuese retirado.

—Como podrá imaginarse, sé cómo se llama —agregó el coronel.

—Bueno, ¿a qué debo el honor?

Bejarano no pidió permiso para sentarse en la mecedora. Simplemente se sentó.

—Para ahorrarle detalles, le diré que sabemos cuándo llegó de España, también que se ha separado de su mujer, Raquel, y que su hija se llama Camila.

Que ha instalado un videoclub en Punta Carretas, especializado en clásicos del cine. Demás está decirle que con todo gusto integro su refinada clientela: ayer mismo me llevé *Adiós a las armas*. Todavía no la he visto, pero me imagino que será una historia de militares retirados. ¿O no? También conocemos las actividades que desempeñó con anterioridad a su exilio y las amistades que ha ido recuperando. Que se ha visto con Rocío Garzón, una tipa con agallas. Y que el vecino le regaló ese perro antipático, al que le ruego ordenar que deje de dedicarme sus gruñidos adolescentes.

Javier tragó con dificultad. Dijo: "Quieto, Bribón", y se animó a preguntar:

—Cuando dice "sabemos", ¿a quiénes incluye esa primera persona plural del presente de indicativo? ¿O se trata de un plural mayestático?

Bejarano sonrió por primera vez, pero era evidente que la sonrisa no era una de sus especialidades.

—No lo tome al pie de la letra. Es tan sólo la costumbre. Algunos militares, no todos, sobre todo si nos dirigimos a un civil, solemos hablar en primera persona del plural. Es un hábito que me ha quedado de cuando era militar en activo. Ahora no. Hablo sólo por mí mismo.

—¿Y bien?

—Ningún compañero de armas está enterado de que pensaba visitarle. En realidad, no sé cómo lo tomarían.

—¿Y bien?

—Y bien —parodia el coronel retirado—. Usted es amigo de Fermín Velasco, ¿no es así?

—Aparentemente, usted lo sabe todo. Sí, soy su amigo.

—Aquí empieza la parte difícil de mi visita.

Bejarano se mordió el labio inferior y bajó la vista. Cuando levantó los ojos, estaba decidido.

—Yo fui quien interrogó (usted diría torturó) a Fermín.

Javier no pudo evitar un respingo.

—¿Usted?

—Sí, yo mismo. Y otros más, claro. Esas cosas no se hacen sin asistencia técnica. Pero yo dirigía.

—¿Y se puede saber qué tengo que ver con ese edificante capítulo de su trayectoria profesional?

—No se burle. Le confieso que ese capítulo de mi trayectoria profesional no me ha hecho acreedor a ninguna condecoración.

—Se me ocurre que acaso usted aspire a cumplir el papel de un Scilingo oriental.

—En absoluto. Jamás se me ha pasado por la cabeza hacer una confesión pública. Más aún: creo que el capitán de corbeta Scilingo no procedió correctamente. En realidad, empañó la imagen de las Fuerzas Armadas argentinas. Y, por si eso fuera poco, con su testimonio provocó que otros irresponsables siguieran su ejemplo. Eso es grave, gravísimo, casi una traición.

—Y entonces, ¿qué pretende? ¿Qué tengo que ver con todo esto?

—Simplemente quiero que me sirva de enlace (una actividad en la que usted tiene buena experiencia) con su amigo Fermín. Usted dirá, con razón, por qué no me presento en su casa en vez de llamar aquí, en la suya. Le explico: él tiene mujer e hijos. Sé que no le fue fácil la reinserción en el ámbito familiar. Ahora por fin ha recuperado la armonía y el afecto. Tengo la impresión de que mi reaparición, mi presencia en ese medio, complicaría las cosas, ¿no le parece?

—Sí, me parece.

—Ya ve, estamos de acuerdo. Sólo le pido que hable con él, a solas, le informe de mi visita y le trasmita mi intención de que nos encontremos aquí, en su casa.

—¿Cómo puede ocurrírsele semejante cosa?

—Pensé que podía ser el procedimiento más idóneo y menos chocante para que nos comuniquemos él y yo.

—¿Le parece que, después de la vieja historia que usted y él comparten, Fermín tendrá ganas de encontrarse con usted, en esta casa o donde sea?

—Por supuesto, no estoy seguro. Pero quiero probar.

—¿Otra forma de tortura?

—No, hombre. Sé que no va a ser fácil. Sencillamente pretendo hablar con él. De hombre a hombre. O digamos, para emplear el lenguaje algo esquemático que usan ustedes, de verdugo a víctima, y viceversa.

—Si me tocara la viceversa, no me interesaría.

—Comprendo que a usted no, pero tal vez a él sí.

—¿Y si me niego a hacer esa gestión?

—Presumo que no se va a negar. No se olvide que de usted sabemos muchas cosas.

—¿Otra vez la primera persona del plural?

—Sí, sabemos muchas cosas. Por algo se escapó ¿no? ¿O acaso fue a hacer turismo?

—O sea, que se trata de un chantaje vulgar y silvestre.

—Vulgar puede ser, pero no silvestre. Tenga en cuenta que estamos en democracia. Dejemos los chantajes silvestres para periodos de dictadura. Ahora los chantajes son económicos, laborales, ideológicos.

—Etcétera.

—Sí, etcétera.

—Y entonces ¿a qué viene mencionar todo eso que ustedes saben de este humilde servidor? ¿Se atreverían a llevarme en cana, sólo por los *peccata minuta* de un pasado suficientemente lavado con amnistías?

—Tiene razón. Todo ha cambiado. Pero tenemos medios para ir infiltrando datos y datitos en ciertos órganos de prensa. Referencias que ni siquiera servirían para congraciarle con sus antiguos compinches. Y menos aún con quienes hoy empuñan el timón de este barquito un poco a la deriva internacional.

—¿Y si, pese a todo, me niego?

—¿Sin tener en cuenta la opinión de su antiguo camarada? Quién le dice que a lo mejor él sí quiere hablar conmigo, escucharme y ser escuchado, sin inquinas ni ideologías que nos separen. Ni siquiera es descartable que acepte encontrarse conmigo para meterme un tiro en la cabeza. Es un riesgo y lo acepto. Hay rencores de larga duración, rencores *long play*. Mire, hagamos un pacto. Si él le dice que no, se acabó la historia. Por otra parte, le aseguro que no pienso hablar, uno por uno, con todos los detenidos que pasaron por mi (digamos riguroso) interrogatorio. Y mucho menos con aquéllos a quienes logré arrancar datos, confesiones. Dicho sea de paso, hubo uno que lo involucró a usted, mi amigo, quizá porque sabía que usted ya se había ido. No voy a revelarle el nombre, así le dejo la opción de desconfiar de todos. Pero el caso de su amigo Fermín es muy especial. Primero, porque no habló, y la lealtad, aunque sea a una causa perdida, es siempre digna. No digna de admiración pero sí de respeto. Y luego, porque debido precisamente a su obstinado silencio, hubo que "moverlo" más que a otros. Y eso me pesa, por la sencilla razón de que no es un mal tipo. Se jugó por lo que creía justo, y perdió. De todos modos, lo respeto y le debo una explicación, que no se la voy a dar a usted pero sí a él. No pretendo que usted sea el Verbitsky uruguayo que me ponga en la picota y de paso ponga en la picota a las Fuerzas Armadas orientales, a los soldados de Artigas que fuimos y somos aún. Le hago esta aclaración porque no se me escapa que usted es pe-

riodista. No vine con intención de revolver la mierda
¿sabe? Aunque se lo merezcan. Y espero que advierta
la tercera persona del plural.

—No sé si vino con la intención, pero la re-
vuelve.

—¿Va a hablar con su amigo? Si él dice que no,
no insistiré. Palabra de coronel retirado. Más aún.
Usted me cae bien, de modo que si ahora mismo decide no hablarle, retiro mi amenaza de chantaje
posmoderno. Como tal vez se haya dado cuenta, soy
un sentimental.

22

Desde su regreso iba todos los lunes a ver a su madre. Nieves ya había cumplido setenta y siete, pero todavía se la veía fuerte y lúcida. El primero de esos lunes, cuando lo vio llegar, antes de besarlo y abrazarlo, lo tocó, lo palpó, le acarició la cara como si todavía fuera un niño o quizá para verificar que por fin estaba allí, que su vuelta era verdad. Durante los años de exilio él le había escrito con frecuencia cartas largas, muy detalladas, contándole sus viajes, sus traslados, sus cambios de trabajo, en general las buenas noticias (cuando las había), nunca las malas.

Vivía sola, desde hacía siete años en un apartamento sobre Agraciada, en la parte que ahora se llama Avenida Libertador Brigadier General Lavalleja. Sola, a pesar de haber parido tres veces. Javier se había ido, obligado, por razones obvias que ella comprendía, pero Gervasio y Fernanda porque así lo habían querido. Uno y otra habían construido muy lejos una nueva vida: Gervasio había empezado como cónsul en Tegucigalpa y había terminado como gerente en un supermercado de California; Fernanda había obtenido, mientras le duró la beca, un PhD en Chappel Hill y ahora enseñaba español en otra Universidad. Ambos solían escribirle para su cumpleaños y para Navidad, pero en los últimos tiempos sólo le enviaban postales, con los más comunes de los lugares comunes y sin la menor noticia de cómo se sentían en sus respectivos trabajos, qué tal les iba a los chicos en los estudios. Gervasio, que se había casado con una canadiense, tenía dos hijos, ambos varones, y Fernanda, que a poco de llegar se había casado con un italoamericano y casi inmediatamente divorciado, luego se había simplemente juntado con un mexicano, ex espalda mojada pero ahora próspero taxista, que le había dado dos hijos: un varón y una niña. En los primeros años, Nieves les escribía todos los meses, pero después se fue desanimando y sólo contestaba a las postales (el Niágara o el Empire State Building) con otras postales autóctonas (la Rambla de Pocitos o el Palacio Salvo).

Desde España, Javier había intentado comunicarse con sus hermanos, pero ellos siempre lo habían mirado con recelo y habían tratado de que el izquierdismo del menor no perjudicase sus propios proyectos migratorios. En Estados Unidos siempre se habían cuidado de aclarar que no eran emigrados políticos, una etiqueta que sólo era buena cuando se trataba de cubanos anticastristas. En vista de ese desinterés Javier había dejado de escribirles y ni siquiera podía llamarles porque nunca le habían comunicado sus señas telefónicas. Allá ellos.

La Nieves que había hallado Javier en su desexilio era (más vieja, claro) la misma de siempre. Él nunca se había explicado el desapego de sus hermanos con respecto a su madre. Era cierto que ella se había sentido más ligada a Javier. Por ser el más pequeño, por parecerse más al padre, por ser más simpático. Sin embargo, siempre se había esforzado en que esa preferencia no fuese evidente. A los tres los sostuvo igualmente en sus estudios, les aconsejó (sin mayor éxito en el caso de los dos mayores) en sus periodos de desorientación, incluso había ayudado a Gervasio y Fernanda a pagar sus billetes de avión cuando decidieron emigrar. Por una vía indirecta se había enterado de que Gervasio y Fernanda se llevaban bien, se telefoneaban a menudo y hasta reunían a ambas familias una o dos veces por año. Esa buena relación fraternal la alegraba, pero también le dolía cuando la comparaba con la muy remota que mantenían con ella y con Javier. Por eso el regreso del hijo menor la había estimulado, inyectado energías, renovado su interés por la vida.

Nieves tenía alguna dificultad para moverse (el reumatismo era casi su único problema de salud) y por eso pagaba a una "empleada" (Nieves se refería a ella como la "señora Maruja") que venía diariamente a ocuparse de una sumaria limpieza y el lavado de ropa. También se encargaba de cocinarle y luego almorzaban juntas. Nieves se llevaba muy bien con la "señora Maruja", y ésta, una vez cumplida su tarea, se quedaba a ver con ella algún programa de televisión. Nieves afirmaba que los culebrones la aburrían, pero que los soportaba para que la "señora Maruja" (que no tenía televisión en la pieza que alquilaba) se quedara con ella un poco más. Aparte del reumatismo, la soledad era su dolencia más notoria.

De ahí que el regreso de Javier representara para ella la apertura del cielo. Nunca había creído en Dios, pero ahí estuvo a punto de. No obstante, se mantuvo en sus trece y prefirió atribuir el afortunado cambio en su vida al buen azar, sin advertir que para ella el azar era un suplente de Dios.

En dos fines de semana Javier la había traído a Nueva Beach. Le gustó cómo había arreglado la casa, le encantó el cuadro de Anglada, pero pese a la insistencia del hijo pródigo, en ninguna de esas ocasiones quiso quedarse más de dos días "porque la señora Maruja se va a preocupar y además se quedaría sin su culebrón, que es de lunes a viernes".

—Perdonáme, Nieves, pero yo creo que a vos también te ha atrapado esa serial brasileña. Te da un poco de vergüenza confesarlo, pero me parece que te viene bien la excusa de Maruja.

—Es claro que algo me interesa. Los actores son buenos. Siempre son historias con un poco de amor y otro poco de desamor. Y en eso se parecen a la vida ¿no?

—Ocurre lo mismo con las novelas, pero tengo la impresión de que ya no leés tanto como antes.

—A causa de la vista. Me cansa mucho. El doctor Fran Sevilla dice que no tengo cataratas ni astigmatismo ni siquiera miopía. Sólo la vista cansada. Y así debe ser. Después de una hora de lectura me viene jaqueca.

—¿Y con la tele no?

—Con la tele no. Bueno, nunca le dedico más de cuatro o cinco horas.

Javier la miró divertido y por fin ella no pudo disimular más y se dio por vencida con una sonrisa culpable.

—Es que estoy muy sola, Javier. Ahora estás vos y ya no me pesa tanto la soledad. Pero hasta aquí mis únicas compañías eran la "señora Maruja" y la tele.

El segundo lunes en el apartamento de la Aguada, Nieves había querido saber de Camila, de Raquel y las razones de la separación. Raquel siempre le había caído bien.

—Ves, ahora vos también estás solo. Y sin tu hija. Es seguro que las dos te echan de menos.

—Puede ser. Es cierto que echo de menos a Camila.

Javier recorrió con la mirada la prolijidad del apartamento. Los ruidos de la calle entraban insolentes por la ventana que, pese al frío, estaba entreabierta.

—A ver, Nieves, confesáte conmigo. ¿Por qué no te volviste a casar?

La risa de la madre apagó por un instante los ruidos externos.

—Entre otras razones, porque nadie me lo propuso.

—¿Pero nunca apareció algún tipo que te gustara?

—Una sola vez. Pero no me hacía caso.

—¿Lo conozco?

Entre las muchas y consolidadas arrugas, Javier detectó un amago de sonrojo adolescente.

—Claro que lo conocés. Tu famoso maestro don Ángelo.

Javier quedó mudo. De pronto se le representó con toda nitidez una lejana fiesta escolar de fin de año.

—Después que te fuiste, nos vimos dos veces, en reuniones casuales. En la primera, hasta llegué a sonreírle, pero fue evidente que mi sonrisa había perdido su poder de seducción. En la segunda vez le brillaron los ojos, pero nada más.

—Siempre fue muy tímido.

—Puede ser. Después se murió. O sea, que me libré de quedar otra vez viuda. Tal vez fue una lástima. ¿Sabés? Tengo la impresión de que si yo lo hubiese cuidado, no se habría muerto. Yo creo que murió de soledad. La soledad, Javier, es un tumor maligno.

23

Estuvo jugando un rato con Bribón, pero el perro le ganaba en juventud y en energías, de modo que Fermín acabó exhausto, tumbado en la mecedora. Sólo cuando recuperó el aliento aceptó la grapa con limón que le tendía Javier.

—Y bien, ahora que ya atendí los homenajes de tu perro, ¿puedo saber cuál es el motivo urgente de esta convocatoria? ¿También citaste a los demás?

—No. Sólo a vos.

—¿Es grave?

—Vos dirás.

Fermín tomó un trago.

—Es buena esta grapa.

—La compré la semana pasada. Te advierto que es grappa, con dos *p*. Es italiana.

—Ah, con razón.

Esta vez fue Javier el que tragó.

—La cosa es ésta: vino a verme un coronel retirado.

—Caramba. No te conocía ese tipo de relaciones.

—Tampoco yo las conocía. Pero no era este servidor el motivo de la visita.

—¿Quería comprarte a Bribón?

—No. El motivo eras vos.

Fermín se puso de pie. La fatiga se le había esfumado.

—¿Sabés cómo se llama?

—Sí, claro. Se trata del coronel retirado Saúl Bejarano.

—Me suena. ¿No fue un "connotado torturador"?

—No sólo connotado, como vos decís. Fue tu torturador personal.

—¡No jodas!

—Él mismo me lo dijo.

—¿Y qué quiere ese hijo de puta?

—Hablar contigo.

—Pero ¿qué le pasa? ¿Tiene el mal de Alzheimer?

—No creo.

—¿Y por qué vino a verte a vos y no directamente a mí?

—Para que yo hiciera de enlace. Te adelanto que lo saben todo acerca de nosotros. Lo que ya imaginábamos y mucho más. Hasta detalles pueriles, casi insignificantes. Incluso de mí, que nunca fui un pez gordo. Saben, por ejemplo, que tras varias dificultades, has logrado rehacer tu vida, tu relación con Rosario y con tus hijos, y por eso cree que ir a golpear a tu puerta podría interferir en esa armonía arduamente recuperada.

—Lo que se dice un hombre fino y considerado. ¿De veras no creés que tiene Alzheimer? Mirá que hasta Reagan lo padece. Está de moda.

—No le saques el cuerpo a la situación.

—¿Y te dijo para qué quiere encontrarse conmigo? ¿Me desafiará a una partida de truco? ¿De billar? ¿Querrá que lo presente en algún quilombo de la frontera?

—Quiere hablar contigo para explicarte por qué hizo lo que hizo. Contigo y con los demás.

—Pues que se ahorre el trabajo. No precisa explicármelo. Lo tengo clarísimo. Hizo lo que hizo, conmigo y con otros, porque es un sádico, un tipo que disfruta con el sufrimiento ajeno. ¿Y piensa repetir el *mea culpa* con todos sus ex huéspedes? ¿Por qué no va a la televisión como hizo Scilingo? Podemos conseguirle una entrevista con Omar Gutiérrez, con Jorge Traverso o con Raquel Daruech.

—No creo que aceptara. Opina que Scilingo es un traidor porque con su testimonio enlodó a las Fuerzas Armadas argentinas.

—Más nos enlodaba él cuando nos metía la cabeza en el barro o en la mierda.

—Quiere hablar contigo y con nadie más, precisamente porque vos sos un buen tipo y no delataste a nadie; que él sabe respetar la lealtad, aunque se trate de lealtad a una causa perdida. En cambio no quiere entrevistarse con aquellos que hablaron. A ésos no los respeta.

—Ah, qué interesante. ¿Acaso él sabe si habría hablado o si habría callado si le hubieran aplicado el mismo tratamiento que él y sus camaradas nos propinaron? ¿Hasta dónde y hasta cuándo habría aguantado ese huevón?

—Calmáte, Fermín. Si no querés verlo, algo que me parece muy explicable, no lo ves y chau.

—¿Y cómo se enterará de mi respuesta?

—Me imagino que aparecerá de nuevo. Incluso pretendía que el encuentro se realizara aquí, en esta casa.

—¿Qué pensarían nuestros compañeros si se enteraran de que vos y yo nos reunimos con él, y nada menos que en tu casa?

—Supongo que no les gustaría ni lo comprenderían.

—¿A vos te gustaría?

—Sin condicional. A mí no me gusta.

—¿Así que sabe muchas cosas? ¿Por ejemplo qué?

—Sólo se refirió a mi ficha. Que me separé de Raquel. Con quiénes me he visto después de mi vuelta. Es cliente del videoclub.

—¿Y te chantajea con eso?

—Al principio lo sugirió. Luego retiró la amenaza.

—¿Y si le decís que resolviste no hacer de enlace?

—No te preocupes. A esta altura, ya debe saber que te llamé y que viniste a verme.

—Podés decirle que sí nos vimos. Somos amigos ¿no? Pero que hablamos de otras cosas. De fútbol, por ejemplo.

—No son estúpidos, Fermín. Ése fue uno de nuestros errores garrafales: creer que eran estúpidos.

—Tendré que pensarlo con calma. No estoy seguro de que, si me encuentro con él, pueda contenerme de saltarle al cuello.

—Es consciente de ese riesgo y otros similares.

—Conciencia un poco mugrienta ¿no? Y esa mugre no se lava con autocrítica.

—Él no habló de autocrítica sino de explicación. Me parece que todavía no ingresó en la etapa del arrepentimiento. Está claro que vos no padecés el síndrome de Estocolmo, pero también está claro, al menos por ahora, que él no padece el complejo de Scilingo.

—Mirá, aunque él no lo reconozca, lo de Scilingo les movió el esqueleto a unos cuantos. Todavía no le contestes.

—¿Y si viene a buscar la respuesta?

—Y si viene, decile que vos cumpliste en transmitirme su amable recado, pero que aún no respondí; que, cuando me lo dijiste, simplemente hice un gesto pero no sabrías decir si fue de sorpresa o de asco.

24

Querido Viejito: En realidad, no debería escribirte, porque sos un ingrato, un padre desnaturalizado o algo por el estilo. Ya hace seis meses que te fuiste y sólo me escribiste dos veces, aunque dejando constancia, eso sí, de que me echabas mucho de menos. Un cuentamusas, eso es lo que sos. Pero igual te quiero, qué voy a hacer. Si hoy he decidido escribirte, desprendiéndome por un rato de mis más que justificados rencores, es porque tengo una importante noticia: ¡estoy enamorada! El afortunado es un chaval (bueno, no tan chaval, tiene 24 años) que conocí hace dos meses en lo de Inma. ¿La ubicás? La de la galería Veneto, en la calle Zurbano. Fue ella quien nos presentó. Un flechazo. Como los de antes, ésos que aparecían en las novelas del siglo pasado. La diferencia es que a los quince días ya nos habíamos acostado. En su pisito, claro. A la Vieja todavía no se lo he dicho (no me refiero a la relación, que sí la conoce, sino a la cama) porque a ella la tengo cerca. A vos te lo digo porque está el Atlántico de por medio, y además, cosa rara, con vos siempre tuve más confianza. Así que no me defraudes: no me envíes una paliza por fax. Pues sí, nos acostamos. Una maravilla, Viejito. Según me han contado, los de tu generación aprendían los detalles en el Kama Sutra; nosotros, en cambio, en el Katre Sutra. Aunque te parezca mentira, y desacreditando todas las estadísticas y encuestas que, según la prensa

seria, sostienen que la mayor parte de las jóvenes
españolas, residentes en medios urbanos (sic), pierden la virginidad a los quince, yo, que soy joven española urbana y a mucha honra, pero con genes del
Cono Sur, la he perdido a mis tardíos diecinueve. Debo
ser un caso de adolescencia *attardé*. Por favor, Viejito, no me vengas con el riesgo del sida, porque tanto
Esteban (así se llama y es de la ilustre Salamanca) como
esta hija tuya, antes de dar el mal (¡o buen!) paso, nos
hicimos los correspondientes análisis y estamos más
saludables que San Francisco de Asís, que como es
sabido sólo copulaba con ovejitas y cervatillos. Por
otra parte, usamos indefectiblemente las gomas que
prohíbe el Santo Padre, tan anacrónico él, pero no para pre-
servarnos del sida sino del embarazo. A propósito, ¿llegó
al Río de la Plata el cuento del cacique piel roja y su
hijo menor? Éste pregunta un día a su venerable pro-
genitor: ¿Por qué mi hermana mayor se llama Claro de
Luna? Se llama así, responde el veterano, porque tu
madre y yo la concebimos una noche en que lucía en
el cielo una luna esplendorosa. ¿Y por qué —insiste el
curioso y algo llenador indiecito—, mi hermano se llama Caballo Salvaje? Se llama así, responde el cacique,
porque, aunque parezca increíble, tu madre y yo lo
concebimos, con cierta incomodidad pero con ánimo
aventurero, mientras cabalgábamos sobre un caballo
especialmente brioso. ¿Y por qué? empezó a balbucear el cargante jovenzuelo, pero en ese momento al
cacique se le acabó la paciencia y le gritó: ¡Basta ya,
Goma Rota! Lo dijeron por la tele. ¿Qué te parece la
libertad de que gozamos? Demás está decir que no
era un programa del Opus Dei. No te preocupes, Viejito. Ni Esteban ni yo venimos de la Ruta del Bakalao.
Sólo una vez, para probar, fumamos un porro. Él
empezó a toser como un condenado y a mí se me
revolvió el estómago, así que, ya que el vicio nos duró
cinco minutos, decidimos no pasar a otras fases más

comprometidas y de esa manera ahorrarnos los monos de rigor. En mi clase hay una pareja que, cuando les sobreviene el mono, se vuelven insoportables. Es como en política ¿no te parece? Cuando a Chile, la Argentina y Uruguay, les sobrevino el mono, mejor dicho el gorila, también se volvieron insoportables. O cargantes, como dice mamá. Para ella (ya está mayor la pobre ¡tiene cuarenta y cinco años!) hasta el rock es cargante. Me imagino que para vos (si mal no recuerdo ¡tenés cuarenta y siete!) también. A mí me gusta Sting, tal vez porque el suyo es un rock impuro, y a mí la pureza (desde la endémica hasta la académica) siempre me ha caído en la nuca. ¿Y qué tal ese país? Mamá mantiene sus suscripciones a *Brecha* y *Búsqueda*, y entre una y otra extraemos una impresión promedio, aunque siempre hay cosas que no entendemos, sobrentendidos que nos sobrevuelan. *Brecha* nos deja a menudo la imagen de un país sombrío, levemente tétrico y sin salida (pocos avisos, claro), mientras que *Búsqueda*, bien acolchada en la invasora publicidad de las transnacionales y la Gran Banca, nos trasmite una dulce confianza en el neoliberalismo, tratando de convencernos de que el capitalismo salvaje no es tan temible como dicen los rojos y que finalmente será alfabetizado por los economistas doctorados en la consabida metrópoli. Mamá dice que ni tanto ni tan poco. Ni pleno sol ni oscuros nubarrones. Moderadamente cubierto y punto. Yo no digo nada, porque en esos temas soy más neófita que en otros. Y ahora que nada menos que Milton Friedman opina que el Fondo Monetario es una prescindible basura, me siento más desorientada que un espermatozoide en un matrimonio *gay*. ¿A vos, que estás allí, qué te parece? Escribí, carajo, como nos prometiste muy pancho cuando te despedimos en Barajas, la noche en que emprendiste el regreso a tu cueva preferida. Había pensado, y mamá estaba de acuerdo, en ir a visitarte en las próximas vacaciones, pero me da una pena horrible (léase pánico) dejar a Esteban a merced de tantas salmantinas guapísimas y minifalderas que andan por estas callejas de Dios. ¡Si se animara a venir conmigo! Pero el viaje cuesta mucha pasta. Él dice que le interesa el Tercer Mundo y que le gustaría hacer un estudio comparativo entre la corrupción de allí y la corrupción de acá. Una faena que nadie ha emprendido. Por algo será. ¡Muchos estudios comparativos del PNB, de las balanzas comerciales más o menos desequilibradas, de la productividad, de los brotes terroristas, de las conversiones industriales, de los índices de analfabetismo, de las reformas universitarias, etcétera! Pero sobre corrupciones comparadas (que integran, junto con el sida y el *internet*, la gran tríada de temas universales) nada de nada. A lo mejor vos lo podrías ayudar. No pongas cara de suegro en cierne. Ya verás que te gusta. ¿Así que tienes o tenés un perro? ¿Por qué le pusiste Bribón? Ya estoy como el hijo del cacique ¿no? Después de todo, te confieso que buena parte de esta carta un poco loca es algo así como un tierno camuflaje para disimular una sola verdad: te extraño, Viejito. Besos y abrazos de tu única y maravillosa hija, o sea (por si se te olvidó) Camila.

25

Por lo general, iba al Centro los viernes, atendía el videoclub los fines de semana para ayudar a los muchachos ya que era cuando más clientes acudían, y de paso aprovechaba para quedarse en el apartamento de Rocío. Los lunes volvía a casa y era recibido gozosamente por Bribón, que, aunque se llevaba bien con los vecinos (entre otras cosas, porque le daban de comer cuando él no estaba), tenía muy claro que su amo, su sostén, su refugio y su amigo era Javier.

Después de los primeros estupores y descubrimientos, la relación con Rocío se había normalizado. La verdad es que Javier no servía para estar sin mujer. Siempre había sentido, alternativamente, la necesidad de la soledad y la necesidad de la mujer, dos requerimientos que casi siempre se habían cruzado en su vida, provocándole más de un desconcierto. Ahora, sin embargo, la situación era inmejorable. De lunes a jueves disfrutaba de su soledad, y el viernes, cuando empezaba a añorar a la mujer, no a cualquier mujer sino a Rocío, se encontraba con ella, en tanto que el lunes, cuando comenzaba a echar de menos su soledad, regresaba a su casa, para compartir su retiro con Bribón. Un vaivén perfecto.

Lo cierto es que se sentía cómodo con Rocío. Le gustaba su cuerpo, su forma cálida, tierna de hacer el amor, sin alaridos de placer pero agradeciendo y proporcionando el goce. Le gustaba el carácter de

Rocío: cómo sabía administrar el silencio de Javier y su propio silencio. Le gustaba que tuvieran una historia compartida; sentirla cerca y oírla moverse en la cocina, mientras preparaba alguno de los platos que a él le encantaban. Los sábados de noche solían ir al cine o al teatro, de modo que su relación iba de a poco siendo conocida y admitida por los amigos de siempre.

Javier no la había enterado de la visita de Bejarano, no por falta de confianza sino para evitarle una preocupación. Pensaba que ella ya tenía bastante con los rastros de su pasado, del que casi nunca hablaba, ni siquiera con Javier; señal, pensaba éste, de que era un dolor ya no físico sino del ánimo, un dolor del que ni siquiera ahora, tras varios años de vida libre, se había repuesto.

Un domingo Javier la llevó a que conociera a su madre. Nieves, que seguía pugnando para que Javier volviera con Raquel, o mejor aún (ya que significaba que él no volvería a emigrar) para que Raquel volviera con él, recibió a Rocío con cierta reticencia. Sin embargo, y a pesar de los años, no había perdido su capacidad intuitiva, así que no tuvo más remedio que admitir, en la siguiente visita del hijo, que "tu nuevo amor parece buena persona", agregando: "A ver si no la dejás plantada como a la otra". Javier reía, pero ella lo decía en serio. A la "señora Maruja" también le gustó Rocío, y eso fue muy importante para Nieves. Otro domingo que fueron a verla, invitó a ambos a que las acompañaran a ver una nueva telenovela que sólo pasaban los fines de semana, pero Javier decidió que hasta allí llegaba su amor filial y se llevó a Rocío, poco menos que a la fuerza, aunque ella no estuvo demasiado conforme con semejante estampida.

—Mirá, Javier, que ahora las telenovelas forman parte indisoluble de la vida montevideana. Como el fútbol, el mate o la quiniela. Si no sabés cómo va la telenovela, te pueden tomar por extranjero. Ni siquiera por porteño, ya que allá tienen parecidas teleadicciones, sino por un recién llegado de la Polinesia.

Javier comprendía, pero nada más. En Nueva Beach ni siquiera tenía televisor. Se las arreglaba con la radio. Aquí y en cualquier parte, incluso en España, prefería la radio, que proporcionaba más y mejor detalladas noticias; que daba datos y referencias que la televisión evitaba; que acogía opiniones, debates, entrevistas, impensables en cualquiera de los canales. Javier todavía no había salido de la edad de la radio. La tele le parecía una invasión, un agravio a la intimidad, una propuesta que otros dictaban. En Madrid sólo veía el *Informe semanal* de los sábados, los filmes submarinos o selváticos del viejito Cousteau y alguno que otro documental, como uno estupendo sobre la invasión norteamericana a Panamá, que Canal Plus pasó sólo una vez, codificado, y nunca más lo repitió, como hacía habitualmente con otras películas testimoniales.

Rocío prefería que Javier viniera a su casa en vez de trasladarse ella a Nueva Beach. "Cuando llegue el verano, puede ser." Pero el verano había llegado y ella sólo había ido dos veces. Estuvieron en la playa, que ahora estaba repleta. Eso siempre la espantaba. Después de tanta clandestinidad primero, y tanta clausura después, las muchedumbres la ponían tensa. Aun en los actos callejeros del Frente Amplio, a los que normalmente concurrían, prefería situarse en un límite, al borde mismo del gentío, como si quisiera dejar abierta una vía de escape.

—Nunca se sabe —decía—. Vos no entendés esto porque te fuiste a tiempo y lo bien que hiciste. Pero yo estuve aquí y sé lo que es el miedo.

Javier entonces trataba de proporcionarle un refugio y la abrazaba, aunque fuese en público, y sólo se desabrazaban para aplaudir a Seregni o a Tabaré o a Astori o a Mariano.

—El miedo es la condición previa del coraje —decía sentenciosamente Javier—, nadie es valiente si no pasa antes por el miedo, el coraje viene de sobreponerse al temor.

—Mirá qué bien —se burlaba ella—, pero te juro que el miedo que yo tuve allá por los setenta, no era una antesala del coraje. Era bruto miedo y nada más.

Javier se sentía entonces un poco memo y/o presuntuoso, y aun antes de que concluyera el acto político, se la llevaba de allí, suavemente a la cama, esa cama de una sola plaza en el apartamento de bolsillo de Rocío ("esto es apenas un watercomedor", se burlaba él), y allí, ya juntos de veras, sin los vanos atolladeros de la ropa, recuperaban el impagable diálogo de los cuerpos, que era el único argumento de que disponía Javier para convencerla de que ahora sí podía sentirse a salvo.

26

Un mes después de su primera incursión en Nueva Beach, reapareció por fin el coronel retirado. Javier lo encontró como envejecido y hasta desprolijo. Y le pareció que envejecía aún más cuando él le informó que Fermín no quería verlo.

—¿Y por qué?

—No me comunicó los motivos. Sólo me dijo que no.

—¿Tendrá miedo?

—¿Miedo de qué?

Javier no pudo menos que recordar las variaciones de Rocío sobre el mismo tema.

—No sé. De algo. Si fuera así, yo lo comprendería.

—Es una opinión personal, pero no creo que Fermín tenga miedo. Más bien pienso que no tiene ganas. Sólo eso.

—También lo entiendo. Es una lástima. Yo sólo quería hablar. ¿Es tan difícil hablar?

Esta vez Javier lo vio tan desanimado que le sirvió una copa. El otro la aceptó. En silencio.

Cuando percibió que esta vez la relación era menos tensa que en la ocasión anterior, Bribón se acercó al intruso sin ladrar ni gruñir y le lamió la punta deslustrada de una bota, que era el único detalle no deportivo (¿o acaso jugaría al polo?) de su atuendo.

—¿Tiene pesadillas? —preguntó Javier.

—Ya le aclaré en otra ocasión que yo no soy Scilingo.

—¿Y por qué esa obsesión de hablar con Fermín?

—Es un personaje que, no sé exactamente por qué, se me ha instalado en la memoria. No me ocurre con los otros que estuvieron a mi cargo. Pero a su amigo no lo puedo borrar. Y tengo la impresión de que la única forma, no de borrarlo sino de asumirlo, es enfrentarme a su propia memoria, donde acaso también yo sea un personaje imborrable. Me parece.

—¿Usted tiene familia? Quiero decir si es casado, si tiene hijos. Usted lo sabe casi todo de mí, pero yo de usted no sé nada.

—Estuve mal el otro día, cuando hice alarde de lo que sabíamos. Estuve mal, lo siento.

—¿Estuvo mal en decírmelo o en saberlo?

—En decírselo, porque fue una jactancia inútil, antipática. Saberlo es otra cosa. Algo inevitable. Pero contesto a su pregunta. No tengo hijos. Estuve casado pero enviudé. Mi mujer era diez años menor que yo. Contrajo una hepatitis B.

—¿Murió antes o después del "proceso"?

—Ya nadie dice "proceso", ¿sabe? Se ve que usted estuvo fuera. Fue un circunloquio sin fuerza. Entre nosotros nos referimos al "gobierno militar" y en algún descuido hasta decimos "dictadura". Después de todo, aquello no fue un problema semántico. Sí, mi mujer murió después de la dictadura. Y eso hizo que me sintiera peor.

—A lo mejor, si su esposa todavía viviese, usted no habría querido dar este paso.

—Puede ser. Al menos habría sido más complicado llegar a esta conclusión, a esta necesidad.

—¿Por qué?

—Bueno, ella nunca supo hasta qué punto estaba yo comprometido en ese tipo de interrogatorios. Nunca se lo dije.

—¿Por qué?

—Le advierto que está demasiado inquisidor. Tenga en cuenta que yo estoy habituado a interrogar, pero no a responder. ¿Por qué no se lo dije? Le habría chocado. La pobre era católica apostólica romana, por lo tanto creía en Dios y en el infierno y en todas esas majaderías.

—¿Usted no cree en Dios?

—Oficialmente soy masón, como tantos de mis colegas. Pero verdaderamente no creo en Dios. No me conviene que exista, ¿entiende?

—No del todo.

—Fíjese que la historia de la humanidad incluye tremendas barbaridades que se han hecho en nombre de Dios. ¿Se enteró de que en la Argentina había sacerdotes que consolaban a aquellos oficiales que lanzaban vivos al mar a los prisioneros políticos? Nosotros torturamos para arrancar información, es cierto, pero no arrojamos a nadie al mar, ni vivos ni muertos. Y todo lo que realizamos, bueno o malo, no lo cumplimos en nombre de Dios. Lo hicimos por nosotros mismos, sin excusas religiosas, bajo nuestra sola responsabilidad, sin pensar en cielos ni en purgatorios ni en infiernos, ni en la puta madre.

—Carajo.

—¿Por qué carajo?

—Es la primera vez que oigo una explicación tan...

—...¿abominable?

—Por lo menos tan inesperada.

—¿Acaso no se ha dado cuenta de que la Iglesia uruguaya nunca nos tragó? La Iglesia argentina en cambio los confesaba y les administraba la hostia. Y el general Videla, en pleno juicio, se pasaba leyendo vidas de santos. Nosotros nunca fuimos tan cínicos. Crueles y mentirosos tal vez, pero no cínicos.

—¿Y usted está arrepentido?

—¿Arrepentido? No, decididamente no. Incómodo tal vez. Pero no se haga ilusiones. Creo que cumplimos una misión necesaria. La subversión fue un hecho innegable. Nos vimos obligados a responder con otros hechos no menos innegables.

—¿Y por qué incómodo?

—Porque entiendo que habríamos podido lograr el mismo efecto final, sin tantas flagrantes violaciones de los derechos humanos y otras paparruchas.

—¿Paparruchas?

—Perdón. No estoy contra los derechos humanos. Sólo estoy contra algunos cretinos que se pasan invocando los derechos humanos. Si no se hubieran metido los norteamericanos con sus licenciados y doctores en represión, con sus leyes de Seguridad Nacional, si hubieran dejado que los orientales arregláramos nuestras diferencias, por tremendas que fueran, entre nosotros, le aseguro que habríamos ganado de todos modos esa guerra, pero sin dejar tantas heridas, muchas de ellas incurables, en una sociedad tan alfabetizada como la nuestra.

—¿Qué tiene que ver con esto la alfabetización?

—Una cosa es matar indiecitos analfabetos, como en Guatemala, y otra es matar estudiantes universitarios, como a veces ocurrió aquí.

—O sea que aprueba la matanza de indiecitos.

—Tampoco es la solución ideal. La solución ideal es que los débiles e ignorantes se sometan al fuerte y más sabio. Me imagino que comprenderá que eso ahorra sufrimientos. A todos. Y no es poco. No es la fórmula perfecta, pero al menos provoca menos críticas internacionales.

—Ah.

27

Este artículo ("Los países no mueren") fue el segundo que escribió Javier desde Montevideo, pero la Agencia (para sorpresa del articulista) se negó a difundirlo:
"Los países no mueren. Ricos o pobres, pobres o miserables, siguen viviendo. Un país puede enfermarse, enflaquecer hasta quedarse en los huesitos, inflamarse de soberbia o desmoronarse de vergüenza, contraer la celulitis de la retórica o la lepra (Sartre dixit) de la tortura; un país puede cambiar de amo y hasta temer por su vida, pero nunca muere. La que muere es la gente. Es claro que a veces la gente se cansa de morir y hace revoluciones. O se cansa de morir y las suspende. El cansancio de la muerte es, después de todo, una señal de vida. Durante un tiempo, pleno de soberana agitación, la muerte puede ser el precio de otras vidas, la onerosa garantía de un cambio. No obstante, cuando, en posteriores instancias de derrota, llega a convertirse en oscura rutina, sin cambio a la vista, entonces la muerte es sólo señal de muerte. Y se hace necesario buscar otras rutas para el cambio."
"La guerra también mantiene alerta al enemigo. Pero si bien es cierto que éste puede sentirse venturoso sólo en la guerra, la paz en cambio puede llegar a estancarlo, a fosilizarlo, a dejarlo huérfano de motivaciones. Por eso, cuando los imperios se enfrentan a la paz, aun aquella paz que predicaron y prometieron

entre misil y misil, cuando se enfrentan a una paz que en el fondo nunca ansiaron, se hunden en la frustración y el desasosiego. Verbigracia: cuando Estados Unidos se quedó sin la URSS, o sea, sin rival a la vista, estuvo a punto de sumirse en la desesperación y el desempleo. Por un tiempo, Washington avizoró un peligro: que, debido a esa ausencia de objetivo guerrero, toda la nación se sumiera en el abismo de la droga, para alegría de los cárteles colombianos."

"Inventar un nuevo enemigo no fue fácil. Los departamentos más ingeniosos y soñadores del Pentágono pusieron a funcionar su imaginario. A punto estuvieron de herniarse en el esfuerzo, pero al fin inventaron a Saddam Hussein, que después de todo era un ex amigo en la pugna contra Irán. Como su compatriota Melville había creado a su famosa Moby Dick, ellos inventaron a su ballenato iraquí y hasta le programaron en un entorno informático la famosa madre de todas las batallas. Sin embargo, esa *fiction war* duró muy poco, apenas hasta que unos miles de soldados iraquíes fueron sepultados vivos por los tanques democráticos en las arenosas trincheras del desierto (no en las 'procelosas' aguas del Atlántico, como habían hecho en la Argentina las huestes de Videla), y el general Powell admitió, infernal y gozoso: 'Toda guerra es un infierno'. *Wonderful.* De nuevo sobrevoló sobre el pobre Imperio la amenaza siempre latente de la paz, y en consecuencia reapareció el peligro de que la gran nación, desalentada y mustia, se precipitara en la sima de la droga. Bosnia concurrió a salvarla. Bosnia o Yugoeslavia o la ex Bosnia o la ex Yugoeslavia o la Bosnia musulmana o la Bosnia serbia o la Croacia duplicada o la ex Croacia original, vale decir la madeja que había tejido arduamente el comunista y siempre disidente Tito en largos años de ominosa e inacabable paz. Al mariscal Tito y al muro de Berlín los sobrepasó rápidamente la historia; la ansiada democracia llegó por fin con sus mayúsculas y zambombazos, sus oleadas de hambre y epidemias, sus ruinas justicieras, sus rencores cruzados y escombros paradigmáticos, sus cadáveres de niños (que no son negritos como los de Ruanda sino rubios o pelirrojos y de ojos celestes como los de Estocolmo, Edimburgo o La Coruña)."

"Y todos contentos: la ONU, tan minusválida como de costumbre; la OTAN, absorta en sus maniobras y calistenias; Major, Mitterrand, Chirac, etcétera; también Kohl, confiando por fin en llevar a cabo su viejo sueño posnazi de invadir a alguien, no importa quién. Todos contentos, menos los muertos, claro, pero éstos no votan, hasta ahora se han abstenido. No hay que olvidar, sin embargo, algo que nos revelara Roque Dalton: 'Los muertos están cada día más indóciles [...] Hoy se ponen irónicos / preguntan. / Me parece que caen en la cuenta / de ser cada vez más la mayoría'."

"Cada trimestre, con o sin Clinton, se dieron la mano Arafat y el israelí de turno, pero entre apretón y apretón, palestinos e israelíes se complementan en su indeclinable brega contra la superpoblación en la zona en disputa. Yeltsin, por su parte, trata a Chechenia peor que Breznev a Afganistán, pero Yeltsin, aunque discípulo dilecto de Pinochet en eso de incendiar la Moneda moscovita, es amigo y es demócrata y sobre todo tan anticomunista como sólo puede serlo un ex comunista cuando se contagia de la amnesia occidental y cristiana."

"¿Los países no mueren? En este sentido, Yugoeslavia o la ex, es la prueba del nueve; Chechenia, la prueba del noventa y nueve. No pasarán, dijeron hace sesenta años los del corajudo Madrid, y fue cierto: no pasaron, sencillamente porque se quedaron. Un pesimista incurable, casi un pre-posmoderno, me dijo en los años sesenta: 'El pasado es de los mártires; el presente es de los aspirantes a verdugos; el futuro será otra vez de los mártires'. No soy tan escéptico, aunque bien sé que en este enmarañado fin de siglo los pesimistas son los únicos profetas que dan en el clavo. No obstante, el futuro será lo que hagamos con él. Somos los alfareros de ese futuro. El único problema sería, tal vez, que la alfarería se haga a corto plazo por computadora o por internet. O por robots. Que Dios (que no existe) nos asista."

28

Desde su vuelta al país, Javier tenía una asignatura pendiente: reencontrarse con el Jardín Botánico. Eligió un día laborable, para que no le estorbaran las invasiones domingueras y así poder encontrarse a solas con los árboles añosos, las sendas con hongos recién emergidos al mundo y en todo caso alguna pareja aislada, besándose en la húmeda clandestinidad de la mañana.

Pero el Jardín Botánico actual no se correspondía con el que había resguardado con mimo en su memoria. O tal vez él no era el mismo. Una niebla de más de veinte años los separaba. Y eso siempre se nota. Le costó encontrar el roble de su preferencia, y cuando por fin lo halló (o creyó hallarlo, porque no estaba seguro de que fuera el mismo) no tenía a su izquierda ninguna pareja diciéndose quién sabe qué silencios.

Caminó despacio, sobre hojas secas sobremurientes de algún otoño lejano, dialogó un poco con cada árbol, cada arbusto y cada corporación de setas (nunca había sabido diferenciar las tratables de las venenosas) pero continuó sintiéndose extraño, como si a su antiguo Jardín lo hubieran lavado y planchado, barrido y plumereado, quitándole el desorden de su intimidad, y más aún la intimidad de su desorden.

Los bancos estaban vacíos y a su disposición, de modo que pudo elegir uno que había sido verde y se sentó, dispuesto a ver y sobre todo a escuchar. En las ramas altas había pájaros invisibles y desde allí piaban y espiaban. No se trataba de un gorjeo coral, aunque de a ratos le recordaba la unanimidad de los monjes del Tíbet, que él había escuchado hacía mucho en un viejo *longplay* de Folkways. Pero no, de ninguna manera, esa comparación era una estupidez, nada que ver con el canturreo soporífero de los lamas, sólo se parecían en el aburrimiento. Más bien se acercaba al recuerdo de otros pájaros invisibles, igualmente pertinaces, que piaban y espiaban desde las ramas altas en las Ramblas de Barcelona. En circunstancias como éstas, o aquéllas, envidiaba a esos sordos profesionales, que movían la palanquita de su audífono hasta situarla en *off* y se refugiaban así en un silencio compacto, sin pájaros ni helicópteros (uno de éstos se asomaba ahora entre las copas) ni bocinas ni campanas ni carcajadas obscenas ni sirenas de ambulancias o bomberos. Bueno, por fortuna no era sordo y en consecuencia debía soportar con estoicismo los pellizcos canoros de aquellas avecillas, un poco cargantes, eso sí, con tal de disfrutar de la mañana verde y soleada, del balsámico olor vegetal y los rombos de cielo.

Se lo decía a sí mismo y también a los demás: él siempre había sido un animal urbano. En Montevideo o Buenos Aires o Porto Alegre o Madrid o Barcelona o en cualquiera de las ciudades europeas que, por motivos extraturísticos, había tenido que recorrer, se había sentido a gusto entre los racimos de gente, junto al desborde de consumidores en las rebajas de los grandes almacenes, en los estadios de fútbol a pesar de las hinchadas asesinas de este fin de siglo. El aire contaminado a menudo le provocaba tos e irritaciones oculares, pero aun así era consciente de que ése era su medio natural. La vecindad del mar sí le atraía pero en el campo se sentía como sapo de otro pozo o más bien como si el paisaje fuera el pozo de otro sapo. La hora del ángelus no le desencadenaba la tradicional y admitida tristeza sino una bronca, encrespada y aguafiestas, tal vez porque le obligaba a admitir que otro día se estaba acabando y eso significaba un poco menos de vida, un centímetro (o un kilómetro, vaya uno a saber) más hacia la muerte. Y si una vaca mugía a lo lejos, como siempre ocurría en los crepúsculos prestigiosos, o sea en los más afines con las novelas bucólicas y tediosas de Jean Giono, él nunca pensaba "pobre vaca" sino "bicho estúpido".

Sin embargo, el Jardín Botánico siempre le había atraído, nunca supo claramente por qué. En el ritual de su obsesión urbana, el Jardín era la excepción, tal vez porque estaba en medio de la ciudad, al igual que su homónimo de Cádiz, que era una maravilla pero ajena, de otra patria, de otra gente, de otro mar.

Cuando sonó una remota campanada, Javier miró su reloj. Eran las doce. Cómo se le había pasado el tiempo en el paréntesis ecológico. Decidió que por hoy su cuota de verde ya era suficiente. Así que se puso de pie, pero de a poco. El aire fresco le había abierto el apetito, de modo que, ya normalizadas sus bisagras, empezó a caminar despacito, en busca de algún taxi, tan urbano como contaminante.

29

Una cosa era el viejo Leandro en rueda de amigos y otra cosa era el viejo Leandro en un mano a mano. Javier era consciente de esa diferencia y por eso se le aparecía de vez en cuando en la vieja casa de la avenida Buschental, protegida por varios cipreses y alguna higuera, con un patio trasero de grandes baldosas, flojas en su mayoría. Allí vivía con una hermana seis años menor que él y que había sido monja hasta que un día se enfureció tanto con uno de los más retrógrados comunicados del cardenal Ratzinger, que decidió dejar convento y hábitos, pero no a Dios. Se puso a trabajar con los simpatizantes locales de la Teología de la Liberación, y hasta viajó a Brasil para conocer personalmente a los hermanos Boff y al obispo Casaldáliga, un catalán nacido a orillas del Llobregat que hasta había publicado un buen libro sobre Cuba, pero no gozaba de simpatías en la Sagrada Congregación para la Doctrina de la Fe ni en el obispado español.

Durante su etapa conventual se había llamado Sor Clementina, pero al volver a casa había recuperado su identidad, o sea que ahora se llamaba Teresa. Su hermano siempre la había nombrado así. "A mí no me vengan con esas sores rebautizadas. Para mí sos Teresa y no Clementina." Todavía discutían ardorosamente, pero ya no sobre la Iglesia y el Papa sino sobre Dios. Pese a sus desencantos, ella seguía aferrada a la noción de Su existencia. Lo más irreve-

rente que llegaba a admitir era que los curas, los obis-
pos, los cardenales, los Papas, las monjas y hasta la
Madre Superiora, habían construido un Dios de yeso
o de *papier mâché*, sin vida y sin espiritualidad, al
que usaban a su conveniencia y exhibían como pan-
carta, indispensable imán para limosnas y caridades.

Leandro estaba de acuerdo con esa andanada,
pero además negaba a Dios. Citaba, entre otros, al
poeta asturiano Ángel González: "La única disculpa
que tiene Dios es que no existe". Pero en eso Teresa
no aflojaba.

—Pero, hermanita. Dios es una mera creación
del hombre. Un invento si se quiere prestigioso, pero
nada más. Un invento como la electricidad, el diablo,
la vacuna antivariólica, el aire acondicionado, el internet
y el ping-pong. Lo admito como invento: no está mal.
Pero el puesto de Ser Supremo todavía está vacante.
Hitler, Stalin y Reagan se postularon más de una vez,
pero no pasaron las pruebas de selectividad. Eran
demasiado burros.

—¡Cómo vas a comparar a Dios con esos cretinos! —protestaba Teresa, llena de santa indignación.

—Decime, hermanita, ¿vos creés que esos tres
buenos muchachos irán al infierno?

Ahí Teresa se mordía los labios y apenas murmuraba:

—No hay infierno, Leandro. Sartre tenía razón:
el infierno son los otros.

—Forma sinuosa de sugerir que el infierno
somos nosotros. Pero como no lo expresó Sartre
pero sí lo dice este pecador, también podemos ser
purgatorio y paraíso. El azar tiene más importancia
de la que ustedes los creyentes le conceden. El azar
es un dios con minúscula. Y fijate que el Dios con
mayúscula, o sea el de ustedes, sólo aparece por
azar.

—No sé, no sé —dudaba Teresa en un susurro.

—Además —insistía, obstinado, Leandro—, el concepto de Dios está muy devaluado. ¿Te fijaste en esos futbolistas (sobre todo, españoles o argentinos) que, cuando entran en la cancha, se persignan? En realidad, le están proponiendo a Dios que apoye a su equipo. De Ser Supremo a hincha de Boca o del Barça, vaya caída.

—Son formas de la fe —dice Teresa, acorralada.

Javier se llevaba bien con Teresa, quizá porque no discutían sobre viejos dogmas ni sobre dogmas nuevos. Hablaban de cocina, de platos refinados que ella había aprendido en su etapa conventual (al parecer las monjas tenían su debilidad sibarita), de la importancia curativa y estética del perejil (era fanática de Arguiñano), de las características específicas de la cocina francesa, la italiana y la española. Detestaba la cocina inglesa, con su insoportable tratamiento dulzón de la carne o el pollo.

Javier alegaba:

—Fíjense que en las principales ciudades del mundo siempre hay restaurantes que ofrecen, muy orgullosos, su "cocina francesa", su "cocina italiana", su "cocina española", etcétera. Pero nunca encontrarás, fuera de Inglaterra, un restaurante que oferte "cocina inglesa".

Teresa sin embargo era realista:

—Nuestra cocina, en cambio, es toda de prestado: pasta sciuta, tortilla a la española, pizza y fainá, frankfurters, milanesas. En los postres somos algo más autóctonos: el dulce de leche, el zapallo en almíbar (me refiero al que se hace con cal), el chajá de Paysandú.

Cuando se encontraban los tres, Javier se divertía porque Leandro y Teresa habían desarrollado a lo largo de los años un humor acerado, con intercambios de pullas e ironías de alto vuelo, y cuando alguna de ellas tenía una gracia especial, ambos estallaban en carcajadas a boca abierta y temblores que hasta parecían coordinados. Javier no concebía que alguien pudiera reírse con tanto estruendo y tantas ganas. Él también festejaba pero con discreción, tapándose la boca, como pidiendo perdón por su contento.

La presencia de Teresa siempre lo alegraba, pero Javier prefería los encuentros a solas con Leandro. Entonces repasaban a cuatro manos sus escalas y acordes ideológicos, los rencores y dudas de un pasado que ya les parecía remoto y sin embargo estaba a sólo cuatro lustros de distancia.

—A veces —decía Javier— mi exilio me parece contemporáneo del éxodo de Artigas.

—Con la diferencia —anotaba con sorna Leandro— de que el pobre José Gervasio se fue al Paraguay del dictador Francia y vos en cambio te fuiste a la democracia de Adolfo Suárez y Felipe González.

—La otra diferencia es que en época de Artigas no había espionaje telefónico.

—¡Qué hermosura cuando las consultas urgentes llegaban por chasque! Muchas veces, cuando el destinatario enviaba la respuesta, ya el otro había estirado la pata y la correspondencia quedaba trunca.

Javier quería saber qué pensaba Leandro del Uruguay de hoy.

—No importa mucho lo que piense yo o lo que pienses vos. Hace medio siglo todavía podíamos enhebrar algunas políticas por nosotros mismos. Mirá que cuando digo nosotros, no me refiero a la izquierda, o las izquierdas (porque nos vamos dividiendo como el fainá: hay izquierdas del "centro" e izquierdas del "orillo"), sino a todos nosotros, al país. Acertáramos, como a veces sucedía, o erráramos, como casi siempre, eran aciertos o fallos nuestros. Ahora no. Nos tienen a todos, no sólo a la gente de progreso sino a todos, agarrados del cuello. Algunos se creen que el Mercosur y el Maastricht son lo mismo. La inocencia les valga. Es cierto que a Maastricht le sobra una A, pero a Mercosur le falta una "i", la de independencia, aunque admito que Miercosur sonaría más a inodoro privado que a letrina comunitaria. No vayas a creer que admiro a Maastricht, nada de eso, pero reconozcamos que aquello es una contienda de leones, en tanto que el Mercosur es apenas una jaula con dos linces y unos gatitos (el domador habla inglés, *of course*). Y nosotros, como Gatito Oriental del Uruguay, no tenemos ni voz ni voto; en el mejor de los casos, sólo votito y vocesita. Ésas que nadie escucha cuando, por ejemplo, pasan los helicópteros wagnerianos de *Apocalipsis Now*. O sus equivalentes gavilanes.

30

Siempre había ocurrido así. Antes del exilio y ahora también. Las conversaciones con el viejo Leandro le provocaban a Javier más de un insomnio. Todas las naciones, todos los pueblos, tenían su identidad y, aunque no siempre de modo consciente, la defendían. ¿Por qué este país, tan mensurable y alfabetizado, tan preciso en sus límites, los geográficos y los costumbristas, tan metido en su forma de corazón o de taleca o quizá de teta menuda (que no es lo mismo que menuda teta) con su pezón montevideano no iba a tener también su identidad? ¿Estado tapón, como nos recuerdan en alguna nota al pie los textos históricos, y sobre todo los prehistóricos? No, Estado tapón no es una identidad sino un sarcasmo, una invitación a que nos pregunten: ¿y, che, cuándo se van a destapar? Después de todo, somos un país, no una botella de champán *brut*.

Es cierto que, se decía Javier en el segundo tramo de su insomnio, nuestro héroe máximo fue un Artigas derrotado, pero ¿qué héroe de esta América no ha sido un derrotado? San Martín, Bolívar, Martí, Sandino, el Che Guevara, todos derrotados. No se consolidaron en el poder y tal vez por eso no se corrompieron. Hasta los corajudos sandinistas, que habían triunfado tan dignamente sobre Somoza y su aparato infernal, fueron derrotados por la "piñata". Queda Fidel Castro, menos mal, pero todo el contorno y hasta desde zonas del entorno y del intorno, lo han tentado porfiadamente con la derrota como evasión o la evasión como derrota. Javier no quisiera estar en el pellejo de ese abnegado incombustible, que sigue negándose con generosa terquedad a engrosar la nómina de los héroes vencidos. Después de todo, ¿la historia terminará absolviéndolo, como proclamó en medio de una vieja derrota transitoria, o llegará a ser verdad un indeliberado pronóstico de los años sesenta, que rezaba en uno de esos muros todavía precariamente alfabetizados: "La historia me absorberá"? De todos modos, aunque llegue a absorberlo, siempre será un trago laborioso para esa misma historia. Por lo menos, ha servido para darle identidad a los cubanos, no sólo a los de adentro sino también a los de afuera, que sin él no serían nada, o, en el menos lastimoso de los casos, sólo subgerentes de prostíbulos o *croupiers* de garitos. La estirada victoria del barbudo es todavía hazaña continental.

Javier no coincidía con el escepticismo congénito del viejo Leandro, quien de seguro se habría sentido incómodo en el caso de haber compartido alguna victoria para él inverosímil. La otra tarde, en su casa, Leandro había trazado una línea, recta o sinuosa, no importaba demasiado, que empezaba en Artigas y terminaba en Sendic. De derrota clásica a derrota vanguardista, había sintetizado. Pero Javier pensaba que acaso nuestra identidad no estaba ligada a triunfos imposibles sino que atravesaba como un hilo de seda la carne misma de las derrotas que habían sido posibles. Artigas autoexiliado en una chacrita paraguaya o Sendic confinado en el fondo de un aljibe, eran bisagras de esa identidad y sus fracasos también significaban algo.

En cambio, la única indiscutible victoria histórica, internacional y provocadora, ese hito imborrable que fue Maracaná, se había transformado con los años en una victoria a medias, o sea, en casi sinónimo de una derrota a medias. Cuarenta y cinco años de maracanización del país habían ido dejando marcas indelebles de hipocresía (el David indigente que vence por sorpresa al Goliat arrogante) en las crónicas deportivas, sociológicas y políticas de anteayer, de ayer y de hoy. La maracanización nos fue quitando, lustro tras lustro, uno de nuestros rasgos patrios más dignos de sobrevivir: una sobria templanza en la que nos sentíamos decentes y acompasados. Nos convertimos de pronto en los nuevos ricos del deporte. No supimos aprender la lección de Obdulio Varela, que ni antes, en medio de la euforia, ni ahora, instalado con orgullo y decoro en su pobreza, ha transigido en mentirle al país y mucho menos en mentirse a sí mismo.

Lo que Javier admiraba en Obdulio no era su célebre foto con la pelota atenazada bajo el brazo, sino su actual modo, nada heroico, de llevar con lucidez y parsimonia su conciencia de viejo cacique que las sabe todas y es capaz de contemplar a los falsos caciques, los de la política, como miraba hace medio siglo al juez de línea (entonces era el *linesman*), cuando con todo descaro inventaba un "orsai". Resulta que ahora ganamos otra Copa América, como siempre arañando, raspando, casi perdiendo, atajando un penal en el último estertor. Experiencia buena como muestra de confianza, de garra, de entusiasmo, de necesidad comunitaria de creer en algo, pero menos buena si sólo sirve para volver a maracanizarnos, a hacernos creer lo que no somos. Del maracaneo al macaneo hay sólo una sílaba de diferencia. Como país de apenas tres millones de habitantes, somos tal vez el que produce el mayor porcentaje de buenos futbolistas. Cierto. Pero se van y con razón. ¿Alguna vez nos pondremos a estudiar por qué el milagro se convierte en vergüenza? ¿Por qué en el presente dos de

nuestras mejores líneas de exportación son el solomi-
llo de "vaca cuerda" y la pierna de futbolista zurdo?

Pese a todos los pesares, en la tercera etapa
del insomnio, Javier agradeció al azar haber nacido
aquí. Sentía que su dimensión, su poca historia, coin-
cidían aproximadamente con su propia y modesta
dimensión y asimismo con su poca historia. No se veía
integrado, ni siquiera por adopción, a una sociedad
como cualquiera de las europeas. No sólo porque la
historia pesaba allí como una lápida. Sobre derechas
y sobre izquierdas: como una lápida. Sobre ricos y
sobre pobres, pero claro, la lápida que pesaba sobre
estos últimos era de roca, en tanto que la que pesaba
sobre aquéllos era de aluminio o de plástico o de
hostias. Hasta la vasta gama de *opus* era compleja. No
era lo mismo el Opus Índice Köchel 219 (Concierto
para violín y orquesta en La mayor), de Mozart, que el
Opus Dei y su sagrado patrimonio.

Aquí, en cambio, en la capital más austral del
planeta, la lápida no era la historia sino el presente de
indicativo. No el Virreinato del Río de la Plata sino el
Fondo Monetario Internacional, no don Bruno Mauricio
de Zabala sino Milton Friedman. No el fundador, sino
el fundidor. Quizá por eso el Quinto Centenario había pasado por aquí como un buitre perdido. ¿A quiénes de nuestros acojonados tres millones podía
importarles una higa el desaborido *replay* de las tres
carabelas?

31

El escueto cable que anunciaba la llegada de Gervasio y Fernanda fue una auténtica sorpresa. Para Nieves y sobre todo para Javier. Llevaba años sin verlos y sin saber mucho de ellos. Cuando aparecieron en el aeropuerto de Carrasco, mezclados con una excursión de norteamericanos que seguían luego en grandes autobuses a Punta del Este, le costó reconocerlos. En realidad Gervasio, con su sombrero de *cowboy*, y Fernanda, metida en una camisola con un rótulo verde de Dallas, parecían dos tejanos más. Sólo cuando se apartaron del montón, Javier pudo conectar dos rasgos de los recién llegados con estampas sumergidas en su memoria: el mentón algo prominente de Gervasio y los gruesos labios de Fernanda, ahora pintados con un *rouge* algo agresivo. Se acercó y les dijo: "Soy Javier ¿qué tal?". Ellos dijeron *"Hello*, Javier" y lo abrazaron deshilachadamente. Después de los inevitables besos mejillones y de ayudarlos con las valijas, les preguntó con naturalidad si querían alojarse en lo de Nieves o en su casa del balneario. Ella dijo: *"Thanks, brother.* Venimos por poco tiempo, por eso hemos hecho reservas en un hotel del Centro, así estamos a mano de todo". Se asombraron de que Javier no dispusiera de un coche propio y se resignaron a viajar en taxi.

Durante el trayecto, Fernanda elogió las bellezas de la Rambla y Gervasio preguntó si Nieves estaba muy vieja. Javier dijo que no tanto, que seguía muy activa y muy lúcida, aunque eso sí un poco reumática. Luego inquirió a su vez por sus sobrinos. Magníficos. Están magníficos. Que por qué no los habían traído. Oh, Javier, no valía la pena. Mucho gasto por una semana. ¿Así que sólo van a estar una semana? Sí, una semana. Gervasio debe volver a su trabajo el lunes próximo y yo el martes al mío.

Javier se repetía mentalmente que no debía olvidar que ésos eran sus hermanos. Dejaron el equipaje en el hotel y fueron, en otro taxi, a ver a Nieves. Ésta se había puesto para la ocasión el mejor de sus vestidos. Abrazó simultánea y largamente a los dos viajeros, hasta que Gervasio dijo, algo sofocado:

—Está bien, mamá, ya está bien.

Y consiguió liberarse. Entonces Fernanda abrió su amplio bolso de mano y extrajo dos paquetes.

—Son nuestros regalos —explicó.

Nieves abrió conmovida la caja: una radio a transistores.

—Es japonesa y tiene nueve bandas. Podrás oír todas las emisoras del mundo, hasta de Albania.

Luego le alcanzó un segundo paquete a Javier. Era una Polaroid.

—Siempre tuve ganas de tener una —mintió Javier.

—Es el último modelo —aclaró Gervasio—. Es un poco más cara, pero las fotos son estupendas. Después la probaremos.

Ante el interés de Nieves por sus nietos, le mostraron varias instantáneas. En la escuela; comiendo en un McDonald's; con bicicletas; en Disneylandia; bailando rock con otros chicos. Siempre habían obtenido buenas notas, no habían perdido un solo año, estaban muy contentos con los cuatro.

—¿Hablan español? —preguntó Nieves.

—En realidad, no mucho. De vez en cuando hacemos que lo practiquen con nosotros, pero tengan en cuenta que aun en casa y hasta entre ellos hablan en inglés. Todo el santo día están hablando inglés. No es por supuesto una obligación, pero todos sabemos que es una ley no escrita, pero vigente, para integrarse en un medio como ése, tan orgulloso de su lengua. Y para ellos al menos, no ha resultado difícil, porque ¿vieron? han salido rubios.

—¿Y tu mujer?

—Bien —respondió Gervasio.

—Se están divorciando —informó Fernanda, con una sequedad que cerraba el paso a cualquier pregunta complementaria.

—¿Y tu compañero?

—Muy bien, trabajando mucho. Tenemos el proyecto de casarnos el próximo verano. Sobre todo por los chicos.

Gervasio habló de su trabajo: bastante agotador pero estable y rendidor. Esto último era importante, porque de ahora en adelante debía pasarle una ayuda a su mujer. Todavía no sabía cuánto, porque la separación era reciente. Por su parte Fernanda señaló, con una risita, que aunque en su casa hablaba casi siempre en inglés, en la Universidad se ganaba la vida enseñando español, ella, que era licenciada en química.

—Son las contradicciones de un medio tan complejo y a la vez tan pluralista.

Transcurrida una hora, se hizo un largo silencio. Javier tuvo la impresión de que el informe sobre la sociedad norteamericana había concluido. Por suerte, a Gervasio se le ocurrió preguntar:

—Y aquí ¿cómo van las cosas?

El informe patriótico de Javier fue muy breve, y a los otros las escasas noticias les resbalaron sobre una antigua indiferencia. Podrían haber sido sobre Madagascar o sobre Liechtenstein. Entonces sobrevino otro silencio, esta vez más prolongado aunque acotado con sonrisas, hasta que Nieves preguntó:

—Se quedan a almorzar ¿verdad? La señora Maruja ha preparado algo sabroso.

Gervasio y Fernanda no podían comprender que su madre llamara "señora" a una persona de servicio. Sin embargo aceptaron. El menú consistía en bife a la pimienta, ensalada de endivias y manzanas asadas. El vino tinto era del departamento de Artigas, y el agua mineral, de Minas.

—Industria nacional —dijo con cierta sorna Javier.

Al final la "señora Maruja" apareció con un cava español que Javier había acercado en la víspera. Fue él quien consiguió, tras ingentes esfuerzos y un buen juego de muñeca, abrir aquel *demi sec*. El tapón fue a dar en la falda de Fernanda.

—Dicen que eso trae buena suerte —festejó Nieves.

—Eso dicen —admitió Fernanda sin demasiada convicción.

Brindaron por el reencuentro, pero la única que tenía los ojos brillantes era Nieves.

La política había estado ausente de los diálogos, pero Gervasio mostró otras fotos en que las dos familias exhibían pancartas de apoyo a Bush. Aclaró que habían estado presentes en la Convención del Partido Republicano. Quizá fue ahí que Fernanda se fijó en la mirada de Javier.

—¿Y vos, qué tal? Después de todo lo que ha pasado en el mundo, ¿seguís siendo rojo?

—Rojillo —respondió Javier, y nadie siguió con el tema.

32

Javier se sentía algo desorientado cuando trataba de explicarse los motivos reales de la repentina aparición de sus dos hermanos en Montevideo. La necesidad de afecto familiar estaba, por razones obvias, descartada; asimismo, estaba descartada una presunta nostalgia por el país. El hecho de que tampoco él se conmoviera con el reencuentro, lo aceptaba como un dato innegable, pero que de ningún modo lo alegraba ni le dejaba conforme. Después de todo, ¿qué tenía él en común, salvo el vínculo sanguíneo, con aquel hombre esquemáticamente sensato y aquella mujer madura, ya debidamente asimilados por un país distinto y distante, adecuadamente integrados en otras convenciones, otros hábitos, otros prejuicios? No obstante, todo eso era admisible, podía comprenderlo y en el fondo no le dolía demasiado. Sí en cambio lamentaba sentir por Fernanda sólo una tenue simpatía y virtualmente ninguna por Gervasio. Así y todo, lo que más le apenaba era el trato que dispensaban a Nieves e incluso el notorio desdén con que habían tratado a la "señora Maruja". Era visible que con Nieves habían intentado parecer amables, pero el esfuerzo se notaba demasiado.

Cuando Gervasio y Fernanda aparecieron una mañana en Nueva Beach (a esa altura ya habían decidido permanecer en Montevideo una semana más), el hermano menor empezó a entender mejor aquel embrollo. Bribón no los recibió bien y eso era siempre un signo importante para su amo. Fueron a la playa. Fernanda se consideró obligada a elogiar la calidad de la arena y por lo tanto la elogió. Gervasio, mientras tanto, se entretuvo juntando caracolitos y cantos rodados. Para los muchachos, se justificó. Luego fueron a almorzar a la cafetería de rigor y los temas de conversación no salieron de la previsible frivolidad. Al menos Gervasio encontró una veta transitable cuando se interesó por el fútbol. "Yo era hincha de Liverpool", evocó, y fue la única ocasión en que Javier detectó en su mirada gris un amago de nostalgia. "La camiseta era negra y azul, me parece."

Cuando regresaron a la casa y Javier le impartió a Bribón una tajante orden de sosiego, se sentaron en las mecedoras (desde el mes pasado eran tres) y allí fue que Gervasio soltó la primera insinuación reveladora:

—¿Vos oíste hablar del doctor Alfredo Iturralde? ¿O por lo menos sabés quién era?

—Alguna vez —dijo Javier—, oí decir a Nieves que había sido amigo del Viejo. Pero nada más.

—En realidad, fueron muy amigos. Poco después de la muerte de papá, Iturralde, que era médico y estaba casado con una tucumana, se fue con ella a España y allí ejerció su profesión hasta 1965, año en que murió. Su viuda regresó al Uruguay. Nunca se había llevado bien con mamá, y menos simpatizó cuando se abrió el testamento de su marido y se enteró de que éste le dejaba (además de la obligatoria "porción conyugal", que, como no habían tenido hijos, era sólo la cuarta parte de los bienes) el usufructo, sólo el usufructo ¿eh? de dos confortables casas que tenía en Montevideo, más otra en Punta del Este y un establecimiento agropecuario en Cerro Largo. Sólo el usufructo, te repito, porque si ella moría antes que mamá (algo previsible, porque le llevaba casi veinte años) todas esas propiedades pasarían definitivamente a Nieves, como vos la llamás. Al parecer aclaraba en el testamento que con esa solución pretendía no perjudicar a su mujer y rendir a la vez un homenaje póstumo a papá, que había sido su mejor y más leal amigo.

—Nunca supe nada de eso —dijo Javier—. ¿Nieves lo sabe?

—Creemos que no. Es casi seguro que Iturralde dejó establecido que sólo se le informara si las circunstancias, o sea la muerte de su viuda, la hacían beneficiaria de esa situación.

—Curioso ¿no? ¿Y se puede saber cómo es que ustedes se enteraron?

—Un amigo nuestro, que fue auxiliar del escribano que redactó y oficializó aquel testamento (en el cual se establecía que ese mismo escribano oficiaría de "albacea con tenencia de bienes", que es una clase especial de albacea), bueno, ese amigo nuestro estuvo hace un par de años en California y nos contó toda esa historia.

—Se ve que era un muchacho de confianza. ¿Y ahora qué?

—¿Ahora qué? Pues que la viuda de Iturralde ha fallecido, y en consecuencia todo ese legado, previo pago del correspondiente impuesto de herencias, pasará automáticamente a mamá.

—¡Qué bien! Me alegro por Nieves. Me imagino que ustedes también.

—Claro, claro.

Allí se produjo uno de esos largos silencios en que Gervasio y Fernanda se especializaban. Por fin ella dijo, casi musitó, en un tono que pretendía ser apenado:

—Mamá está muy mayor.

—Sí, tiene setenta y siete años —admitió Javier—, pero reconozcamos que los lleva bastante bien, y seguramente esta noticia la va a rejuvenecer. ¿Cuándo se va a enterar? ¿O ya lo sabe?

—No, aún no lo sabe. Creo que el escribano la llamará para notificarla y leerle el testamento.

—¿Y eso cuándo será?

—Pasado mañana.

—La verdad es que sos una computadora.

—Se hace lo que se puede.

Gervasio dejó la mecedora y se puso a caminar por el living. Hizo cuatro o cinco veces el trayecto de ida y vuelta. Por fin se detuvo frente a Javier.

—Nosotros habíamos pensado (siempre que vos estés de acuerdo) que ya que mamá está tan mayor y se va a encontrar de pronto con todo ese inesperado capital en sus manos, nosotros habíamos pensado (te repito, si vos estás de acuerdo) que ella podría quedarse, por ejemplo, con una de las casas de Montevideo, y el resto...

—¿Y el resto? —preguntó Javier haciéndose el inocente.

—Y el resto legarlo en vida a sus hijos. A sus tres hijos, por supuesto.

—Gracias.

—Las otras casas podrían venderse (ya averiguamos que la de Punta se ha valorizado mucho) y hasta podría negociarse el establecimiento, que según parece viene dando buenos dividendos.

—También podría venderse todo eso —intervino Fernanda—, sin necesidad de efectuar un nuevo legado, y que ella después nos repartiera el producto de esas ventas. Creo que con ese procedimiento se ahorrarían impuestos.

—Una previsión muy sensata. Veo que han pensado en todo.

—A nosotros nos vendría muy bien —dijo ahora Gervasio—. Nuestra situación en Estados Unidos no es mala ni mucho menos, pero conservar el imprescindible *status* nos exige muchos gastos, más de los que podemos afrontar sin endeudarnos peligrosamente.

—También a vos te vendría bien —dijo Fernanda—. No nos vas a convencer de que el videoclub es un negocio brillante.

—¿He intentado convencerlos?

—Entonces ¿qué te parece?

—Qué sorpresa ¿verdad? Aunque para ustedes no lo ha sido tanto, ya que (gracias al amiguete chismoso) viajaron sabiendo cómo era la cosa. Vinieron por eso, ¿no es cierto?

—En cierto modo, sí. Y también para verlos a ustedes. A vos y a mamá, después de tanto tiempo.

—Comprendo. Me vas a hacer llorar.

—No seas bobo —dijo Gervasio—. No es momento para ironías. No nos contestaste aún: ¿qué te parece? Habíamos pensado que como vos siempre has estado más cerca de mamá, y en cierto modo, como sucede siempre con el hijo menor, fuiste su preferido, habíamos pensado que sería muy importante que fueras vos quien le hiciera el planteo. Si estás de acuerdo, claro. Vamos, hombre, ¿qué te parece?

—¿Qué me parece? Si estuviéramos en España, les diría que me parece una marrullería, pero como estamos en el Uruguay, les diré que me parece una joda.

—¡Javier! ¿Cómo podés decirnos una cosa así? Somos hermanos, ¿o te has olvidado? Me parece que te hablamos con toda franqueza.

—No lo olvido. Y porque somos hermanos y en consecuencia hablamos con franqueza, les ruego que me dejen al margen de esta jugadita. O jugarreta, como quieran llamarle.

—Pero decime un poco, pedazo de boludo —dijo Gervasio, a esta altura bastante crispado—, si mamá accediera ¿vos no querrías tu parte? ¿O querés que nosotros saquemos las castañas del fuego y vos las recibas después muy pancho en tu mecedora?

—No te alteres, hermanito. Quédense ustedes dos con todas sus castañas. Las mías quiero que se queden con Nieves.

Los otros se miraron, como si hubieran previsto este desenlace. Fernanda tomó la palabra.

—Pensábamos decírselo a ella esta misma noche, para que lo sepa antes de que el escribano la convoque.

—Qué interesante. ¿Y cuándo le van a dejar caer la nueva y loable iniciativa?

—También esta noche. Para que ella se habitúe de entrada a la situación emergente.

—¿Así que emergente? Por favor dejen bien claro que yo no participo de esa emergencia. Y háganlo así, porque de lo contrario tendré que hacerlo yo. Y a ustedes no les va a gustar.

—Pero ¿qué explicación le damos? No lo va a entender.

—Díganle, por ejemplo, que a mí me alcanza con lo que tengo, que no paso apreturas, y que en cambio ustedes están en la llaga. Llaga norteamericana, pero llaga al fin.

33

Javier: Qué suerte que, a partir de ahora, podamos comunicarnos por fax. Los pobres correos se están volviendo anacrónicos. Camila está encantada con el nuevo aparato y se pasa enviando faxes a sus amistades de toda la Península y de ambos archipiélagos. Ayer tuve que pedirle un poco de mesura, porque la última factura de Telefónica fue pavorosa. Ella, como hasta ahora no ha sudado para ganarse la pasta, no le otorga a ésta la trascendencia que siempre ha tenido para nosotros, que sí la sudamos. ¿Te acordás (cómo no vas a acordarte si te ponías histérico), cuando llegamos a esta bendita Abuela Patria, y a veces no teníamos ni para comer? En el extranjero, la sensación de inseguridad es mucho más dolorosa que en el país propio. Por supuesto, no me refiero a la inseguridad política sino a la económica. Y además nosotros, antes del exilio, nunca habíamos pasado tantas apreturas. Jamás olvidaré la festichola que nos mandamos cuando conseguiste el primer laburo madrileño. Una celebración modestita, sin cava, ni siquiera sidra, porque no había con qué. Simplemente con un tinto bastante guerrero, que dejaba los vasos con una mancha oscura. Ahora, por suerte (toco madera sin patas), esa etapa terminó.

Bueno, tengo novedades. Cuando te fuiste, nos prometimos ser sinceros como condición para seguir siendo buenos amigos. De modo que aquí inauguro mi primer amago de sinceridad. Tengo un casi compañero o casi novio o qué sé yo. Digo casi, porque todavía no estoy segura. No de él, sino de mí. Es un gallego (se llama José, como todos los gallegos). Lo conocí hace algunas semanas en La Coruña. No querrás creerlo, pero físicamente tiene un aire contigo. Tuve que ir a Galicia por asuntos de la galería. De entrada nos caímos bien. Vive en Santiago pero viene todos los meses a Madrid. Esa intermitencia no nos viene mal, ayuda a que nos vayamos conociendo. Por favor, no le comentes nada de esto a Camila. Sabe que somos amigos, pero nada más. Si la cosa prospera, se lo diré, claro, pero por ahora prefiero esperar. A vos te lo cuento, por aquello de la sinceridad, pero también porque estás lejos.

Camila tiene un noviecito. A veces los veo muy acaramelados y me da un poco de miedo. Pero soy consciente de que, con los hijos, uno puede advertir, aconsejar, prevenir, alertar, rezongar, todo eso, pero sólo hasta cierto punto. Fue una suerte que, cuando vos y yo empezamos, no existiera el sida. Ahora es como una espada de Damocles, o más bien como un exorcismo del Papa, ese declarado enemigo del placer. ¿Nunca habrá disfrutado ese viejo?

¿Y vos? ¿Seguís solo? ¿Has podido defenderte del asedio de las tímidas montevideanas? Tengo la impresión de que la timidez femenina, al menos por esos lares, es una forma de la seducción. Las porteñas, en cambio, y sobre todo las chilenas, siempre fueron más emprendedoras, y está bien, pero hay señores que se asustan ante tanta espontaneidad. Contáme algo de Nieves. Como futura suegra siempre fue una delicia. Como suegra propiamente dicha, y por razones obvias, no llegué a disfrutarla, pero sus cartas siempre estaban llenas de cariño no fingido. ¿Sabías que me sigue escribiendo? Aún no se ha acostumbrado a nuestra separación. La tranquilizo diciéndole que hemos preservado nuestra amistad, en beneficio de Camila y también de nosotros mismos. En la penúltima carta me insistió: "Aunque estén separados, no se divorcien; Raquel, hacéme caso, todavía no se divorcien. Para eso siempre hay tiempo". Y le contesté: "Quédese tranquila, Nieves, eso del divorcio es del tiempo de ñaupa. Ahora ¿para qué se va una a divorciar? Más aún, ¿para qué se va una a casar?". Y volvió a escribirme, astuta ella: "Me reí mucho con tus tonterías sobre casamiento, divorcio y otras hierbas. Bien sé que no lo decís en serio". No volví a tocar el tema, porque se habría convertido en un ping-pong interminable.

Y de tus entrañables hermanitos ¿has tenido noticias? De tan amorosos, me empalagan. ¿Qué les pasa a mis ex cuñados? ¿Qué les ha pasado siempre? Yo con mis hermanos siempre me he comunicado, y Ricardo y su mujer proyectan venir a Europa el año próximo, siempre y cuando ganen no sé qué licitación. La verdad es que tengo ganas de verlos.

Pese a todo, me siento lejana de ese país que, según proclaman mis documentos, es el mío. A veces trato de imaginarme cómo estará ahora Nueva Beach y la veo tan remota como Australia. ¿Por qué a mí me ocurre eso y a vos no? Nuestros respectivos pasados no fueron esencialmente tan distintos. Es cierto que vos me formaste un poco, pero tal vez yo me deformé sola. Siempre fui menos política que vos. Ay los políticos. Políticos de diseño. Una especie que no soporto. Aquí y allá los veo tan ambiciosos, tan vacíos de proyectos y tan llenos de soberbia, tan vocacionalmente mentirosos. Estoy segura de que soy injusta, de que hay tipos bienintencionados, que intentan hacer algo por la gente, pero al final sucumben a las presiones, internas y externas. Les falta la osadía final, la más riesgosa, y se van apagando, pierden impulso, se sienten acorralados, se desalientan o renuncian o se van a su casa, a resolver crucigramas o a escribir sus memorias. Sé que vos no pensás así. Dios te conserve el optimismo. En esta puta vida creo que lo único estimulante es el amor. Pero vos y yo sabemos que también eso es difícil, que eso también sube y baja, como la Bolsa.

Creo que por hoy ya deliré lo suficiente. Pero si no deliro con vos ¿con quién va a ser? Un pedido: cuando puedas o quieras, faxeáme un paquete de últimas noticias.

Besos en las dos mejillas, de Raquel.

34

Sensación de bochorno, había sido el anuncio meteo-
rológico. Y esta vez acertaron. Era de noche cuando
llegó a su casa. Se duchó largamente y revivió. No
tenía hambre sino sed, una sed polvorienta, inagota-
ble. No se puso ni siquiera el piyama. Le llevó agua a
Bribón, que la consumió a un ritmo enloquecido. Se
sirvió un whisky con bastante hielo, apagó todas las
luces, y así, a oscuras y en calzoncillos, se instaló frente
al ventanal y a la luna llena.

No había luz en casa de los vecinos. Javier no
descartó que también los veteranos estuvieran, casi
desnudos y a oscuras, tomando su limonada frente a
la luna llena. La desnudez era la defensa obligada, la
sola forma de saberse vivo. ¿Cómo se sentiría esa pareja antigua, enfrentada en la penumbra a sus cuerpos
de siempre, más gastados que siempre, tan jubilados
como sus dueños, todavía con rescoldos del placer, o
al menos con memoria del placer? A lo mejor, en noches como ésta, toda luna, jugaban a remendar sus
mutuas amnesias, y estaba bien. Peor que la ausencia
del placer puede ser su irremediable olvido.

De pronto Javier reparó en su propio cuerpo,
ese viejo conocido, que todavía conocía y reconocía
el goce. Por suerte. El placer fue siempre un tónico,
un reconstituyente. Mejor que las vitaminas, los minerales y los antioxidantes. En la adolescencia, uno asume su cuerpo como ostentándolo; en la juventud,

como queriéndolo; en la madurez, como cuidándolo, haciendo lo posible para que el *puzzle* no se desarme antes de tiempo. Es cierto que ya hay poco para ostentar. Pero uno de todos modos vigila esa estructura personal, esa suerte de milagro que de a poco se desmilagra. Uno va detectando ciertos rebatos que se llaman dolores, esas pecas, manchas, verrugas, y otros descuentos de la vanidad. En otra noche, que aguarda en el futuro, bajo otra luna o acaso la misma, tal vez llegará el momento de sentir piedad por esa gastada maquinaria, para la que cada vez vienen menos repuestos. A Javier le da un poco de melancolía vislumbrar la posibilidad de esa otra melancolía que aún no llegó.

Aunque siempre ha sido buen lector de poetas, nunca ha escrito poemas. Bueno, nunca no. En el liceo le dedicaba versos a una morochita que era un dulce, pero ella nunca se dio por aludida. Es posible que para ella el desdén fuera una forma personal de seducción. Pero al cuarto mes de dejadez sin tregua, de indiferencia sin fisuras, a Javier lo invadió el tedio y dejó de enviar esquelitas en verso. Increíblemente, ese silencio despertó el interés de la esquiva musa (o musita) pero ya era tarde. Para entonces Javier había anclado en un aburrimiento inexpugnable. Es posible que ese fracaso inaugural lo convenciera de su desvalido futuro como vate. Siguió siendo buen lector de poemas ajenos pero no reincidió.

Sin embargo esta noche, en que el destello lunar le hizo tomar conciencia de su cuerpo, se embarcó en raras divagaciones y le vinieron ganas de escribirlas. No en prosa. Se asombró al admitir que debía recurrir al verso. O no escribir nada. ¿Por qué en verso? No pudo explicárselo. Lo intentaré mañana, decidió, para no desmontar la extraña fascinación de la noche, el silencio, la luna, la brisa todavía medrosa, el albergue de un cuerpo sin falacias. Apuró un nuevo trago. Lo saboreó sin prisa. Cerró los ojos para creerse feliz. Cuando volvió a abrirlos, le pareció que sólo habían pasado diez minutos, pero la luz recién amanecida había empezado a iluminarlo. Sin la velada lumbre de la luna, su cuerpo en bruto le pareció menos propenso a la reflexión, más rústico e inepto, más feo y deslucido, y corrió a esconderlo, ahora sí, en el piyama.

35

Mi cuerpo es mi genuino patrimonio.
En él están escritos el cuerpo de Raquel
y el cuerpo de Rocío.
De otros no tengo rastros
o al menos no me importan
los turbios arabescos de su caligrafía.
¿Dónde este cuerpo habrá dejado huellas?
¿Qué otro cuerpo leerá
la abandonada letra de mi piel?

Hay por ejemplo partes de mi vientre,
de mis piernas falsamente labriegas,
del ramaje morado de mis várices,
de mis dientes sin oro,
de las consolidadas arrugas de mi frente,
de mis testículos dispares,
de mis uñas mordidas.
Hay partes que conozco de memoria.

En cambio ignoro todo
o casi todo de mi espalda,
de mi nuca de huérfano,
del pedregal de mis costillas,
de mi trasero el pobre.

Sin embargo mi cuerpo es lo único mío.
El alma es apenas su inquilino,

con contratos a término
hasta la fecha siempre renovados.

Ya llegará la noche en que mi cuerpo
le intime el desalojo, resignado
a quedarse vacío,
inmóvil en la nada que le cuadre.

Bah, para qué jugar con mis escombros.
Ya jugará el futuro, ese tunante.

Por ahora mi cuerpo de Raquel
no es igual a mi cuerpo de Rocío.
Indago en la memoria de mi piel:
¿Cuál de ellos, sin ellas, es el mío?

36

Fernanda y Gervasio se fueron. A pesar de sus propósitos iniciales, tuvieron que quedarse tres semanas. Cuando el *jet* de United Airlines despegó de Carrasco, Javier murmuró un "¡Por fin!" que le sonó a sí mismo poco fraterno, pero no sintió ningún malestar de conciencia. La víspera de la partida, Fernanda había aparecido por el videoclub.

—No te preocupes más, Javier. A mamá le pareció una excelente idea y dio el visto bueno. Así que ya está todo arreglado.

Él no inquirió en qué consistía el arreglo ni hizo el menor comentario adicional. Se limitó a preguntar cuándo viajaban y a qué hora querían que los fuese a buscar al hotel. Fernanda venía preparada para un duro enfrentamiento. Por eso le había pedido a Gervasio que se quedara en el hotel: "Vos te ponés violento. Y así empeorás las cosas". Ahora, ante la actitud distante del hermano menor, esbozó una forzada sonrisa.

—¿Alguna pregunta aclaratoria?

—No, ninguna —dijo Javier. Y eso fue todo. Mientras los hermanos permanecieron en Montevideo, con idas y venidas entre la escribanía y la casa de Nieves, Javier se había borrado. Ni siquiera fue a ver a su madre. Se hallaba a sí mismo hosco, retraído, casi intratable. Hasta Rocío y Bribón, cada uno desde su perspectiva, se dieron cuenta de que algo pasaba. El perro se limitó a confinarse en un rincón de la cocina, donde al menos las baldosas frescas le transmitían cierto bienestar. Javier estuvo varios días sin ver a Rocío, pero ésta pensaba que estaba atendiendo a sus hermanos. Cuando por fin él fue al apartamento, ella notó de inmediato que el horno no estaba para bollos, y a fin de ir acotando el futuro inmediato, preguntó si la cosa iba con ella, si había dicho o hecho algo malo. Javier la tranquilizó: no era con ella. ¿Con tus hermanos? Sí, claro. Hasta entonces no lo había hablado con nadie. De modo que Rocío tuvo que aguantar el desahogo. Cada dos o tres párrafos, Javier se aferraba a una palabra, que para él era definitoria: mezquinos. Unos mezquinos, eso es lo que son. Es la primera vez que se acuerdan de Nieves. ¿Que por qué no los había enfrentado? ¿Que por qué no había convencido a Nieves de que no tolerara ese despojo? Todo era demasiado sucio, Rocío. Me daba asco intervenir. ¿No será que por defender tu dignidad, en definitiva perjudicaste a tu madre? Sólo esta última pregunta de Rocío lo sacudió un poco. Pero no tenía ánimos para justificarse. Quizás, dijo.

Cuando por fin fue a ver a Nieves, ella no le recriminó sus últimas ausencias. Le dijo que lo comprendía y que esperaba que él también comprendiese.

—Ellos son así, ya es tarde para que cambien. Una noche vinieron sin anunciarse, con todo ese paquete de noticias. No me gustó que, sin la menor delicadeza, le dijeran a la señora Maruja que se fuera. La pobre se quedó sin la telenovela. Y yo también. Te confieso que esa actitud con la señora Maruja me disgustó más que todo el embrollo del dinero. Primero, lo del testamento del bueno de Iturralde. Toda una sorpresa. Fue muy amigo de tu padre. Un amigo leal, de ésos de antes, en los que podías confiar a ciegas. La mujer no me tenía simpatía, nunca supe por qué. ¿Celos? No tenía sentido. Me imagino lo poco que le habrá gustado la cláusula del testamento que me concernía. Y la rabia que le habrá dado, cuando vio que su enfermedad ya no tenía remedio, y que por consiguiente todas esas cosas y casas me quedaban a mí. Cuando ella, ya viuda, regresó al Uruguay, la llamé y varias veces intenté verla, pero siempre encontró alguna excusa. Entonces me cansé y le dije que cuando tuviera un tiempo libre me llamara. Nunca me llamó. Pero volviendo a tus hermanos: casi de inmediato, antes de que me acostumbrara a la nueva situación, me expusieron su proyecto. Si me hubieran dejado unas horas de tiempo, seguramente se me habría ocurrido a mí. Después de todo, sólo me importó el dinero (igual que a tu padre), en la medida que nos alcanzaba para cubrir nuestras necesidades elementales y algún lujito adicional, como libros, cine, teatro. Cuando pudimos, compramos la casa de Asencio, la vivienda también es una necesidad elemental ¿no te parece? pero jamás se nos pasó por la cabeza, por ejemplo, tener un auto. Estoy segura de que la idea del reparto se me habría ocurrido a mí. Sin embargo, me dio tristeza que ellos me la impusieran. ¿Qué querés que hiciera, Javier? Aunque a veces no lo parezca, son mis hijos. Al menos tuvieron la franqueza de informarme que vos no estabas de acuerdo con su plan. No había necesidad de que me lo aclararan. Vos saliste más a mí. O a tu padre. Ahora, que se salieron fácilmente con la suya, se fueron contentos a mejorar su famoso *status*. Y con toda seguridad me seguirán enviando sus postales de las Niagara Falls y el Empire State Building. El Rockefeller Center no, porque creo que ahora lo compraron los japoneses.

37

No bien Javier abrió *La República* y se encontró con aquel titular a toda página: "Coronel retirado se suicida", tuvo la certeza de que se trataba de Saúl Bejarano. Pese al tamaño del titular, la nota era más bien escueta. El cadáver había sido hallado por la mujer que venía todas las mañanas a hacer la limpieza. Junto al cuerpo había un revólver y también un sobre cerrado y lacrado, dirigido a un militar de alta graduación, del que no constaba el nombre.

Diez minutos más tarde sonó el teléfono. Era Fermín.

—¿Leíste lo de Bejarano?

—Me acabo de enterar.

—¿A vos qué te parece?

—No sé. Por lo pronto, me sorprende que *La República* lo presente de manera tan sobria. No es su estilo.

—Eso no importa. Te pregunto por el hecho en sí. ¿Por qué se habrá matado?

—Me acordé ahora de unos versos de García Hortelano: "No me importaría morir de suicidio. / Ahora bien, de suicidio en legítima defensa". Si me atengo a las dos conversaciones que tuve con Bejarano, mi diagnóstico es que era un tipo muy complicado. Vaya a saber qué maraña se le formó en la sesera. Para nosotros siempre ha sido difícil entender los esquemas y las intransigencias del tinglado militar.

—Ese tipo es capaz de haberse matado nada más que para que yo me quede con un peso en la conciencia. Por no haber querido hablar con él.

—No lo creo.

—Pero siempre queda la sospecha.

—¿A quién le queda? Me dijo que no había hablado de ese proyecto con ninguno de sus camaradas.

—¿A quién le va a quedar? A mí. ¿Te parece poco?

—Al final, todo se sabe. No te olvides que dejó un sobre lacrado, dirigido "a un militar de alta graduación".

—Sería interesante conocer el nombre.

—No te extrañe que, dentro de unos días, *La República* publique un reportaje a un general anónimo, y que un mes más tarde su nombre circule en todas las redacciones. Mirá, Fermín, fui periodista durante muchos años y te puedo asegurar que en el subsuelo de la noticia siempre existe un hervidero de rumores. Unos falsos, otros verdaderos, la mayoría no salen en blanco y negro. Pero, claro, cuanto más los censuran, más se expanden. Algún historiador furtivo tendrá que publicar en el año 2001 un corpulento volumen con los *Rumores completos del Siglo XX*. Los que alguna vez fueron verificados podrían ir en redonda y los no confirmados en bastardilla. Tendría que incluir, por supuesto, un "Índice de Nombres Propios". No me cabe duda de que sería un *best seller*. Al menos, todos los conspicuos lo comprarían para comprobar si están en la lista.

38

La carta del coronel (R) Saúl Bejarano llegó al videoclub tres días después de su suicidio:

"Don Javier (iba a poner: amigo Javier, pero tuve la impresión de que no le iba a gustar): Le estoy escribiendo estas líneas unas horas antes de irme al otro mundo. No al Primero ni al Segundo ni al Tercero. Al Otro. Después de echar la carta en el Correo Central (los buzones no me merecen confianza), regresaré a esta casa, donde he vivido más de veinte años, y recurriré a mi vieja y querida arma de reglamento para poner punto final a una vida ¿mediana? ¿mediocre? Usted, que es ducho en adjetivos, le pondrá el que conviene. Cuando lea esta carta, ya mi óbito habrá tomado estado público. No sé si como noticia, pero al menos como esquela mortuoria. Descansaré seguramente en el mismo panteón que mi abuelo, don Segismundo Bejarano y Alarcón, que fue ministro en uno de tantos gobiernos colorados. Si alguna vez (por otra razón, claro) concurre usted al Cementerio Central, fíjese en esa tumba. A pesar de los cánones de la época, está diseñada con buen gusto. O sea que no me resulta chocante que mis huesos vayan a parar allí. Además, dejo instrucciones de que no me incineren. No sabría decirle por qué, pero ese final de finales nunca me ha seducido."

"Usted se preguntará: ¿por qué este remate? A lo mejor le parece un poco teatral. Nada de teatral.

Antes que nada, quiero que le aclare a su amigo el ex presidiario Fermín Velasco, que mi decisión no tiene ninguna relación con su virtual negativa a hablar conmigo. Me hubiera gustado comunicarme con él, es cierto, ya se lo dije en mi primera visita, pero se imaginará que su reticencia no significó un hecho tan relevante como para llevarme a esta determinación. Por favor, dígaselo. Por otra parte, en la carta que ya tengo escrita y que dejaré a un general que fue mi jefe y al que estimo sinceramente, no mencionaré para nada ese episodio ni su gestión de intermediario ni la reticencia de su amigo. Así que quédense tranquilos. Entonces ¿por qué?"

"El pretexto podría ser que me siento solo: no tengo hijos, ni siquiera sobrinos, mi mujer murió, como usted ya sabe. Casi no tengo amigos entre mis viejos camaradas de armas. Nos vemos aquí y allá, siempre en ámbitos castrenses, pero no nos contamos cosas importantes, cada uno sabe muy poco de la verdadera vida de los otros. ¿Será que hemos perdido la confianza mutua? No estoy seguro. Tampoco tuve ánimos para atenderme con un psicólogo, no importaba si civil o militar. Si era civil, yo no iba a entrar en detalles que podían ser síntomas o causas o razones. Si era militar, no iba a comprenderme. Tal vez me equivoque, pero tengo la impresión de que en la cartilla de este último no habría lugar para el desánimo. En un militar, por principio, no hay lugar para el desfallecimiento. Y sin embargo, de eso se trata. Desde hace un par de años, pero sobre todo desde hace un par de meses, me siento desfallecido, aunque casi siempre supe disimularlo. Desfallecido, eso es, y dentro de muy poco: fallecido. Está bien, creo. Un desenlace tranquilizador. Le confieso que la muerte no me inquieta. Tengo curiosidad por saber qué hay más allá, si es que hay algo. Y si no hay nada, no estaré, por razones obvias, en condiciones de sufrir una decepción. De manera que siempre será un buen negocio. Lo sabré todo o lo ignoraré todo."

"Cuando estuve en su casa, usted me preguntó si estaba arrepentido. Y le dije que no. Ahora, que tengo un pie en el Más Acá y otro en el Más Allá, no tendría sentido que le engañara. Y no le engaño: no estoy arrepentido. Cumplí con mi deber, aunque éste fuera cruel. No sólo obedecí órdenes, sino que además estaba de acuerdo con esas órdenes. No tengo pesadillas. Sin embargo, no puedo soportarme. Pero no porque cargue con una culpa. No puedo soportarme porque estoy vacío. Vacío y solo. Más que solo, abandonado. Pero abandonado por mí mismo. En mis cada vez más frecuentes depresiones, no logro recurrir a eso que algunos llaman 'reservas morales'. Busco y no las encuentro. No sé dónde las tengo, ni siquiera si las tengo. Después que perdí a mi esposa, tuve relación con tres o cuatro mujeres, pero con todas me pasó lo mismo. Durante el cuerpo a cuerpo, iba más o menos bien. Ninguna euforia, pero al menos el deseo se saciaba. Era mejor que el acoplamiento, casi siempre forzado, con alguna detenida. Eso que las ONG de derechos humanos, esas pesadas, denominan técnicamente 'violaciones'. Claro, con las mujeres libres era mejor. Pero el problema venía después del cuerpo a cuerpo. No sabía qué decirles, ni qué preguntarles. La verdad es que todas me abandonaron invocando la misma causa: se aburrían. Cuando me llegó el retiro, ¿en qué iba a ocupar un tiempo así, tan exageradamente libre? Siempre fui un poco burrero, de manera que algunos domingos iba a Maroñas. Eso sí: solo. Entre carrera y carrera, la espera se me volvía inaguantable. Me daba lo mismo ganar que perder. Un domingo gané un montón de plata. Y, aun con el dinero recién cobrado, empecé a preguntarme qué podía hacer con todo eso. Al final lo deposité en el Banco y ahí está."

"Me compré un perro, por cierto más grande y de más abolengo que su Bribón. Le puse Cadete. Deformación profesional. Estuvo tres meses conmigo. Era simpático. Se tendía frente a mí y me miraba, me miraba, como preguntándome algo, vaya a saber qué. Empecé a entender, o a imaginar, quién sabe, que su afecto perruno incluía cierta dosis de suspicacia. Por otra parte, me resultaba un poco pesado tener que sacarlo todos los días a la plaza que está aquí enfrente. Él en cada salida elegía el mismo árbol. Aunque le había comprado una correa muy elegante, lo llevaba suelto, porque era dócil, siempre me obedecía. Así hasta que una mañana, cuando ya había cumplido con su árbol, se detuvo frente a mí, casi inmóvil. Me miró largamente, movió la cola, y de pronto echó a correr. En la esquina esperó que el semáforo se pusiera verde y luego continuó su carrera. No tuve ánimo para llamarlo ni para seguirlo. Nunca regresó. Fue el último abandono, creo que también por aburrimiento."

"¿Usted qué habría hecho con tanta grisura, con tanto vacío? Para su desencanto, le diré que sigo sin pesadillas, pero en cambio tengo un buen sucedáneo: el insomnio. Le aseguro que el insomnio es mucho peor que las pesadillas. Éstas por lo menos son entretenidas: en ellas pasan cosas, a veces terribles, pero pasan. Y cuando uno por fin se despierta, disfruta con alivio de que todo ese horror no sea cierto. El insomnio, en cambio, parece inacabable. Es un tiempo en blanco, o en negro; de todas maneras, tiempo perdido. Uno se oye respirar, las tripas emiten algún ruidito, a veces surge un calambre y los dedos del pie se encogen, endurecidos. Del piso de arriba llega el vaivén de una cama en plena cópula ajena. Cuando suena el canto de un gallo lejanísimo, es la señal de que el temido amanecer se acerca. Es horrible 'despertar' sin haber dormido. La boca seca, los ojos abiertos e irritados, las sienes al borde de la jaqueca. Y no hay ducha matinal que lave el insomnio. Las pesadillas sí, ésas se van por el caño, pero el insomnio se queda en uno."

"¿Quiere que le diga una cosa? Me habría gustado ser su amigo, y hasta amigo del ex presidiario Fermín Velasco. Es evidente que una franja de pasado nos lo impide. Lo comprendo. Aun durante una larga paz, es difícil olvidar la breve guerra. Fue un inglés, Stanley Baldwin, quien escribió que 'la guerra terminaría si los muertos pudiesen regresar'. Pero todos sabemos que no regresan."

"Las perspectivas de esta noche no son tan malas, después de todo. Esta vez tengo la infalible solución para terminar con el insomnio que, como siempre, me está esperando. Al alcance de mi mano está mi arma, la mejor y más fiel compañera. Al menos ella no me ha abandonado."

"Estrecho su mano y le deseo suerte. Cnel. (R) Saúl Bejarano."

"Yo a esa Samsonite la conozco", pensó Javier, recién instalado en su vagón de primera, especialmente confortable, con los sillones que giraban y sus mesitas con tableros de ajedrez. Aunque hacía sólo cinco minutos que el ferrocarril había abandonado la estación, la maleta estaba sola, sin dueño o dueña a la vista. Javier la miró sin preocupación, pero sí con curiosidad. La maleta era gris y tenía adheridas cuatro o cinco etiquetas. Pensó que tenía suerte. En sus frecuentes traslados, siempre le pagaban un pasaje de primera. ¿Quién se lo pagaba? No lo recordaba. Era increíble que a su edad tuviera esas lagunas. ¿A qué edad? Bueno, de esto sí tenía una noción aproximada. Cuando se enfrentaba al espejo, se encontraba joven. En realidad, *todavía* joven, que no era lo mismo que joven a secas. ¿Quién le pagaba los billetes de ferrocarril y a veces los de avión? Seguramente, una empresa. Gestos como ése, sólo lo tienen las empresas. Para salir de dudas, abrió su portafolios y encontró varios folletos de propaganda sobre computadores, *windows*, ratones, manuales del usuario y hasta un diccionario de informática. En consecuencia, trabajaba para una empresa de informática. Podía ser. De informática o de teléfonos móviles o de sedas búlgaras o de zapatos mallorquines o de jarras magnéticas. ¿Qué más daba? Lo importante era que le pagaban el pasaje. Con esa confortable certeza, pudo repantigarse en el cómodo sillón giratorio, y aprovechándose de esa posibilidad que ofrecía el simpático mueble de primera, lo hizo girar dos veces para apreciar adecuadamente, no la belleza sino la sordidez del paisaje, con su selva de chimeneas y su sarpullido de alambradas. Cuanto más feo le parecía el panorama exterior, más disfrutaba del confortable interior de su vagón de primera. Giró dos veces más y respiró profundamente.

Por cierto, no era el único ocupante del vagón. En el otro extremo, dos señores más bien maduros aprovechaban la mesita con tablero para jugar al ajedrez. Absortos en la partida, permanecían en obstinado silencio. De vez en cuando se frotaban las manos o se pasaban un peine por el escaso pelo, pero nada más. A Javier no le dedicaron ni una sola mirada distraída.

Más cerca comparecía una mujer relativamente joven, muy concentrada en una novela que parecía de misterio. A su lado, un niño rubio bostezaba, no se sabía si con auténtico tedio o como una forma, bastante infructuosa, de llamar la atención de la mujer que seguramente era su madre.

Y la maleta gris, con cuatro o cinco etiquetas. Javier estaba como hipnotizado por ella. Hasta ahora el tren no se había detenido. De pronto entró en un largo túnel y las luces interiores se apagaron. La oscuridad era tan compacta que le produjo cierta angustia. Empezó a palparse para ver si todavía tenía cuello, rodillas, pies. Sí, aún los tenía. El tren seguía avanzando, pero era como deslizarse por la nada.

Cuando el túnel acabó y volvió la luz, la maleta gris seguía allí pero no estaba sola. A su lado se veía una mujer joven, hermosísima. A pesar de la precedente oscuridad, había abierto la maleta. Ahora se quitó la chaqueta y la depositó en su interior, luego hizo lo mismo con un pulóver de lana verde, la blusa, la pollera, las medias, los zapatos. Cuando quedó en su estado natural, miró afablemente a Javier y le dijo: "¿Qué tal, Javier? Mi nombre es Rita. ¿Recuerdas?". El hizo ademán de levantarse, pero el niño rubio se le anticipó y llegó hasta la muchacha, sin que su madre o lo que fuese hiciera algún ademán para impedírselo. El niño se enfrentó a Rita y con sus manos blanquísimas empezó a acariciarla. Tuvo que treparse a uno de los sillones para alcanzar uno de los pechos, el izquierdo, y allí disfrutó jugando con el pezón, cada vez más erecto, pero las manos fueron descendiendo, se demoraron en el soberbio ombligo, sobre el que el niño posó una de sus orejas como dispuesto a escuchar algo. Luego descendió más aún, hasta el pubis, y la rubia mata de la muchacha se mezcló, formando un solo vellón, con el rubio cabello del chico, a quien se le veía cada vez más radiante.

A pesar de que Rita parecía sentirse muy a gusto con aquel tributo infantil, Javier tomó la decisión de levantarse y arrimarse a aquel par de granujas. Eso pensó: granujas, pero se dio cuenta de que lo pensaba con un poco de celos y también con cariño, como si estuviera poco menos que embelesado. Sin embargo, además del embeleso, que era después de todo un alarde del espíritu, sintió que su cuerpo también se enardecía. Por un instante, vaciló. No sabía si tomar al niño suavemente en sus brazos o arrancarlo con decisión de aquel desnudo que no era para infantes sino para adultos, y sobre todo para adultos lujuriosos como él. Por lo pronto, descartó la opción de arrojarlo por la ventanilla. Además, no sabía cómo abrirla. No tuvo tiempo para tomar esa u otra decisión. El tren emitió un pitido casi conminatorio, aminoró su marcha y empezó a entrar en una estación ferroviaria, a la que, antes aún de despertar, Javier reconoció como la vieja Estación Central de Montevideo. Reencontrado por fin con la vigilia y con sus sábanas lamentablemente polutas, se restregó los ojos todavía incrédulos y sólo dijo una palabra: Granujas. Luego, cuando estuvo totalmente despierto, tuvo aliento para agregar: Por Dios, qué cursilería.

40

Cuando Javier le mostró la carta póstuma del coronel retirado, Fermín respiró con alivio.

—Hay que agradecerle el detalle. Después de todo, no era tan hijo de puta.

—No tan tan, pero un poco sí.

—Tipo extraño ¿no? Lo entendería mejor si fuera del modelito Scilingo, con una conciencia machacona, implacable. Pero viste que ni siquiera se arrepiente. Y aniquilado y todo, convertido en un guiñapo, al borde del suicidio, sigue haciendo la venia. No me cierran las cuentas.

— Habría que ser psicólogo. Desde mi subdesarrollo en la materia, alcanzo a imaginar que, en su caso, la conciencia, que es más ladina de lo que pensamos y hasta medio bruja, tomó la forma de la soledad, una soledad insoportable.

—Dijo el viejo Cervantes: "¡Oh memoria, enemiga mortal de mi descanso!".

—¿Vos podés creer todo ese cuento del vacío? No hay vacío posible con semejante raudal de gente en ascuas, de martirizados que hablan o callan, de mandíbulas que tiemblan. El vacío era su opción, pero él sabía que no tenía derecho al borrón y cuenta nueva. Al punto final, como ahora le llaman. Para él sólo había punto y seguido. Habla del vacío, sólo porque él decidió que lo hubiera, pero al no ser este un vacío natural, espontáneo, como el que sobreviene por ejemplo cuando a alguien se le muere un ser querido; al constituir su pretendido vacío apenas un recurso artificial, en el fondo él no podía ocultarse a sí mismo que esa falta, esa vacancia apócrifa estaba llena de rostros crispados y dolientes. Por eso se le convirtió en insoportable.

—Quizá tengas razón. Pero aun así, yo creí que era peor. Al menos, es el único de todos ellos que al final conspiró contra sí mismo, se agredió a sí mismo en nombre de todos nosotros. Te confieso que me siento un poquito vengado. Como dijo no sé quién: Un torturador no se redime suicidándose, pero algo es algo.

—Un veterano compinche del periodismo, que asistió al sepelio, me dijo que había poquísima gente. Su última soledad, antes de entrar en el único y verdadero vacío. Todos quedaron muy impresionados con la tumba del abuelo y ex ministro, don Segismundo Bejarano y Alarcón. Según parece, había pocos militares en el cementerio. La opinión generalizada es que no era muy querido entre los suyos. Por otra parte, y a pesar de todos mis pronósticos, aún no ha trascendido el nombre del alto jefe a quien dejó el sobre lacrado. ¿Habrá ido al cementerio o se habrá quedado en casa para que nadie le hiciera preguntas indiscretas? Nosotros ignoramos quién es, pero en el ámbito castrense su nombre debe ser la comidilla.

—¿Te diste cuenta de que cada vez que se refiere a este servidor dice "el ex presidiario"? Genio y figura.

—Hasta la sepultura.

—La de don Segismundo.

41

Javier: Gracias por los dos faxes con noticias. No te contesté antes porque Camila y yo estuvimos de viaje. Nos fuimos a Roma por una semana. Te confieso que después de un largo periodo de agobiante actividad en Madrid, necesitaba urgentemente una tregua y elegí Roma, ciudad que me encanta y además suele quitarme telarañas y otras ansiedades. Me costó un poco persuadir a Camila: no le gustaba desprenderse de su noviecito, pero al final la convencí. De lo contrario, habría suspendido mi safari. Como bien sabés, odio viajar sola, no disfruto.

De las ciudades que conozco, creo que Roma y Lisboa son las que tienen un color propio. ¿No lo crees así? Lisboa, más que un color, tiene un tono propio, tierno y pálido, con matices verdes, ocres, celestes, amarillos, un tono sin estridencias, sedante. Pero Roma, con sus palacios señoriales, o ex, con sus balcones esquinados, con sus muros, puertas y rejas que atraviesan o contienen la historia, es como una escenografía en ocre, malva, ladrillo y sepia. En realidad, hay dos posibles imágenes de Roma: una en blanco y negro, con agrios grises de vetustez (el Coliseo, los Foros, los Arcos) y otra en colores renacentistas que parecen armónica y anacrónicamente extraídos de la paleta de nuestro Torres García. A veces coinciden en un amplio espacio (verbigracia la Piazza Venezia: ¡no me gusta!) aunque normalmente son regiones comunicantes pero definidas. ¿Tiene algo que ver la Via Veneto con el Coliseo? Arquitectónicamente no, pero, siglos mediante, tal vez estén enlazados por la embriaguez del poder. En la Via Veneto, con la obvia excepción de los turistas japoneses, hasta los perros son aristócratas, avanzan con un talante de lujo y disponen de inodoros particulares. Un detalle muy envidiado por prostáticos y cistíticos.

Pese a todo, y prejuicios a un lado, hay que admitir que Roma (y quizá Italia toda) posee un aura de elegancia y buen gusto, que va desde el Palazzo Barberini (siempre es saludable reencontrar a la Fornarina) hasta la popularísima Feria de la Porta Portese (digamos un *mercato delle pulci* a la romana), donde en medio de la inevitable y estulta imitación de lo yanqui, aparecen aquí y allá lozanas artesanías con artesano adjunto. (Camila se compró allí una blusa preciosa.) Por otra parte, el romano y la romana, promedialmente hermosos como siempre, desarrollan una alegría de vivir, un buen humor al detalle, una picardía bondadosa, que también constituyen un color peculiar. Es una ciudad que no agrede. Y está tan acostumbrada a que los extranjeros la atraviesen y hasta la hagan suya, que por su módica xenofobia (un poco tiene, claro) no parece europea.

En este punto sobreviene una pregunta insoslayable, que te la paso como un testigo. ¿Por qué razón o sinrazón esta gente tan entrañable, tan sensible, de tan buen gusto, con tan agudo sentido del ridículo, pudo no sólo tolerar sino sostener y aplaudir a un alevoso payaso como Mussolini? Que los alemanes (que siempre tuvieron su ladito autoritario) se hayan encandilado con otro lamentable *clown*, parece con todo menos chocante que el apoyo de los italianos al Duce. Mussolini fue como una caricatura del más risible de los personajes de la *commedia dell'arte*, y sin embargo tuvo su cuarto de hora (que duró más de veinte años) durante el cual fue apoyado por el mismo pueblo que produjo a Giotto, a Leonardo, al Dante, a Galileo. Misterio. No me atrevo a formular ninguna teoría; apenas dejo constancia de un asombro. Ayer regresamos a Madrid. Lo que más deseábamos era apoyar nuestras cabezas en unas almohadas que no fueran empedradas como las que tuvimos en el hotel de Roma. Allí nos consolábamos pensando que tal vez fueran trozos de la Via Appia Antica.

Camila vino entusiasmada con los romanos. En el avión me dijo confidencialmente que eran mucho más guapos que Esteban, su novio salmantino. "Pero a éste, ay mami, lo quiero." Un argumento de peso, si los hay.

¿Qué opinás de mi crónica de viaje? Se parece más a eso que a una carta ¿no? No te ofendas, pero la verdad es que quería dejar anotadas mis impresiones romanas y vos fuiste el paganini. *Sorry* y abrazos, de Camila y Raquel.

42

*Siempre empezó a llover
en la mitad de la película.*

JULIO CORTÁZAR

La noche entraba por la ventana abierta, pero no venía sola. Llegaba con bocinas remotas, serruchos de carcajadas, uno que otro tango mendigo, latigazos de un rock acalambrante, abalorios de puteadas, rechiflas, tamboriles, canterolas de fútbol y remembranzas de murgas. Todo junto. También había relámpagos, que de vez en cuando azotaban el dormitorio con un destello instantáneo. Y truenos inmediatos, claro.

Javier sintió que la mano acariciante de Rocío le cubría los labios.

—Qué suerte que viniste —dijo ella—. Después de tu extraña historia sobre el coronel retirado, me quedé unas horas con la mente en blanco. Al principio intenté convencerme de que se trataba de un mero culebrón cívico-militar, pero poco a poco aquello empezó a adquirir su verdadera dimensión. Fue como si hubiese colocado un video y empezaran a aparecer en la pantallita las imágenes más inalienables, más reveladoras, de mis podridos diez años de clausura. Y no creas que siempre aparecían pantallazos de los episodios más brutales, más bien se trataba de incidencias o actitudes casi insignificantes, que al parecer se me han quedado enganchadas en algún recoveco de la memoria. Por ejemplo, una presa, creo que se llamaba Águeda, de unos cuarenta años, que siempre que podía empezaba a contarnos, con lujo de detalles, la vida y milagros de su hijita de nueve, a la que no veía desde su captura porque el ex marido se la había llevado con él a Bogotá. Y como no siempre nos tenía a mano, acababa contando su cuita a las celadoras, que, aunque tenían prohibido hablar con las detenidas, con ella hacían una excepción. Y en mi pantallita aparecía asimismo Catalina, todo un alivio, ya que coleccionaba chistes y cuentos humorísticos, incluidos algunos medio pornográficos, con los que nos alegraba la vida. Además, ella los numeraba y nosotras habíamos memorizado el código y, como en aquella vieja parodia de Franz y Fritz, nos llamábamos de celda a celda: ¿Te acordás del veintiocho? Y las guardianas se asombraban de que, ante esa escueta evocación numérica, estalláramos en carcajadas. Después tuvimos que suspender el jueguito, porque las guardianas empezaron a sospechar que aquella joda podía ser una clave subversiva. Y también acudía Paulina. Ésa no se reía, porque la habían violado en no sé qué repartición policial y había quedado embarazada. En mi pantallita aparecía llorando y gritando: ¡No quiero ese hijo! ¡No lo quiero! Un día se la llevaron y no supe de ella hasta varios años después, cuando ya estábamos en la calle: al final tuvo el hijo pero nació muerto. A partir de ese desenlace se tranquilizó, salió de la cárcel con la amnistía y poco después se fue a Suecia, donde vive una hermana exiliada. Allí terminó casándose con un noruego. Y así comparecieron varias: porque también asomó en mi pantallita de mentira el rostro sonriente de una celadora, que desde el comienzo me tenía ganas lésbicas y me prometía privilegios, y como yo nada de nada, no bien se convenció de que no había seducción, optó por hacerme la vida imposible. Después por suerte la trasladaron. Todo ese almanaque se me vino encima con la historia que me contaste. Cómo no voy a entender la actitud de Fermín. En cambio entiendo mucho menos la del famoso coronel retirado. Es como una conciencia a medias. Con la voz de la conciencia no sirven las bajadas o subidas de volumen, ni menos aun el *zapping*. O se la asume tal como viene o se la apaga. Evidentemente, el tipo no supo qué hacer, quedó prisionero de su indecisión, y por eso acabó como acabó: en el panteón de don Segismundo.

Tras el último y retumbante trueno, empezó a llover con una fuerza casi tropical. Los ruidos callejeros se concentraron de pronto en los gritos, cada vez más agudos, de los que corrían a guarecerse. Javier y Rocío se asomaron a la ventana y se divirtieron un rato con el vuelo de los paraguas de colores, uno de los cuales se elevó tanto que casi lo tuvieron al alcance de sus manos.

—*Les parapluies de Cherbourg* —dijo Rocío, sin pudor.

—*The rain man* —aportó Javier, con menos pudor aún.

—*Singin'in the rain* —retrucó ella.

—*The rains of Rainchipur* —balbuceó él, después de hurgar un rato en el subsuelo de su memoria.

Le revolvió el pelo y la besó.

—Qué bueno es de vez en cuando decir pavadas ¿no? —dijo ella—. Siempre que sea de vez en cuando.

—Lo que es bueno de veras —dijo él— es estar aquí, cobijados.

—Cobijados y juntos —dijo ella.

43

Este artículo, "Las mafias legales", fue el tercero que Javier envió a la Agencia:

"Mafias. De la droga, el contrabando de armas, el mercado negro, la prostitución, los niños para trasplantes. Mafias de vigencia universal. Conocidas y reconocidas. En apariencia, todos los gobiernos las combaten. Infructuosamente, claro. Al final, casi todos claudican. Unos por despecho y otros por cohecho. Las distintas mafias actúan a menudo como una federación: se protegen, se complementan, intercambian datos, alarmas, sondeos. Pero otras veces (digamos en Sicilia, Nueva York, Medellín y últimamente en la Rusia de Yeltsin) las mafias se aniquilan entre sí. Suelen designar ministros, pero también los hacen destituir. Su poder en la sombra, su pujanza clandestina, su infiltración en los tenderetes multinacionales donde se toman las máximas decisiones financieras, las convierten en respetables y pundonorosas."

"Ésas son, por supuesto, las mafias ilegales, clandestinas, antirreglamentarias. La paradoja es que su tradición y su antigüedad les otorgan una fiabilidad y una impunidad envidiables. No obstante (y eso también forma parte del tinglado) siempre hay, aquí y allá, alguna operación que se detecta y en ese caso la correspondiente incautación merece una amplia publicidad. A veces la información refleja con objetividad una represión verdadera y compacta; pero otras veces puede servir para enmascarar tráficos mucho más abundantes y de trascendencia millonaria."

"Las que no lo tienen tan fácil son las mafias legales, ya que no disponen de la protección multinacional ni del infinito aval de las ilegales. Aunque las hay muy poderosas, las mafias legales suelen ser más endebles, más indefensas, más desvalidas. La mayoría se van creando por generación poco menos que espontánea, cuando el decaimiento de los controles y la cultura de la corrupción van formando una red de transacciones y tentaciones, aptas para convocar a los neófitos y permitir que éstos organicen modestas mafias legítimas, gracias a las cuales logran hacer su agosto en cualquier mes del año. Las zancadillas administrativas, el mundo compulsivo del deporte, los entresijos bancarios, ciertas campañas insidiosas de los *mass media*, el empalago del *jet set*, las pinchaduras telefónicas, los hornos crematorios de la fama, el alud de la publicidad, no precisan del soborno o del apaño, ni siquiera de las trampas punibles."

"Las mafias legales no se apartan de la ley, ni infringen la Constitución. Siempre disponen de asesores y jurisperitos que no les dejan traspasar el borde de lo consentido. En el ámbito del deporte, por ejemplo, la FIFA es una autoritaria organización que linda con el abuso y la extorsión, con la explotación ostensible del deportista, pero ¿depende acaso de una autoridad internacional que controle sus finanzas y juzgue sus posibles arbitrariedades? Un cacique como el honorable Jean Marie Faustin Godefroid Havelange jamás dejará un resquicio para el descrédito. Como anota Eduardo Galeano, 'Havelange ejerce el poder absoluto sobre el fútbol mundial. Con el cuerpo pegado al trono, rodeado de una corte de voraces tecnócratas, Havelange reina en su palacio de Zurich. Gobierna más países que las Naciones Unidas, viaja más que el Papa y tiene más condecoraciones que cualquier héroe de guerra'. Esa mafia legal mueve, según confesión del mismísimo Havelange, nada menos que 225 mil millones de dólares. ¿Cómo no va a arremeter contra el inerme Maradona, que se atrevió a propiciar una asociación internacional de futbolistas para enfrentar a este mandamás despótico, insolidario y sin escrúpulos? Mientras los deportistas arriesgan sus meniscos y sus tibias sobre el césped, en una trayectoria que siempre es breve, el *grande capomafia* de las canchas, lleva 21 años arrellanado en su silla gestatoria, impartiendo bendiciones y sobre todo maldiciones, con total impunidad."

"Precisamente la impunidad es el denominador común de otras mafias legales, menos prominentes que la FIFA. Los sobornos, los cohechos, de las mafias ilegales, suelen dejar huellas jurídicas o administrativas. Pero los favoritismos, los "enchufes", los acomodos, las canonjías, los privilegios semioficiales, no son contabilizados. Sólo se inscriben en la memoria confidencial de los favorecidos y los favorecedores."

"Las mafias legales tienen arraigo hasta en algunos sectores de la cultura. En ciertos certámenes literarios, con suculentas recompensas, varias semanas antes del fallo respectivo ya se conoce el nombre del agraciado. Hay mafias de críticos, o más bien de autores de reseñas, que mucho antes de leer un libro ya saben si les va a gustar o no. En consecuencia, no van a tomarse el trabajo de leerlo. Por otra parte, las solapas suelen ser ilustrativas, proporcionan buena información y en consecuencia ahorran bastante tiempo."

"Hay mafias legales en concursos de belleza, en programas de radio y de televisión, en encuestas sutilmente orientadas que luego pesan sobre los resultados electorales, en los vaivenes de la Bolsa, en las revistas del corazón, en las asociaciones de *skinheads*. A diferencia de las ilegales, las mafias legales no participan en la corrupción pura y dura ni en

el soborno desembozado. Se limitan a manejar sutilmente las preferencias y las dispensas, los monopo-
lios del elogio y el patrocinio de la diatriba, los
beneficios y los maleficios, las franquicias y las desca-
lificaciones, las glorificaciones y los anatemas, las eva-
siones fiscales y los meandros de la hipocresía."

"Con alguna excepción, las mafias legales no
manejan grandes capitales sino corrientes de opinión.
Pero las corrientes de opinión sirven a los grandes
capitales y también a las ambiciones políticas. Por su
parte, los partidos políticos, sin constituir mafias legales propiamente dichas, adoptan, aplican y adaptan
muchos de sus procedimientos más corrientes. También, como ellas, descalifican, halagan, engatusan. Los
partidos suelen pedir en préstamo a las mafias legales
su repertorio de agravios y lo dejan caer sobre el rival
como macetas desde una terraza."

"Las mafias clandestinas tratan de pasar inad-
vertidas, no les conviene que sus operaciones tomen
estado público, pero en cambio las mafias legales van
imponiendo su estilo y se complacen en contagiar al
medio social su ambigüedad y su pragmatismo. De
manera paulatina, se van integrando tanto y tan há-
bilmente en la trama social, que de a poco van perdiendo su condición de mafias para llamarse corporaciones,
alianzas, comunidades, asociaciones, concordatos,
fundaciones, etcétera. Es así que las mafias parlamen-
tarias, que también las hay y que suelen ser más legales que cualesquiera otras, a veces pasan a llamarse
bancadas o *lobbies*."

"Las distintas sociedades civiles pueden luchar,
con mayor o menor éxito, contra las mafias ilegales,
pero en cambio van integrando las legales a su
idiosincracia. Casi sin advertirlo, sin ser consciente de
ello, cada ciudadano va incorporando un pequeño
mafioso a su fuero interno, a su problemática identidad. Ama a tu mafioso como a ti mismo, podían haber

recomendado las Sagradas Escrituras, pero aún no había nacido Judas Iscariote, el primer mafioso legal de la Cristiandad."

44

Alguien, no recordaba quién, le había dicho a Javier que la galería La Paleta ya no existía. Al parecer, había cerrado poco antes del golpe de Estado y unos meses después su propietario, obligado a exiliarse, se había establecido en Caracas. De ahí la sorpresa de Javier cuando, una tarde en que caminaba por la calle Convención, se encontró de nuevo con La Paleta. Ésta había cambiado de dueño: ahora era un argentino, ex crítico de arte, que había remozado y ampliado el local. La actual exposición, "Claudio Merino: 50 años de pintura (1945-1995)", era la tercera que presentaba desde la reapertura.

En la época anterior a su exilio, Javier había concurrido a varias muestras de Claudio Merino. De su primera etapa, le atraía en especial la llamativa serie "Relojes y mujeres", con aquella obsesión por las esferas que marcaban las 3 y 10 y el inolvidable detalle de que la aguja del minutero fuera un hombrecito desnudo y la del horario una mujercita también en cueros, siempre a punto de juntarse en una cópula horaria.

Ahora Merino estaba en un periodo más bien abstracto, pero mantenía su dominio del color. Javier disponía de tiempo, así que empezó por las obras más antiguas. En cincuenta años, Merino había vendido incontables relojes con sus famosas 3 y 10 (sus relojes eran en su obra tan intransferibles como las lunas en la de Cúneo, los caballos en la de Vicente Martín o las bandadas de pájaros en la de Frasconi) pero aún quedaban algunos que revelaban mutaciones de estilo y búsquedas en el trazo, cada vez más denso.

De las "Mujeres" había colocado en el mercado diversas variaciones y réplicas, pero siempre había retenido el cuadro original. En esa zona Javier sé reencontró con viejos conocidos: la "Niña de la higuera" y otros homenajes a una tal Rita, los inefables "Pies en polvo rosa" (su preferida), "Mi Nagasaki" que reflejaba el caos y la miseria de un basural montevideano, "El surco del deseo" con su tango erótico, un revelador "Retrato de Juliska", "Mi ciego Mateo" y tantos más.

Desde una puerta ubicada en el fondo de la galería, surgió de pronto, todavía en la sombra, un hombre de estatura mediana, con canosa melena de artista y un bastón más decorativo que imprescindible. Javier sólo recordaba fotos de Merino joven, pero cuando la figura entró en una zona iluminada, no tuvo dudas de que se trataba del pintor. Como era temprano, había poca gente en la galería. Quizá por eso Javier se animó a acercarse al personaje.

—Perdón, usted es Claudio Merino, ¿verdad?

El otro asintió.

—Estuve muchos años fuera del país, pero conozco bien su obra, aunque algo menos la de estos últimos años. Disfruté bastante al reencontrarme ahora con sus relojes, sus mujeres, su Nagasaki, su obsesión por las 3 y 10.

Merino sonrió, halagado y a la vez sorprendido.

—Son temas viejos, casi prehistóricos.

—No tan prehistóricos, ya que los sigue exponiendo.

—Bueno, son una etapa. No reniego de esas imágenes. Pero ahora estoy en otra cosa.

—¿Puedo hacerle una confesión? En estos últimos tiempos me acordé bastante de usted, aunque por razones más oníricas que artísticas.

—¿Oníricas?

—Sí, tuve dos o tres sueños en que se me apareció Rita.

El veterano abrió tremendos ojos. Javier tuvo la impresión de haber abierto una puerta, o al menos una ventana, en aquella memoria. De pronto Merino cambió de aspecto. A Javier le pareció diez o quince años más joven.

—¿Así que Rita? —Respiró profundamente antes de agregar:— ¿Y qué tal anda?

No parecía que hablaran de un sueño, sino de una mujer de carne y hueso.

—Las dos veces soñé que yo estaba en un ferrocarril, en un vagón de primera. Los únicos ocupantes éramos una valija Samsonite y yo. Entonces aparecía ella y empezaba a despojarse de su ropa, que iba guardando prolijamente en la maleta. Así hasta quedar totalmente desnuda. Me decía su nombre, me invitaba a acercarme y cuando ya iba a alcanzarla y tocarla, yo me despertaba. Era una mujer terriblemente hermosa.

—Ya veo que sigue igual —dijo el pintor.

—¿Usted la conoce? ¿Cómo sabe que es la misma?

—No hay otra.

Claudio Merino entrecerró los ojos y durante un minuto estuvo como absorto, mirando en el vacío.

—No me haga caso. Son locuras de viejo.

Javier consideró oportuno cambiar de tema.

—¿Oyó hablar alguna vez de Anglada Camarasa?

—No sólo oí hablar sino que conozco bastante bien su obra. Hasta tengo dos de sus cuadros: un *Desnudo femenino* y un lindísimo *Paisatge amb camí*

i figura (como ve, hasta recuerdo el título en catalán).
Los compré hace veinte años en Puerto Pollensa,
Mallorca, donde vivió y trabajó buena parte de su vida.
Allí murió. Tenía casi 90 años. Fue una suerte de Blanes
Viale del Mediterráneo. Un pintor estupendo. En España, especialmente en Baleares y Cataluña, tiene
todavía mucho prestigio, pero en América Latina casi
no se le conoce. Me sorprende que usted lo haya
mencionado.

Sucintamente, Javier le contó la extraña historia de su acercamiento a la obra de Anglada: al principio la había descubierto como un filón económico y
después aquella pintura singular y personalísima lo
había ido conquistando.

—¿Y tiene algún cuadro?

—Sí, tengo uno.

Merino iba a decir algo, pero Javier lo frenó,
por si las moscas.

—Pero no lo vendo.

Merino sonrió, y era una sonrisa aprobatoria.
Luego le dio la mano, dijo: "Mucho gusto", y desapa-
reció por la puerta del fondo. Javier permaneció un
rato más mirando los cuadros. Regresó a las pinturas
más antiguas y se enfrentó de nuevo a la serie de Rita.
Entonces dijo para sí mismo, pero en voz alta: "Tiene
razón el viejo. No hay otra". Dos o tres personas que
habían entrado lo miraron, sorprendidas. Él, a su vez, se
sorprendió ante esas miradas indiscretas e inquisidoras.
No encontró otro recurso que simular un estornudo,
sonarse las narices y desaparecer.

45

Raquel: En los últimos tiempos nos hemos comunicado telefónicamente, pero hoy el tema requiere más espacio, así que prefiero el fax. Cada día me siento más inmerso en esta realidad y en consecuencia me afectan más los problemas cotidianos, los encuentros y desencuentros con antiguos compañeros, las declaraciones de los políticos y, a veces, sus alianzas inesperadas, sus fidelidades rotas, sus astucias y tozudeces. Otro motivo de esa inmersión es que se ha producido un cambio en mi desexilio. Ya que vos y yo resolvimos abonarnos a la mutua franqueza, quiero que sepas de qué se trata. Me parece que a esta altura ya te lo imaginarás.

Hace un par de meses que empecé una relación (todavía me cuesta un poco llamarla amorosa, pero creo que de eso se trata) con una buena amiga. Se llama Rocío. Formaba parte de un grupo de compañeros que trabajamos políticamente en tiempos anteriores al golpe. Me parece recordar que la conociste, pero no estoy seguro. Estuvo presa, fue torturada, sufrió bastante pero aguantó y no delató a nadie. Como todos los que estuvieron allá dentro, salió con la salud quebrantada pero se está reponiendo. Ahora se dedica a hacer encuestas de tipo social. Me encuentro bien con ella y tengo la impresión de que ella se encuentra bien conmigo. Por ahora, al menos. Veremos qué pasa. Vos y yo sabemos que en este campo es muy riesgoso apostar por el futuro. Sin embargo, me siento a gusto. Y además, la soledad total siempre me ha desacomodado, me provoca algo parecido a la ansiedad.

En un fax de los últimos me pedías que te contara cómo está el ambiente, qué ha pasado con los viejos amigos. Bueno, lo que ha ocurrido con ellos es un poco lo que ha ocurrido con la izquierda, y no sólo la de este país. Cuando nos reunimos en grupo, parece no haber mayores desacuerdos, pero cuando los voy encontrando de a uno, entonces el abanico de actitudes es mucho más amplio. Y no me refiero solamente al núcleo reducido de los que hace veinte o veinticinco años nos sentíamos afines, sino a una acepción más vasta de la antigua militancia compartida. Hay de todo en la viña del Señor: uvas, pámpanos y agraz. Está el que se derrumbó junto con el muro de Berlín y probablemente nunca se volverá a enderezar ni tendrá ánimos para enderezar a los demás. Sigue considerando que el mundo es injusto pero ha terminado por convencerse de que un cambio esencial es inverosímil. Basta de utopías, rezonga. Su escepticismo lo paraliza. Está asimismo el que se quedó sin ideología: se siente con ánimo para rehacerla pero no sabe por dónde empezar. Está el que, huérfano de líderes, concentra su esfuerzo en cuatro o cinco ofertas elementales, primarias, y trabaja por ellas. Está el que trasmuta su escepticismo en resentimiento, y el resentimiento en oportunismo, y hoy se lo ve muy campante en tiendas conservadoras. Está por último el que estudia las aparentemente proscritas doctrinas del pasado y trata de rescatar de las mismas una síntesis válida, en la que se poden las equivocaciones, las tozudeces y hasta los disparates, pero se rescaten las intuiciones creadoras, los destellos de lucidez, la puntería de los pronósticos, la voluntad solidaria. No hay Marx que por bien no venga. Comprendo que cueste rehacerse,

desafiliarse de la mezquindad, forcejear con el egoísta que todos escondemos en algún recoveco de la
achacosa almita. Pero claudicar no trae sosiego. Si se
acabó la época de las grandes arengas, pues habrá
que hacerlo boca a boca (no lo interpretes mal, oh
malpensada), dialogar, intercambiar dudas y ansiedades, desmantelar el fariseísmo. Mirá que yo tampoco
estoy claro. Aquí mismo veo a la izquierda fracciona-
da, dividida por personalismos un poco absurdos, que
uno creía descartados para siempre, y no acabo de
entender ni de admitir que se pueda subordinar así,
sin pensarlo dos veces, el interés común a las miras
personales. En el fondo no son posiciones tan dispares (a veces me parece que están diciendo lo mismo
en distintos dialectos), y sin embargo nadie cede ni
un milímetro. Te estoy dando la lata ¿verdad? Ya sé
que estás muy escéptica y también lo comprendo. Hay
motivos, claro. ¿Pero podemos aceptar así nomás, en
una actitud meramente pasiva, que, además de vapu-
learnos, nos quiten identidad, nos desalienten para
siempre? Una cosa es que el consumismo, la publicidad, la hipocresía y la frivolidad de los medios masi-
vos traten de convertirnos a todos, no sólo a los
muchachos sino a todos, en *pasotas* (a vos, que vivís
allí, puedo endilgarte este término, tan de España), y
otra muy distinta que alegremente nos inscribamos
en el *autopasotismo*. Es cierto que perdimos, pero los
ganadores también perdieron. Perdón. Se acabó la pe-
rorata. Te juro (con la mano derecha sobre el *Guinness*
y la izquierda sobre el Talmud) que en mi próximo
fax no habrá política.

    Un abrazo grande que las cobije a las dos, Javier.

46

Aunque parezca increíble, Javier nunca había estado en casa de Fermín. En los viejos tiempos de incertidumbre política, con sus forcejeos y marimorenas, había límites hasta para la amistad lisa y llana. La prioridad primera era siempre para la militancia; sólo dos o tres peldaños más abajo estaba la amistad. Y cuando se generaba una relación fraterna, entrañable, como la que sin duda se había formado alrededor del viejo Leandro, aquello no era célula ni foco organizado sino tan sólo una reunión de gentes afines, sin humos de sanctasantórum ni rigideces de funcionamiento, aunque tomando las lógicas precauciones de cuando se atraviesa un periodo de sálvese quien pueda. Sólo debido a esa prudencia (que, en definitiva, sirvió de poco o nada) habían descartado reunirse en las casas; más bien preferían encontrarse en cafés de barrio, como si el hecho de no ocultar sus mayores o menores coincidencias pudiera convencer a los eventuales soplones de que no integraban ningún grupúsculo clandestino. Así hasta una noche en que, sentados alrededor de la mesa de siempre y hablando de política más o menos en clave, a una compañerita se le cayó una petaca bajo la mesa y al agacharse para recogerla se encontró con que, medio oculto en la pata central, había un micrófono (*made in Japan*, para más datos). No dijo nada a los demás, pero antes de irse (porque tenía clases en el Nocturno) le pasó al viejo

Leandro un papelito con la novedad. A partir de entonces cambiaron de café, claro, pero de vez en cuando, y para no dar señales de que estaban alertados, volvían al bar del micrófono, aunque sólo para contar chistes verdes o discutir inocente y acaloradamente sobre fútbol.

Cuando Javier (fue con Rocío, claro) entró en lo de Fermín se asombró de que la casa correspondiera exactamente a la imagen que de ella se había formado, no tanto a través de confidencias o relatos de su amigo, sino más bien a partir de su carácter, sus gustos y disgustos, sus metejones y manías. Cada talante exige un contorno, cada idiosincrasia un alrededor. Eso le dijo muy seriamente Javier a Fermín, y en seguida agregó:

—Vos no podrías vivir en un lugar distinto a éste.

—¿Ah no? ¿Y los años de gayola? Te aseguro que la celda de Libertad era menos folklórica y/o vanguardista. Sin embargo, ya ves: aunque me pasaba puteando las veinticuatro horas del día, pude vivir y sobrevivir.

—Vamos, Fermín, ésa no era tu casa sino una pocilga. Pero así y todo, estoy seguro de que, aun dentro de las magras posibilidades decorativas, le habrás puesto a ese antro tu toquecito personal.

Fermín soltó una carcajada.

—Eso mismo me decía el petizo Ordóñez, que durante dos años fue mi compadre de habitáculo.

Javier y Rosario se dieron un lindo abrazo.

—¡Qué suerte tenerte otra vez por aquí! No sabés cómo festejamos el día que Fermín llegó del Centro y ya desde la puerta nos anunció: ¡Volvió el Anarcoreta! Hasta su salud ha mejorado desde que te tiene para intercambiar chismes, bravatas y profecías. Siempre fue contigo con quien se entendió mejor.

—Bueno, vieja, no adules tanto a nuestro ilustre huésped. Después se agranda y no hay quién le aguante la petulancia y (ya que vino tan español) la chulería.

Rocío y Rosario no se conocían.

—Eso no importa —dijo Rosario—, de vos tengo abundantísimas referencias. Me sucede contigo casi lo mismo que lo que le pasa a Javier con nuestra casa. No podías tener otro rostro que el que tenés, otra mirada que la que tenés, otras mejillas, otras manos que las que tenés. Se te quiere. ¿Te diste cuenta?

Rocío dijo, o más bien balbuceó:

—Sí.

Con los años y los reveses, Rosario se había convertido en una mujer madura, pero fresca, vital. Javier se fijó en que, cuando ella miraba a Fermín, esa mirada, además de amorosa y protectora, era también algo maternal.

De pronto ella se dirigió a Javier y Rocío:

—Les confesaré algo que tal vez les parezca extraño. Al menos, a mí me lo parece. Nadie tiene que convencerme de que somos perdedores. En ese aspecto no me engaño. Y sin embargo… Sin embargo disfruto de esta paz de los vencidos. No de la injusticia, pero sí de la paz. Yo creo que hay un momento en que la gente se cansa de ser castigada, de arañar la libertad. Me siento feliz de que Fermín haya podido volver a sus clases, porque el contacto con los jóvenes siempre lo incita, lo empuja hacia adelante. Me siento feliz de que mis hijos tengan otra vez un padre. Durante aquellos doce años de mierda, hice todo lo que pude por ser las dos cosas: padre y madre. Pero era demasiado para mis fuerzas. Además, y perdonen la franqueza, una mujer es mejor madre cuando por las noches tiene a su hombre en la cama. Quizá sea ésa la peor variante de la soledad: dormir sola, y sobre todo soñar que una tiene a su hombre y de pronto despertar y hallarse otra vez sola.

A Rosario se le quebró la voz. Entonces Fermín se acercó a ella y la abrazó desde atrás.

—Ya no estás sola —le dijo casi en el oído, pero todos lo oyeron.

Ella se recompuso, sonrió apenas.

—No, por suerte. Ahora en cambio sueño que estoy sola, y me despierto y estoy contigo. Es un cambio maravilloso.

Cuando se sentaron frente a los ñoquis (una especialidad de Rosario), ya se había incorporado la nueva generación: Diego y Águeda. Era visible cómo Fermín los exhibía con orgullo paterno.

Durante un buen rato Águeda estuvo examinando sin ninguna cortedad a Javier y Rocío. Por fin habló:

—Creí que eran más viejos.

Todos rieron, menos Fermín.

—Pero Águeda, Javier tiene mi edad. Rocío es un poco menor, me parece.

—Ya lo sé. Por eso mismo: creí que eran más viejos.

La reiteración descolocó al *pater familias*, que ya no contempló a sus hijos con tanto orgullo.

—Hace como sesenta años lo reconoció Pavese —dijo Fermín, con una sonrisa herida—: "Luna tierna y escarcha en los campos, al alba, / echan a perder el trigo".

—Los dos están muy bien —intervino Rosario para airear el ambiente—. Aunque es obvio que a Javier el exilio le sentó mejor que a Rocío la larga penitencia. Estás un poco flaca, muchacha. Deberías alimentarte mejor.

—La verdad es que por lo común no tengo mucho apetito. Creo que en la cárcel se me achicó el estómago. Durante los primeros meses, tenía un hambre horrible y tragaba cualquier bazofia. Después tanta porquería empezó a provocarme náuseas y cada vez fui comiendo menos. Aun ahora, después de varios años de libertad, no he recuperado mis viejas hambres. Pero al menos el doctor Elena me receta unas lindas pastillitas de colores, con vitaminas, minerales, proteínas y todo eso. Y las voy tragando. Aumenté tres kilos en dos meses. No está mal ¿verdad?

—Después de esa confesión —dijo Javier— no sé si habrás advertido, Rosario, el homenaje que te ha rendido Rocío acabando sin chistar tu plato de ñoquis.

—Lo que pasa es que están riquísimos —dijo Rocío.

47

Mi cuerpo, este cuerpo,
es lo único mío.
Así, gastado y todo,
con sus pozos de tiempo,
sus lunares testigos,
su archivo de caricias
y sus escalofríos.

Mi cuerpo abre los ojos
y se intuye, se mide,
abre los brazos
y se despereza,
abre los puños
y se desespera.
Se somete a la ducha,
esa copia inexperta
de la cándida lluvia
y se limpia de nadas
y de espumas.

Mi cuerpo se transforma
en mi cuerpo de veras:
vale decir mi cuerpo de Rocío.

Tiene memoria de sus manos finas
más de pianista que de guerrillera,
de su cintura trémula y benigna,

de su fervor de cicatrices huellas,
de sus piernas abiertas al futuro,
de su onfalo ceñido, misterioso
como nudo de cábala
o remanso nocturno.

Mi cuerpo de Rocío
a veces se contagia de Rocío
y se confunde con su levedad.

Confieso y me confieso
que en el silencio ingrávido del alba
vacío como siempre en mi desvelo
me planteo una duda sin bengala:
cómo será para Rocío
su cuerpo de Javier,
cómo será para Rocío
mi cuerpo de placer,
moldeado por ella,
anuncio de estas manos
que a su vez la moldean.

48

Poco a poco, caminata a caminata, Javier iba recuperando su ciudad. Nunca, ni ahora ni antes de su exilio, se había adaptado a la heterodoxa Plaza Independencia. El estilo abigarrado del Palacio Salvo, la cuadrada sobriedad de la Casa de Gobierno, el siempre 'futuro' Palacio de Justicia, la tediosa verticalidad del edificio Ciudadela, el desmesurado Victoria Plaza de los Moon, todo ese cóctel urbano siempre le había parecido de una inarmonía casi humillante, agravada ahora por el macizo y agobiante mausoleo a Artigas, levantado durante la dictadura con un mal gusto sólo comparable al de los monumentos funerarios soviéticos. Esta plaza, pensaba Javier, es como un descampado circundado de feas y altísimas construcciones. En este descampado y en tiempos anteriores a las minifaldas, famosos ventarrones alzaron sin pudor las holgadas polleras de las buenas señoras y también las sotanas de los curas. Javier creía que, a pesar de los pesares, la plaza era poco menos que representativa de la mezcolanza y el amontonamiento de modos y maneras, de estilos e influencias, de herencia y espontaneísmo, de originalidad y mestizaje, algo que, después de todo, constituía nuestra confusa identidad.

En esa reflexión se había enredado cuando escuchó que alguien, a sus espaldas, le llamaba: "¡Señor, señor, algo para comer, hace cuatro días que no pruebo bocado!". La invocación, dicha con voz grave y convincente, partía de un mendigo, con ropa de mendigo y mano extendida de mendigo, sentado en un banco que seguramente, y por razones obvias, siempre estaba libre. Con cierta curiosidad, más que con propósito caritativo, Javier se acercó.

—¡Vaya vaya! —dijo el que pedía—, miren quién iba a aparecer por su vieja y abandonada patria. Nada menos que Javier Montes. ¿Ya no reconocés a los viejos amigos? A pesar de mi aspecto miserable sigo siendo Servando Azuela, tu compañero de banco en el Miranda.

—¡Servando! —exclamó, casi gritó, Javier.

—El mismo que viste y descalza.

—¿Pero qué te ha pasado? ¿Por qué estás aquí y así? ¿O estás representando algo? ¿Ensayando algún papel?

—No, mi viejo. Hace tiempo que el teatro se acabó para este servidor. Ahora sólo represento la realidad. Y te puedo asegurar que el mío no es realismo mágico.

—¿De veras pedís para comer?

—Claro, de esto vivo.

Javier se sentó en aquel banco insalubre, le tendió la mano pero el otro no se la estrechó.

—Perdoná la descortesía, pero mi mano está profesionalmente sucia. Y vos estás tan limpito.

—Te miro, te escucho y no lo puedo creer. ¿No me vas a explicar nada?

—Claro que te explico. Pero te adelanto que no es entretenido. En el segundo año de la dictadura caí en cana. Pero no por motivos políticos. Caí porque me pescaron haciendo una martingala fraudulenta en el casino de Carrasco. Así que por mí no se movieron los muchachos de Derechos Humanos. Tampoco me movieron mucho los otros muchachos: los verdolagas. La picana y el submarino los reservaban para los subversivos. Creo recordar que vos fuiste

medio subversivo pero pudiste rajar. Enhorabuena. Yo
fui un privilegiado: sólo me dieron piñas y alguna que
otra patadita en los huevos. A los dos años me soltaron, pero antes me propusieron un trabajito: que me
disfrazara de mendigo y aquí y allá fuera recogiendo
datos y datitos. A ellos les sirve todo. Bueno, de eso
viví hasta la vuelta de la bendita democracia. Recono-
cieron que mi trabajo les había sido útil, pero que ya
no me precisaban. Tuvieron la gentileza de darme un
"premio retiro". Nada del otro mundo, pero algo es
algo. Sin embargo, a mí el oficio me había gustado,
así que seguí de mendigo, aunque ahora trabajo por
mi cuenta. Es un laburo descansado y me permite vivir sin apremios. Mi pasado semi intelectual, mi experiencia de eterno actor de reparto, me sirven para
improvisar algunos discursitos que llaman la atención
de la gente que pasa. Otras veces, cuando se juntan
siete u ocho, les digo versos de Neruda o de Lorca. A
muchos les gusta la poesía, por cierto bastante más de
lo que confiesan. Y me consta que se ha corrido la
voz: En la plaza hay un mendigo-poeta. Y se acercan.
Hasta vinieron del diario *Clarín* de Buenos Aires a
hacerme un reportaje. Se los concedí con la condición de que no me sacaran ninguna foto de frente. Y
cumplieron. Yo trabajo en esto de lunes a viernes, de
9 a 20 horas. Un horario bastante extenso, como ves.
Los sábados y domingos hay pocos clientes en la zona.
Así que me empilcho, con ropa bien deportiva, y salgo con mi movicom a darme dique por Pocitos. Eso
sí, por los casinos ni me aparezco. Y hago mis con-
quistas. Claro que no conduzco a las minas a mi de-
corosa pero humilde vivienda, sino a un precioso
bulincito que me presta un colega de mendicidad, dueño de un loro al que enseñó a decir: Desnúdate. Fijáte qué detalle. Mi miedo es que las coces que me
dieron en San José y Yi hayan dañado mis cotizados
cojones, de modo que los someto periódicamente a

prueba y hasta aquí han respondido con honor y pundonor.

—Decime un poco, Servando, ¿no querés que trate de conseguirte un trabajo un poco más decoroso?

—¡Estás loco! ¿Querés algo más decoroso que un mendigo? En este bendito oficio no hay corrupción ni cohecho. Además, le tomé el gustito ¿sabés?

—¿Y en invierno?

—Ah, en invierno es un poco más jodido. Te imaginarás que no puedo aparecer aquí de impermeable y paraguas, porque los mendigos no usamos esos artículos suntuarios. Pero tengo mis buenas tricotas y camisetas forradas, a las que cubro con mis andrajos. Y te voy a decir algo: los días de lluvia y viento son los mejores para este laburo, porque cuando los peatones (y en especial las peatonas) me ven empapado e indefenso, murmuran ¡pobre hombre! y me dejan casi siempre un billetito y a veces un billetazo. Es claro que este *show* invernal me ha costado hasta ahora dos bronquitis y una congestión, pero los médicos siempre me han dicho que tengo una salud de hierro, así que me repongo rápidamente y pocas veces falto sin aviso a mi puesto en la plaza.

—¿Nunca te dijeron que sos un personaje para un cuento? Actor, estafador, soplón y boludo: una *bella combinazione*.

—Llegás tarde. Hace tres meses vino un escritor de Brasil y por unos podridos quinientos dólares me compró la historia de mi puta vida. Además me prometió que le pondrá esta dedicatoria (impresa ¿eh? no con bolígrafo): A Servando Equis, un mendigo de alcurnia. Me gustó lo de Equis y lo de Alcurnia. Me da cierto misterio, ¿no te parece?

—¿Te puedo dejar algo? Perdiste mucho tiempo conmigo, y estás en horario de trabajo ¿no?

—Javier, a los amigos no les cobro. Fue lindo reencontrarte. Cualquier día de éstos veníte por mi banco (con minúscula). Hoy hablé como un loro. Pero se debe a la sorpresa. La próxima vez me tenés que contar tu periplo europeo. Con pelos y señales. Mirá que ya no trabajo para ellos, eh. Así que podés confiar en este pordiosero.

49

—¿Qué te ocurre? —preguntó Nieves—. Tenés cara de desconcierto. Y no un desconcierto cualquiera. Un desconcierto gris.

—No sabía —dijo Javier— que el desconcierto tuviera color. A lo mejor, si busco en mi pasado, encuentro algún desconcierto verde o un desconcierto rojo.

—¿Como el muro de Berlín?

—Digamos.

La puso al tanto de su encuentro con Servando. Ella lo halló tan absurdo como divertido.

—No me digas, Nieves, que lo encontrás divertido. Que un tipo medianamente culto, con un pasado bastante digno, se haya convertido de la mañana a la noche en un soplón a sueldo y luego en un pordiosero, primero falso y después auténtico, me parece más bien una ceremonia de mezquindad, y en todo caso una pobre historia.

—Tenés razón, pero en todo caso es una mezquindad con un toque original. Un mendigo con movicom no se encuentra a la vuelta de la esquina. Seguro que si lo volvés a ver dentro de un semestre, ya va a estar en internet.

—Lo que más me asombra es su espionaje de pacotilla y la facilidad con que aceptó esa changa. Quién sabe cuánta gente cayó por sus chivatazos. No olvides que en otros tiempos había recorrido todo el espinel de la izquierda, así que conocía montones de nombres, direcciones y teléfonos.

—Tené en cuenta que lo habían castigado.

—Piñazos, patadas. No es demasiado si se considera el nivel de aquella época. Cuántos hubo, en esos años horribles, que fueron reventados sin que señalaran a nadie.

—No sé. Siempre es difícil ponerse en el pellejo de otro. Nadie sabe con certeza hasta qué límite un individuo es capaz de soportar un castigo.

—Es cierto. No puedo saberlo ni siquiera con respecto a mí mismo. Por suerte no tuve ocasión de ponerme a prueba. Pero tengo la impresión de que Servando eligió la miseria, eligió la mezquindad. Lo que no sé es si su caso es una excepción o un prototipo. En ese largo periodo de tensiones, represiones y miedos, pueden haberse dado casos que, sin llegar a ser una copia textual de lo ocurrido con él, en esencia no se diferenciaran demasiado de una sordidez tan desprolija. Y si fue así, no puedo dejar de preguntarme: ¿dónde y cuándo acabó el viejo país y cuándo y dónde podrá algún día empezar el nuevo?

Nieves se pasó la mano por los ojos, como tratando de borrar algo. Quiere cambiar de tema, pensó Javier.

—¿Y cómo está Rocío? Me gusta. Debo reconocer que sabés elegir a tus mujeres.

—Al menos las que vos conocés.

—¿Sabés una cosa? No te sienta la estampa de macho jactancioso. Siempre fuiste un fiel a pesar tuyo.

—Si usted lo dice, señora.

—¿Y tenés noticias de Raquel y Camila?

—Cada una tiene su compañerito. Ya ves, hemos llegado a un "punto crucial de nuestras vidas" (yo también tengo mi cultura de culebrón) en que nos vamos, ya no bifurcando sino trifurcando. O pentafurcando, vaya uno a saber.

Javier se quitó la campera y se tumbó en el sofá-cama.

—¿Estás cansado?

—Más bien estoy como en el tango: fané y descangayado.

—Tengo la impresión de que todavía no te habituaste al regreso. ¿Arrepentido de haber vuelto?

—No. Lo que ocurre es que el país ha cambiado y yo he cambiado. Durante muchos años el país estuvo amputado de muchas cosas y yo estuve amputado del país. Todo es cuestión de tiempo. Poco a poco voy entendiendo un pasado que todavía está aquí, al alcance de la duda. Siento además que poco a poco me van admitiendo como soy, quiero decir el de ahora y no el del recuerdo. Así y todo hay experiencias incanjeables. En las casas de cambio y en los bancos podés cambiar pesetas por pesos y viceversa, pero no podés cambiar frustraciones por nostalgias. No es frecuente que el que se quedó le pregunte al que llega cómo le fue en el exilio. Y tampoco es frecuente que el que llega le pregunte al que se quedó cómo se las arregló en esa década infame. Cada uno de nuestros países creó su propio murito de Berlín y éste aún no ha sido derribado. La vuelta de la democracia, con todo lo estimulante que resulta, creó distancias, que no se miden por metros sino por prejuicios, desconfianzas. Los rencores han ingresado al mercado de consumo: unos con IVA y otros sin IVA, unos expuestos en las mesas de liquidaciones y pichinchas, y otros bien atornillados en la memoria de la sociedad. Pero vuelvo a repetirte: todo es cuestión de tiempo. Al final nos acostumbraremos a los nuevos modos y maneras y hasta llegará el día en que proclamaremos el fin de la transición y lo festejaremos con champán (o con añeja). Eso sí, seremos otros, claro, y no sé si nos gustará cómo seremos.

50

Este taxi —pensó Javier— huele peor que el que tomaba Holden Caulfield al comienzo del capítulo 12
de *The Catcher in the Rye* (traducido a lo bestia en
castellano como *El guardián entre el centeno*) del viejo
y misterioso J. D. Salinger.

—Perdone, señor —dijo el taxista (no el de
Salinger sino el de Javier), hablando a través de la
mampara—, hace como cuatro horas que subió una
señora, un poco borracha según creo, y sin pedirme
permiso vomitó en el coche. La bajé en el primer semáforo y ni me dio propina, qué le parece. De inmediato llevé el coche al taller y allí lo estuvimos limpiando
y limpiando, le pasamos de todo, desde benzina hasta
detergente con vinagre, pero no hubo forma de qui-
tarle el olor. Y yo tengo que seguir trabajando ¿sabe?
La cosa no está como para retirar el coche por un
vómito más o menos. Así que disculpe, señor, si quiere bájese nomás en la próxima esquina.

Y Javier se bajó. Se hizo cargo del drama del
taxista, pero el olor aquel le daba tanto asco que tuvo
miedo de agregar un vómito personal al impersonal
de la otra pasajera. El hombre no quería cobrarle pero
él le dio propina y todo. Una vez en la acera pudo
respirar con ganas y hasta burlarse de sí mismo. No
hay que sacarle el cuerpo a la buena acción de cada
día, recitó, como siempre desprovisto de fe.

Sin proponérselo, se había bajado frente al Zoológico. Se preguntó cuándo había estado en Villa Dolores por última vez. En alguna ocasión había venido con la tía Irene, claro. Pero la última vez (tenía once años) había estado solo. De esa excursión se acordaba como si fuera ayer. Por ejemplo, de un elefante autocrítico que se propinaba tremendos latigazos con su propia trompa. De un bebé hipopótamo que había nacido en cautiverio. De un mandril que se parecía a la maestra de quinto. De un mono particularmente ágil que recorría la jaula de cabo a rabo, y de rabo a cabo, y siempre se las arreglaba para acercarse por detrás a su hembra favorita (por cierto, no estaba mal la monita) y le tocaba el culo con una ternura casi ecológica.

Sobre todo se acordaba del tigre. No tenía mucho público. Los monos y las jirafas acaparaban la atención de los visitantes. Echado en el centro de la jaula, con las patas delanteras cruzadas como un burócrata, miraba hacia el exterior, pero también podía ser que mirara hacia el infinito. En otras ocasiones Javier había visto al tigre moviéndose con un paso nervioso, casi con rabia, pero ahora estaba inmóvil. Su mirada no reflejaba odio ni angustia, ni siquiera hambre. Aquellos ojos transmitían reflexión. Javier nunca los pudo borrar de su memoria y años después llegó a la conclusión de que era una mirada filosófica. Cuando él se había acercado a la jaula, siempre a prudencial distancia de los barrotes, el tigre dejó de columbrar el infinito para enfocarlo a él. Y era una mirada de igual a igual. Un puente entre la sabiduría y la inocencia. De puro ansioso, Javier había bostezado, y entonces el tigre abrió también su bocaza, en un bostezo inesperado y descomunal. Aquel Javier de once años sintió que el animal lo había imitado y hasta le pareció distinguir un sesgo irónico en los ojos semicerrados y legañosos. Entonces el tigre se levantó, liviano, sin esfuerzo. Sus pasos de felpa recorrieron los pocos metros de su encierro. Tantos años después, Javier recita mentalmente el (entonces ignorado) soneto de Banchs: "Tornasolando el flanco a su sinuoso / paso va el tigre suave como un verso / y la ferocidad pule cual terso / topacio el ojo seco y vigoroso". Y recuerda que desde allá, desde el otro extremo de su celda, el ojo seco y vigoroso lo había mirado nuevamente, ya no de igual a igual, sino de soledad a soledad.

¿Dónde estará ahora aquel tigre penetrante y meditabundo? ¿Instalado por fin en el infinito que entonces lo hipnotizaba? Javier se prometió volver a Villa Dolores, esta vez con Rocío. Como el país, como él mismo, seguramente también el Zoológico habrá cambiado. El bebé hipopótamo será tal vez un valetudinario abuelo, sumergido en aguas legatarias de aquellas declaradamente sospechosas. El mono epicúreo y tocaculos estará, si sobrevive, lidiando con su próstata. Y un tigre, otro cualquiera, atlético y hereje, repasará no sus barrotes sino los del mundo.

Sí, tendrá que volver una tarde cualquiera a Villa Dolores. Intuyó que en ese pequeño Gran Zoo podría hallar una aceptable síntesis de la vaga y problemática identidad nacional. Mientras tanto, optó por hacerle señas al primer taxi, pero antes de ascender olfateó concienzudamente el interior. Le llegó un aire de lavanda. Sólo entonces subió. Como venía sucediendo desde la obligatoria instalación de la mampara, el lugar para las piernas era angostísimo; sintió que la rodilla rechinaba. Con la garganta apretada por el inesperado dolor, consiguió farfullar: "A Dieciocho y Ejido".

51

—Después de todo, creo que el pasado ya lo tengo asumido —dijo Rocío, recién desembarcada del sueño, todavía en posición fetal.

—¿Y entonces? —preguntó Javier, mientras encendía su tercer cigarrillo consecutivo.

—El problema es que no creo en el futuro. Menos aún en *mi* futuro.

—O sea que no creés en mí.

—Por supuesto que creo en vos. Creo en vos como presencia actual, aquí, a mi lado. Pero ¿qué vendrá después?

—Después también estaré yo. Te advierto que no vas a poder tirarme tan fácilmente por la borda.

—Javier, no se trata de algo tan personal como nuestra relación, que ojalá dure mucho, ojalá dure siempre. Pero en el futuro no estamos solamente vos y yo. Abro el diario, miro la tele, y me parece estar inmóvil, aletargada, en un rincón de la catástrofe. No puedo soportar la mirada de los niños de Ruanda, de Sarajevo, de Guatemala, y menos aún los de la Villa 31 en Buenos Aires o, aquí mismo, los de cualquier cantegril, próximos a ser desalojados. Hay días en que me siento enferma de impotencia. Vos y yo ¿qué podemos hacer? Nada. Y no me refiero a este país de morondanga sino al mundo gigantesco. Huele a podrido el mundo gigantesco. En la cana me reventaron. Está bien: aguanté. Estoy tranquila conmigo misma.

Pero no me alcanza con estar tranquila apenas con mi conciencia. Quiero estar tranquila con la conciencia de los demás. Y no lo estoy. Francamente no lo estoy. Otros también aguantaron y salieron en escombros. ¿Y qué pasó con esa suma de sacrificios? ¿Qué cambió? Es como si formara parte de un suicidio generacional. ¿Valía la pena jugarse la vida por esta derrota? Tal vez tenía razón Andrés Rivera cuando se preguntaba: ¿qué revolución compensará las penas de los hombres?

—Ahí está el riesgo, me parece. Hay seguros de vida, seguros contra incendios, seguros contra robos. Pero en política, y mucho menos en la revolución, no hay seguros contra la derrota. No obstante, hay una dignidad que el vencedor no puede alcanzar. ¿Qué te parece este axiomita? Tené en cuenta que lo escribió nada menos que Borges, un señor bastante victorioso. Por otra parte, no creo que todas las luchas fueran en vano. Artigas, Bolívar, San Martín, Martí, Sandino, el Che, Allende, Gandhi, hasta el mismo Jesús, todos fueron derrotados. Es cierto que el mundo de hoy es más bien horrible, pero si ellos no hubieran existido, seguro que sería peor. Hemos aprendido muy poco de la derecha, pero la derecha en cambio sí ha aprendido algo de la izquierda.

—¿Por ejemplo?

—Por ejemplo, que las masas populares existen. Antes simplemente las borraban del mapa ideológico. Sólo valían como objetos de explotación. Ahora en cambio valen, además, como objetos de consumo. Y como consumidores, que no es poco. Por lo menos las masas existen para generar los dividendos de los poderosos. Pero hasta las multinacionales han aprendido que los seres humanos no consumen desde la indigencia. Y entonces les dan migajas y los convencen de que con esas migajas deben adquirir bienes prescindibles como si fueran imprescindibles. Es una payasada, claro, pero esa payasada engendra una dinámica muy especial. Entre ricos y pobres sigue habiendo un abismo, pero la diferencia es que ahora todos, ellos y nosotros, sabemos que es abismo.

Rocío se estiró en la cama, como desperezándose. Javier no tuvo más remedio que admitir que su desnudez era conmovedora.

—Y además —dijo él, con una seriedad fingida—, llevas en ti misma la refutación de tu peregrina teoría.

—¿Qué refutación? ¿Estás loco?

—Tus pies.

—¿Qué pasa ahora con mis pies?

—Que son hermosos. Tan hermosos que contagian a todo tu cuerpo de su hermosura. Y frente a ese milagro, ¿qué importa toda la fealdad del mundo?

Rocío se tapó los ojos, horizontalmente, con las dos manos. Antes de que Javier se acostumbrara a su inesperado desconcierto, vio que por debajo de aquellos dedos blancos, indefensos, novatos, asomaban dos lágrimas antiguas.

52

[Éste es el texto del cuarto artículo, "Yo y la publicidad", que Javier mandó a España]:

"Más de una vez estuve tentado de telefonear a una o varias agencias de propaganda, a fin de transmitirles un mensaje muy personal y muy escueto: 'No se gasten conmigo. Para mí la propaganda es como si no existiera. Cuando por la mañana leo el diario, los avisos no cuentan. No importa que ocupen un espacio de cinco centímetros por una columna, o una página entera. No existen. Paso las páginas buscando y leyendo textos, noticias, artículos de opinión, análisis económicos, resultados deportivos, pero no me detengo en ningún aviso. No cuentan. Los eludo como a enemigos o como a baches en la carretera'. "

"Con la televisión me pasa algo semejante. El *zapping* nervioso, incontenible, de mi índice obstinado, me va salvando del detergente mejor del mundo, del automóvil más veloz, del champú esplendoroso, del cigarrillo más elegante. En verdad no soporto que la pantallita estúpida organice o desbarate mi vida."

"Por suerte sospecho que no soy el único. Estamos saturados. También es cierto que la propaganda genera anticuerpos. Por ejemplo, a uno le vienen ganas de afeitarse con cualquier maquinita que no sea la que la tele nos propone e impone. Si de todos modos voy a consumir la refinada cochambre que exhibe el mercado, reclamo que no sea la del muladar televisivo. Al menos quiero ser dueño de mi opción de basura."

"Un sociólogo norteamericano dijo hace más de treinta años que la propaganda era una formidable vendedora de sueños, pero resulta que yo no quiero que me vendan sueños ajenos sino sencillamente que se cumplan los míos. Por otra parte, es obvio que la publicidad mercantil va dirigida a todas las clases sociales: una empresa que fabrica o vende, por ejemplo, aspiradoras, no le pregunta a su cliente potencial si es latifundista u obrero metalúrgico, militar retirado o albañil; tampoco le pregunta si es católico o ateo, marxista o gorila. Su única exigencia es que le paguen el precio establecido. Sin embargo, aunque la propaganda va dirigida a todas las clases, el producto que motiva cada aviso siempre aparece rodeado por un solo contorno: el de la clase alta o la que ambiciona serlo."

"El fabricante o importador de una determinada marca de cigarrillos sabe perfectamente que su producto puede ser adquirido por un burócrata, un tornero o una manicura, pero cuando lo promociona en televisión aparecerá fumado por algún *playboy*, cuyo más sacrificado quehacer será en todo caso jugar al polo, o tostarse al sol en la cubierta de un yate, junto a una beldad femenina en mínima tanga. Una motoneta puede ser un indispensable útil de trabajo para un mensajero o un mecánico electricista, pero en la publicidad aparecerá vinculada a una alegre pandilla de muchachos y muchachas, cuya tarea prioritaria en la vida es la de salir en excursión en medio de paisajes impecables, desprovistos por supuesto de detalles tan incómodos como la miseria o el hambre. Un champú puede tener como usuaria normal a una telefonista o a una obrera textil, pero en la tanda comercial de la televisión las cabelleras (que serán rubias, como las norteamericanas, y no oscuras, como las que ostentan las lindísimas morochas/trigueñas de América Latina) ondearán al impulso de una suave brisa, mientras la dueña de ese encanto corre lentamente (es obvio que en la tele se puede 'correr lentamente') al encuentro del musculoso adonis que la espera con la sonrisa puesta."

"El mundo capitalista tiene sus divinidades: verbigracia el dinero, que representa el Gran Poder. Para el hombre que tiene dinero, y por tanto poder, la vida es facilidad, diversión, confort, estabilidad. No tiene problemas laborales (entre otras cosas, porque normalmente no labora) y hasta apela al sacrosanto dinero para solucionar sus problemas sexuales y/o sentimentales. Por supuesto, la publicidad no nos propone que todos ingresemos en ese clan de privilegio, ya que en ese caso dejaría de serlo. Tan sólo intenta convencernos de que esa clase es la *superior*, la que indefectiblemente tiene o va a tener el poder, la que en definitiva decide. Mostrar (con el pretexto de un reloj o de una loción *after shave*) que sus integrantes son ágiles, ocurrentes, elegantes, sagaces, apuestos, es también un modo de mitificar a ese espécimen, de dejar bien establecida su primacía y en consecuencia de asegurar una admiración y hasta un culto de esa imagen. Es obvio que la clase alta tiene gerentes panzones, feas matronas, alguno que otro rostro crapuloso, pero no son éstos los que aparecen en la pantallita."

"Un dato curioso: las agencias de publicidad reclutan sus prototipos en la clase media, pero siempre los presentan con la vestimenta, las posturas, el aire sobrador, la rutina ociosa de la alta burguesía. El día en que lleguemos a comprender que la propaganda comercial, además de incitarnos a adquirir un producto, también nos está vendiendo una ideología, ese día quizá pasemos de la dependencia a la desconfianza. Y ésta, como se sabe, es un anticipo de la independencia."

"A esta altura, creo que está claro que yo y la publicidad no nos llevamos bien."

[Dos días después llegó este breve fax de la Agencia madrileña: "Amigo Javier: Tengo la vaga impresión de que pretendes que todas las agencias y productoras de publicidad se juramenten para hacernos el boicot. Lamentamos comunicarte que tu interesante exabrupto (que en esencia compartimos) ha sido desterrado al legajo de 'impublicables'. ¡Por favor, sitúate de una vez por todas en la santificada hipocresía de este último espasmo secular! Recibe mientras tanto un esperanzado abrazo de Sostiene Pereira II, o sea de Manolo III".]

53

Alguna que otra vez, cuando Javier se despertaba en plena noche transfigurada y en compacta oscuridad, padecía una breve desorientación. ¿Dónde estaba? ¿En Madrid? ¿En un hotel de Roma? ¿En su casa de Nueva Beach? ¿En el apartamento de Rocío? Si intentaba abandonar la cama para dirigirse, por ejemplo, al baño, y lanzaba sus piernas hacia la derecha creyendo que estaba en el hotel donde solía hospedarse en Roma, se golpeaba, a veces fuertemente, contra la rugosa pared de Nueva Beach. Otras noches, seguro de hallarse a solas en su casa de la playa, emprendía con decisión el descenso por la izquierda, y se encontraba con el cuerpo de Rocío.

Esta vez, arrancado bruscamente del sueño por una desaforada alarma de automóvil, su aturdimiento fue mayor que el de otras noches. ¿Dónde estaba? ¿Dónde? Movió con cautela un brazo y halló otro brazo, sin duda femenino. Estoy en Madrid, pensó, todavía en borrador. Estoy en Madrid porque este brazo es de Raquel. Se sintió satisfecho con que aquel brazo fuera de Raquel. Pero la voz grave y somnolienta (¿qué pasa, Javier?) que sonó en lo oscuro, no era de Raquel sino de Rocío. Nada, dijo él, me despertó esa alarma. Ah, susurró Rocío antes de sumergirse de nuevo en el sueño.

Javier, sin embargo, no se sumergió en el suyo. El amago de placer que experimentó al imaginar que el brazo contiguo fuera de Raquel lo introdujo en un insomnio de dudas. Para confirmar su presente, o tal vez para despejar sus dudas, fue acercando la mano al cuerpo de Rocío y se detuvo en un pecho, el izquierdo. Aún desde el sueño, el cuerpo contiguo respondió vivaz a la convocatoria de aquella mano, y de ese modo pragmático y primario Javier confirmó que en efecto se trataba de Rocío. Todavía con los ojos cerrados, ella apenas balbuceó "suavecito" y él fue organizando su invasión. Eso de "suavecito" era una clave. Una de esas palabras, tontas a veces, o simplemente cursis, que sin embargo se instalan con fuerza en el vocabulario de los amantes. En su primera noche, allá en Nueva Beach, mientras él la besaba, ella había dicho: qué suavecito es tu bigote, me encanta. Y luego, cuando lo llamaba por teléfono, ella empezaba preguntando: cómo está el suavecito, y él respondía: echándote de menos. De a poco la palabrita se fue convirtiendo en "la cosa de ellos". Sin ponerse previamente de acuerdo, la eliminaron del saludo telefónico y la reservaron para el diálogo de los cuerpos. Por eso, cuando ella la extrajo de su noche individual y la insertó en la que compartían, él sintió un repentino aleteo en el alma y una inconfundible lumbre en el sexo. A partir de ahí, todo fue ritmo y esplendor, modesta gloria. Cumplida ya su misión, la alarma del automóvil dejó finalmente de sonar, y los dos cuerpos se arrebujaron en el nuevo silencio como en un nido.

54

Querido Javier [la carta es de Fernanda]: Hace varias semanas que intento escribirte y sincerarme contigo. Pero es difícil. Siempre hubo entre nosotros una distancia poco menos que insalvable, un alejamiento que a través de los años lo he ido sintiendo como una creciente frustración. Cuando Gervasio y yo estuvimos en Montevideo por el (digamos) legado de mamá, nunca se dio la coyuntura de que vos y yo habláramos a solas. Es cierto que el último día fui a verte al videoclub, pero ya no había tiempo ni espacio para hablar con calma, para derribar barreras tan antiguas (y tan oxidadas) como las que ahora y antes nos han separado.

Gervasio no sabe que te escribo y es seguro que no lo aprobaría. Quedó muy disgustado con tu actitud prescindente. Durante el vuelo de regreso no se cansó de repetirme: "Lo hizo para despreciarnos, para agitar la banderita de su dignidad y lograr que nos sintiéramos mezquinos". Yo no estoy de acuerdo, Javier, con ese juicio. Creo que vos, desde muy temprano y debido tal vez a la influencia de aquel maestro (¿se llamaba don Ángelo, no?) que tanto admirabas, siempre tuviste otro enfoque sobre la vida, sobre la familia, sobre la sociedad, incluso sobre el dinero. No tengo inconveniente en admitir que sos el más coherente de los tres. Y comprendo por qué has sido siempre el preferido de mamá: en realidad, sos el único que le ha transmitido afecto, tanto cuando estuviste lejos como ahora que estás cerca.

Entre Gervasio y yo no siempre ha habido acuerdo. Él es fuerte, empecinado, ambicioso, y yo en cambio soy mucho más débil y por lo general me dejo arrastrar por él. Te confieso que yo no compartía su actitud en relación con el legado que iba a recibir mamá. Varias veces le dije: No nos apresuremos, ya verás que mamá, de modo espontáneo y sin que la presionemos, se va a acordar de nosotros. Gervasio, en cambio, no quería dejar nada librado al azar, quizá porque era consciente de que teníamos muy pocos méritos para que mamá "se acordara" de nosotros.

Por eso actuó como actuó. Aquí debería decir: por eso actuamos, porque en el fondo, sea por debilidad, sea por cobardía, también me siento responsable de un episodio que no fue muy glorioso que digamos. Sabía que ibas a reaccionar como reaccionaste, me pareció que concordaba con tu línea de vida. Pero Gervasio creyó que esta vez la tentación del dinero, la posibilidad del buen pasar, te iba a convertir en nuestro aliado. Como ves, todavía le queda algo de ingenuidad. Le erró como a las peras. En mi fuero íntimo me alegré de que no cedieras. Si el pronóstico de Gervasio se hubiera cumplido, me habrías defraudado.

No obstante, hay algo que tenés que comprender. Vivir en este país, no como eventual turista o como usufructuario de una beca, sino como residente al firme; vivir en este país en estas condiciones te cambia la vida. Y si por añadidura decidís quedarte para siempre, o para casi siempre, te la cambia aún más. La urdimbre social, política, universitaria, religiosa, deportiva, científica, periodística, doméstica, etcétera, es atravesada y descompensada por el culto al dinero. Por sus riquezas naturales, por su composición pluriétnica y multilingüista, por el espíritu de su Constitución y su trama democrática, esta nación podría ser una suerte de paraíso, pero el desaforado culto del dinero la ha convertido en un infierno. Y todo aquel que, por innata incapacidad, por falta de títulos o de influencias, por desgana o saturación, o simplemente por mala suerte, no es un devoto de ese culto, se va convirtiendo de a poco en un ente marginal. Aquí, como en todas partes, el éxito genera mucha envidia, pero el fracaso, en cambio, genera un menosprecio casi patológico. La turbamulta de borrachos, drogadictos, mendigos profesionales, estafadores de poca monta (los de mucha están en lo alto), es tan representativa de este país como el *American Way of Life*. Si el Sida y el Alzheimer los han golpeado con tanta fuerza, se debe a que son plagas pluriclasistas, o sea que no se limitan a destruir a los de abajo. El hecho de que, por ejemplo, Rock Hudson y Ronald Reagan figuren en las respectivas nóminas de víctimas, le revela a la invicta catedral del dinero la irreverencia total de semejante apostasía sanitaria. Y ése sí que es un susto.

Por desgracia, ya no puedo arrancarme de aquí. Mi marido (hace diez días que nos casamos, por fin), mis hijos, mi trabajo, mi futuro, yo misma, estamos para siempre incorporados a esta lujosa miseria. Bien sé que, pese a todo, no está fuera de mi alcance proferir algún día un alarido de libertad, pero para eso se precisa mucho coraje. Y cuando pienso en arrastrar a toda mi familia a un destino precario, inseguro, o (la otra posibilidad, la más egoísta) en abandonarlos y apuntarme a otra vida, asumo que soy cobarde por definición y no sé si por vocación. Aquí me quedaré, pues, pero siento que mi currículo profundo (no el nutrido y brillante que presento en las universidades) es un metódico derrumbe, algo así como una aburrida teleserie del fracaso, desarrollada (hasta ahora) en 51 capítulos. No sé si a esta altura ya te habrás dado cuenta, pero en el fondo te envidio. Bien, al fin me salió toda la historia que quería contarte, ser por una vez franca contigo. Ojalá te vengan ganas de contestarme. Mi ilusión es que de a poco vayamos derribando nuestro personal murito de Berlín. Dale de mi parte un beso a "tu" Nieves. Te abraza Fernanda.

55

Lorenzo. Aquel que (después de estudiar concienzudamente *El matrimonio perfecto*, de Van de Velde) se había iniciado, a orillas del Yi, con la estimable colaboración de una linda primita, Lorenzo, ese mismo. Lo había llamado por teléfono y quedaron en encontrarse en un boliche del Cordón. Javier llegó un poco antes de la hora señalada. Eligió una mesa junto a la ventana y pidió una grapa con limón. A las seis de la tarde, la gente se movía con un apremio contagioso. No era posible que todo el mundo anduviera tan apurado. Más bien parecía que aquel enjambre de hombres y mujeres, muchachos y muchachas, fueran arrastrados por una histeria colectiva, o al menos por una urgencia ficticia.

Apareció Lorenzo y se fue acercando por entre las mesas. Esta vez, a Javier le pareció más joven. Tal vez porque venía de campera y pantalón vaquero, o porque exhibía una sonrisa franca. La sonrisa, cuando no es faliuta, siempre rejuvenece, pensó Javier.

—¡Anarcoreta, salud!

—¡Salud, Lorenzaccio!

Javier le preguntó si él también quería una grapa, pero Lorenzo venía con otras intenciones: un balón de cerveza, una pizza y tres porciones de fainá.

—Bueno ¿y qué?

—Nada del otro mundo. Me pareció que era hora de que intercambiáramos perplejidades.

Allí nadie hablaba en voz alta, pero la suma de tantas voces bajas daba como resultado una batahola ensordecedora.

—¿Y cuál es tu perplejidad número uno?

—¿Vos te fijaste —preguntó Lorenzo— que cuando nos reunimos los del antiguo grupo nunca hablamos de política? De cine sí, o de fútbol, o de sexo, pero no de política. ¿Qué nos pasa, Javier? ¿Tenemos vergüenza del pasado? ¿O estamos enfermos de timidez?

—No sé. A mí también me ha llamado la atención. ¿No será que ya no somos una piña? ¿No será que con los años nos hemos bifurcado, que hemos perdido cohesión y afinidades? Han pasado tantas cosas.

—Puede ser. Pero ¿por qué no ponemos sobre el tapete esas diferencias? La verdad es que sería poco menos que milagroso que, después de las volteretas que ha dado el mundo, siguiéramos todos encuadrados como antes, corriendo en el mismo andarivel.

—Quizá lo que ocurre es que estamos inseguros. Y que cada inseguridad es distinta de la otra.

—¿Sabés por qué es distinta? Porque nos han metido el miedo. Hace tiempo que el miedo forma parte de nuestra rutina. Yo creo que nunca más nos desprenderemos de esa inhibición. Antes lo discutíamos todo. La actitud individual formaba parte de una actitud colectiva. Ahora en cambio cada uno mastica en silencio sus rencores, sus amarguras, sus pánicos, sus prejuicios, sus cortedades. En consecuencia es más débil y más frágil. Hemos perdido confianza, che, mutua confianza, y eso nos vuelve mezquinos.

Con el calor de la discusión, no habían advertido que el mozo había acomodado la bandeja bajo el brazo y seguía el diálogo con interés.

—Tenés toda la razón, hemos perdido confianza —dijo, mirando y tuteando a Lorenzo, y se alejó para atender otras mesas.

—¿Viste? —comentó Lorenzo—. Hasta el camarero está de acuerdo.

—A veces pienso que esas reticencias pueden deberse a mi presencia. No te olvidés que soy un ex exiliado, alguien que no estuvo aquí mientras pasaban cosas muy graves. ¿No creés que eso pueda generar cierto recelo?

—De ningún modo. Te aseguro que cuando vos todavía no habías regresado, sucedía lo mismo. Es un estado de ánimo generalizado. ¿Te diste cuenta de que los comités de base del Frente Amplio están casi desiertos?

—Vos mencionaste el miedo. Pero ¿qué motivos racionales subsisten hoy para el miedo? No veo un clima de pregolpe, ni siquiera de represión organizada.

—¿Motivos racionales? Tenés razón, no existen. Pero irracionales, sí. Mirá, yo de muchacho tuve culebrilla, eso que ahora se llama "herpes soster". Dolorosa y prolongada, una porquería. Estuve como dos meses caminando encorvado. Un día se me fue y por suerte no reapareció. Sin embargo, en la cintura me quedó una mancha alargada, algo así como la cicatriz de una quemadura. Y cada vez que me acuerdo de la culebrilla, como ahora por ejemplo, siento un escozor en la cicatriz. Bueno, con el miedo pasa lo mismo. Es una culebrilla psicológica. Como vos decís, ya no hay motivos racionales para sentirla, pero en la cicatriz del miedo queda un escozor.

—¿Vos todavía sentís miedo?

—Claro que lo siento. No en la vigilia, pero sí en el sueño, en las pesadillas. Hay noches en que Lina me despierta, porque me castañetean los dientes o emito una queja finita. Y es porque en el sueño me han metido (como en los viejos tiempos) la cabeza en un balde de mierda o siento un golpe eléctrico en los huevos. Y por lo común necesito un té de tilo (Lina siempre tiene a mano un termo de emergencia) y una media hora de sosiego, mejor aún si ella me da unos buenos masajes en la nuca y los hombros. Admito que esas pesadillas son cada vez menos frecuentes, pero todavía comparecen. Es difícil vaciar de miedos la memoria.

Lorenzo Carrara. Lorenzaccio para los más cercanos. Entre los muchos episodios que recuerda Javier, hay uno que lo define. En pleno gobierno de Bordaberry, ya en las proximidades de la dictadura, Javier y Lorenzo iban en un Volkswagen a cierta reunión non sancta. No sabían mucho el uno del otro; en realidad, se habían conocido en la víspera. Manejaba Lorenzo. En avenida Italia, poco después del Clínicas, aparecieron sorpresivamente los milicos. ¡Documentos! Javier y Lorenzo mostraron los suyos. El soldado examinó primero el de Lorenzo y enseguida lo miró a los ojos. Todavía no era odio, pero sí soberbia. "Van a tener que acompañarme." El tono era áspero, cortante, pero Lorenzo permaneció impertérrito. "¿Me ha oído o se lo tengo que repetir?" Javier vio que Lorenzo transformaba su rostro en una máscara de rabia. "¡Por supuesto que lo he oído, bobeta! ¿Así que acompañarlo, no? ¿Pero no se ha dado cuenta de que está hablando con el hijo del general Carrara? ¡Haga el favor de apartarse y no molestar!" El pobre soldado enrojeció de algo parecido a la vergüenza y apenas pudo balbucear: "Perdone, señor, no me di cuenta". Les devolvió los documentos, dijo otra vez "Perdón" y les franqueó el paso. Tres cuadras más adelante, Javier se animó a comentar: "Así que tu viejo es general". "¿Estás loco? Mi viejo es jardinero y a mucha honra. Te confieso que el miliquito me dio pena. Pero ¿qué iba a hacer? ¡Con el montón de folletos más o menos subversivos que llevo en el maletero! Hay que tratarlos a prepo ¿viste? es el único lenguaje que entienden." Lamentablemente, tiempo después, en otra redada y ya bajo dictadura, la famosa prepotencia no le dio resultado, quizá porque esa vez no se trataba de un soldadito sino de un teniente, y ése fue el comienzo de su larga cana: siete años.

Hubo un largo silencio, mientras Lorenzo terminaba con la última porción de fainá.

—¿Y ahora de qué te reís?

—Nada importante. Sólo me estaba acordando del general Carrara.

—Uyuy —festejó Lorenzo—. Más vale que se haya acogido al retiro.

56

Después de varios días de vigilarla con cierto recelo, Javier se animó por fin a abrir la vieja caja de madera, algo así como un baúl enano, que Nieves le había dejado en custodia.

—A mis años, me da pereza ponerme a revisar tantos papeles. Ahí debe haber de todo: facturas viejas, certificados ya caducos, fotos amarillentas, cartas inconclusas, tarjetas postales, palabras cruzadas, recortes de diarios, participaciones de bodas. Lleváte todo eso y un día de invierno, de ésos con lluvia en los cristales, o una noche que estés aburrido de veras y hasta Bribón bostece con lagañas, lo revisás despacito. Si hallás algo que valga la pena lo apartás, y el resto, sin misericordia, se lo encomendás a la basura, que siempre ha sido una sabia antesala de la nada.

La cerradura estaba algo oxidada, de modo que le llevó un cuarto de hora conseguir que la llave funcionara. Allí había de todo. Introdujo la mano en aquel pozo de papeles como si buscara una referencia en concreto. En realidad, no buscaba nada, pero algo encontró: un sobre abultado y con lacre que en el exterior tenía un garabato que con buena voluntad se podía descifrar como: Cartas de 1957 a 1960.

A pesar del permiso que le diera Nieves, rompió el lacre con la extraña sensación de que violaba una intimidad. Había cartas de su madre a su padre, y viceversa. Con viejas noticias y rutinas de afecto. Pero de pronto se destacó del montón una carta, escrita en un papel que había sido celestón y ahora era sepia, con la letra de Nieves y que empezaba así: "Eugenio, mi lindo". (Carajo, pensó Javier, mi padre se llamaba Ramón.) Ya con la lectura de las diez primeras líneas, supo que se trataba de una carta de amor. Más bien, del borrador de una carta de amor. Y un amor condenado, sin futuro. Aun con una sensación de culpa y sintiéndose poco menos que un espía retroactivo, siguió leyendo: "Lo que me proponés no puede ser, Eugenio. A vos te consta lo que significás para mí, pero tendría que ser otra mujer para seguirte. Me sentiría mal por el resto de mis días. Ramón y yo somos algo más y algo menos que marido y mujer. Si te abrazo, siento que mi cuerpo responde en plenitud, con una intensidad que pocas veces he llegado a sentir con Ramón. Pero Ramón y yo somos bastante más que dos cuerpos. Tenemos una nutrida historieta en común, con episodios de riesgo y de una inexpugnable y mutua solidaridad. Con sólo mirarnos ya sabemos qué piensa o siente el otro. Y hay tres hijos, no lo olvides. No dudo que haya otras cotas de felicidad, más intensas y memorables. Pero no me quejo. Estoy conforme con mi vida. Ojalá me comprendas. Dudé entre comunicarte simplemente mi negativa o tratar de explicarte la razón de la misma. Elegí la segunda opción porque te respeto y también (¿para qué negarlo?) porque te quiero. Es arduo eso de obligarse a poner una forma de amor en cada platillo de la balanza, en particular cuando las dos pesan casi lo mismo. El problema es que no sólo juegan dos intensidades, dos fervores; también pesa el carácter, la sensibilidad del responsable de la balanza. Es duro conocerse y reconocerse. Es duro. Pero yo me conozco y me reconozco. Es cierto que pasa el tiempo y los propios sentimientos se ponen vallas, voluntariamente y no presionados por las circunstancias. Pero esas vallas, que al comienzo son suaves, flexibles, movedizas, se van volviendo estables, compactas, pertinaces. Mi abuela decía de ciertos desasosegados de nuestro vasto clan familiar: Son hijos del rigor. Pero a veces uno es hijo de su propio rigor. Uno crea sus rigores privados y luego no tiene otra salida que ser fiel a ellos. No sé si me entendés. Me desespero tratando de decirte la verdad. Sueño contigo y soy débil en el sueño. Deliciosamente débil. Pero cuando me despierto, sé dónde estoy, sé cuál es el cuerpo que duerme a mi lado y no es el tuyo, Eugenio. Te agradezco tu devoción, tu generoso apego, tu ternura. Te lo agradezco con mi mejor egoísmo, con mi machacada libertad. Estando contigo he aprendido mucho, no sólo de vos sino también de mí. Entre otras cosas, he aprendido a bifurcar mis sentimientos, pero también a medirlos, a elegir con dolor, a pedirte perdón. Aquí va un beso menos casto de lo que quisiera y un adiós que no puede ser sino definitivo, Nieves".

Javier se quedó perplejo. Durante un buen rato no supo qué hacer con aquel papel que le quemaba las manos. Revelación de otra Nieves, eso era. Revelación inesperada, además. Nieves de corazón abrumado. Nieves de encrucijada. En fin, pobre Nieves. Y pensó que su padre, ese Ramón presente y ausente en aquellas líneas, debió ser un hombre digno de ser querido, a tal punto merecedor de amor que, sin saberlo, fue capaz de triunfar desde la sombra en un cotejo bastante enconado. A medida que leía la carta, Javier la empezó a ver como una película. No en colores, sino en blanco y negro. Con rostros del cine, inolvidables y mezclados, en imposible amalgama. Como si una Valentina Cortese le escribiese esa carta a un Gerard Phillipe, con la mirada de un Spencer Tracy allá en el fondo. Todo en un desafiante blanco y negro.

Pero debajo de aquel borrador (de la carta real, no la del cine imaginario), y prendido a él con un ganchito oxidado, había un desbaratado recorte de diario, en realidad un aviso mortuorio: "Eugenio Chaves Silva —(Q.E.P.D.)— Falleció en la Paz del Señor, confortado con los Santos Sacramentos, el día 18 de mayo de 1953. Su esposa: Nélida Rivas; sus hijos Celso y María del Rosario, participan con hondo pesar dicho fallecimiento e invitan para el acto de sepelio a efectuarse hoy, a las 10 horas, en la localidad de Vergara, Departamento de Treinta y Tres".

No era invierno ni golpeaba la lluvia en los cristales, como había recomendado Nieves. Bribón no bostezaba y la luna fisgoneaba en la ventana. Así que, para mayor tristeza, el tal Eugenio se le murió, pensó Javier. Después de todo fue una solución. Dios (si existe) o acaso el cáncer (vaya si existirá) acabaron con todos los estupores, frustraciones e incertidumbres. El dilema pasó a ser: Ramón o la muerte. Y ganó Ramón. Al menos ese *round* decisivo, ya que el combate final lo iba a ganar como siempre la muerte, y por KO. Y no en blanco y negro sino en tecnicolor, a la medida de Natalia Kalmus.

57

El vagón restaurante estaba vacío. Javier pensó que tal vez no fuera todavía hora de almuerzo, pero un corpulento camarero, casi inmóvil tras una barra más bien estrecha, le hizo señas de que se sentara en cualquier mesa. Había para elegir.

Después el tipo se acercó con parsimonia y le dejó el menú, impreso en tres idiomas. No quería comer carne, pero en la lista no había ni pollo ni pescado ni tortillas ni verduras. Sólo carne; eso sí, en incontables modalidades. Se avino pues a comer una Wienerschnitzel, a pesar de que los médicos le habían recomendado que en lo posible evitara la carne. Y todo porque años atrás había sufrido un cólico nefrítico y al parecer la carne genera litiasis.

En la ventanilla el paisaje no era muy atractivo. A lo lejos se veía una cadena de picos nevados, pero a los costados de la vía sólo había extensos trigales. Al paso del tren las espigas se doblaban y nada más. Una bandada de pájaros, distribuidos como un enorme triángulo, seguía el paso del convoy pero de a poco se fue quedando atrás.

Alguien le tocó el hombro y por un instante él creyó que era el camarero, pero no le había parecido tan confianzudo. No era el camarero. Era una muchacha, una preciosa muchacha que le sonreía como antigua conocida. Vestía un traje tailleur color celeste y llevaba una gargantilla que parecía de oro.

—¡Javier! —exclamó ella—. ¿Te acordás de mí?
Soy Rita.

Sin darle tiempo a reaccionar lo besó en ambas mejillas.

—¿Puedo sentarme?

—Por supuesto. ¿Querés almorzar conmigo?

Desde el escote, por debajo de la gargantilla, a Javier lo hipnotizó el inicio de unos pechos espléndidos. Le alcanzó el menú y ella lo estuvo examinando durante largo rato. Él, como ya conocía el menú, se dedicó al escote.

—Lástima que no tengan pescado.

—Ni pollo ni verduras ni tortillas. Sólo carne.

—Resignémonos, pues.

El camarero tomó nota del pedido. Hablaba una extraña jerga, mezcla de francés, italiano y alemán. A pesar de que iban a comer carne, Rita dijo preferir el vino blanco, y Javier, con un gesto de displicente veteranía e impecable pronunciación, dijo: Liebfraumilch. El tipo lo miró con asombro, pero la sonrisa de ella fue como un aplauso.

—Así que conocés a Claudio.

—Muy poco. Sólo una vez hablé con él.

—¿Te gusta su pintura?

—Me gusta. Más la de antes que la de ahora.

—Claro, la de antes. O sea, cuando me tenía, no digamos de modelo, pero sí de tema.

—Precisamente.

—¿Vos qué hacés? ¿Escribís?

—Algo.

—¿Alguna vez me has escrito un poema?

—No me considero un poeta. Más bien soy periodista.

—Sin embargo, le has escrito poemas a Raquel y a Rocío.

—No exactamente poemas. Son meros apuntes.

—¿Y cuándo pensás dedicarme un mero apunte?

—Tal vez algún día. ¿Sabés lo que pasa? No me gusta escribir "a pedido".

Por encima del mantel, ella le tomó una mano. Él sintió una corriente eléctrica.

—¿Y si yo te lo pido?

Javier quedó inmóvil. Excitado e inmóvil. Sólo se permitió un largo suspiro.

—¿Estás suspirando por mí? —preguntó ella. Yo también suspiro por vos.

Él no consiguió pronunciar palabra, pero asintió con la mirada. Ella le tomó la cabeza con ambas manos, la acercó suavemente y lo besó en los labios.

Entre el primer y el segundo beso, dijo Rita: "Ya sabrás de mí". Y a renglón seguido: "Ya escribirás de mí". A esa altura, la erección que experimentaba Javier era casi insoportable. Por un momento tuvo la sensación de que el vagón restaurante estaba colmado y que todos los comensales eran testigos de su excitación.

Pero la vergüenza le duró poco. Tomó la cabeza de Rita con ambas manos y la besó en los labios, en los ojos, en el pelo, en las orejas. ¡Qué orejitas, por Dios!

Ella se quitó la chaqueta para besar con más comodidad y él se quitó el saco para hacerlo más ansiosamente. En ese trámite algo caótico voltearon una copa y un cuchillo cayó al suelo, de punta. El ruido metálico sonó parecido al de un triángulo de orquesta y luego siguió vibrando, como si el beso interminable hubiera servido para echar las campanas a vuelo.

No obstante, aquel toque coral se acalló de pronto y Javier advirtió la presencia imperturbable del camarero. El rictus irónico de aquel tipo enorme apenas disimulaba las carcajadas secretas que le sacudían el sólido vientre.

Sin embargo, no dijo nada. Se limitó a descorchar con la destreza de un profesional la botella de Liebfraumilch y, tras retirar la copa que cayera en desgracia, sirvió tres centímetros de aquel néctar en la otra copa, la de Javier.

Él probó el vino y le pareció magnífico, pero no llegó a expresar su previsible visto bueno. Los ladridos de Bribón habían penetrado duramente en su sueño y sin compasión lo despertaron. Antes de espabilarse por completo volvió a escuchar, en medio de su cándida niebla, el anuncio implacable de Rita: "Ya sabrás de mí."

58

Había comprado *El primer hombre*, la novela póstuma e inconclusa de Albert Camus, y la leyó en sólo
dos noches. En el segundo capítulo, el protagonista
Jacques Cormery (*alter ego* del propio Camus) llega al
cementerio de Saint-Brieuc en busca de la tumba de
su padre, herido de muerte en la batalla del Marne, a
los 29, cuando Jacques apenas tenía un año.

Para Javier, leer esa historia fue como recibir
una bofetada o una descarga eléctrica. Tal vez porque
nunca había encarado la muerte de su padre en términos de mortaja o de sepulcro. Tampoco Nieves (a
diferencia de la madre de Jacques) le había pedido
que fuera a ver la tumba. Por otra parte, no era un
fanático del camposanto. Siempre le había parecido
que concurrir allí, acarreando flores, y aun rezando
frente a un sepulcro, no significaba ningún homenaje
ni constancia de afecto a un ser querido (*the loved
one*, en la acepción sarcástica de Evelyn Waugh). Bajo
una losa o en un nicho, no había nada, salvo un inerte
montoncito de huesos. En todo caso, "es nada pura,
pero fuerte", como no hace mucho escribió un buen
poeta, no Rafael el Viejo sino Rafael el Joven.

Una sola vez había concurrido de manera espontánea a un cementerio, el de Montrouge, en París,
pero fue con un afán indagador, casi de filatelia lite-
raria: quiso ver dónde estaba la tumba de César Vallejo,
aquel extraño peruano que anheló morir en París, con

aguacero. Al esmirriado conserje de las tumbas, le costó un buen rato localizar la del poeta en uno de los arrugados planos administrativos. "Nadie viene por él", rezongó como disculpa. Sin embargo allí estaba, tras un sendero de yuyos desparejos, la placa sucia y mustia, más vieja que su tiempo de piedra, desprovista de flores. La última "morienda" (no vivienda) del cholo que escribió: "Todos sudamos, el ombligo a cuestas, / también sudaba de tristeza el muerto". Trilce. Triste y dulce. Dulce y triste sudaba el muerto en su soledad, el muerto que allá lejos y hace tiempo había escrito: "Padre polvo, terror de la nada". "Nadie viene por él", había sentenciado el escuálido tutor de osamentas, y quizá fuera cierto. Nadie viene por él pero en cambio van a sus libros, por sus poemas. Y los poemas no caben en fosas. Por eso vuelan. Como pueden, cuando pueden, pero vuelan.

Javier no le dijo nada a Nieves, pero fue al cementerio del Buceo. En realidad, no era un hecho puntual; era tan sólo una metáfora. Buceo no es Montrouge, se dijo, como reflexión introductoria que no significaba mucho. Ni su padre era Vallejo. No llevó flores ni, mucho menos, rezó. Usó aquel peregrinaje clandestino tan sólo como una recuperación, como una enmienda de la memoria, como un farolito de alertas, o en último caso como una fe de erratas: Donde dice nadie, debe decir padre. O algo así.

No era una tumba sino un nicho. Allá arriba, inalcanzable. A Javier se le antojó que eso expresaba algo: por ejemplo, que la imagen de su padre, de ese remoto Ramón Montes, le resultaba inalcanzable. Nieves tenía fotografías, claro, e incluso una de ellas, la del día de bodas, estaba encuadrada y la asistía desde el tocador. Pero estaban en una postura envarada, como si llevaran un cuarto de hora esperando el fogonazo de rigor y de época. Allí el padre parecía rubio y delgado, con una risible corbatita de moña que probablemente habría estado deseando quitarse, de ahí su gesto casi compungido y su mirada implorando socorro. (Su bigote se parecía al suyo, ¿sería también "suavecito"?) Nieves, en cambio, desde su porte de impecable blancura y transparencia de velos, o sea desde lo que entonces significaba un certificado de virginidad, trasmitía serenidad en cómodas cuotas. Había otros retratos del padre, ya con sienes prematuramente canosas y sin corbata de moña, vale decir con ojos mucho más vivos y generosos, que miraban llenos de candoroso desenfado a un futuro que después se reveló condenado y exiguo. Al igual que el personaje de Camus, Javier quería saber más de aquel padre inmóvil, saber cómo se movía cuando ninguna cámara lo enfocaba, si se reía o suspiraba o estornudaba o bostezaba. Quería saber si alguna vez había llorado y por qué. Si había tenido algún indicio de la existencia del tal Eugenio. Si él a su vez había sido incombustiblemente fiel o si esos ojos vivos, esa presumible audacia sin corbata de moña, habían cautivado a más de una muchacha y si su cuerpo joven se había estrechado alguna vez con otro cuerpo joven que no fuera el de la Nieves de entonces. Saber de su padre era también saber de sí mismo. Qué genes de Ramón se habían alojado provisional o definitivamente en manos, cerebro, muslos, válvula mitral, tobillos, sexo de Javier.

Miró de nuevo hacia arriba y adivinó más que leyó el nombre (Montes todavía era legible, pero Ramón estaba semicubierto por hollín urbano o simple mugre), seguido por las cuatro iniciales de rigor: Q.E.P.D. En realidad, pensó Javier, si el viejo descansa en paz (o en guerra), será en otro ámbito, si ese ámbito existe, y si no existe, poco importa que descanse o no. Lo único cierto es que aquí no descansa.

Con este anómalo balance dio por acabada su comparecencia. No le contará nada a Nieves. Ni siquiera a Rocío. No vendrá más al cementerio, de eso está seguro, pero de todas maneras resuelve ocultar tras un biombo de timideces este paréntesis de su vida cotidiana.

Hay poca gente, muchas tumbas, pocas flores, muchos nichos, pocos pájaros. En el camino hacia la salida pasa junto a un sepulcro importante, pero sencillo. Allí una mujer joven, de pie y con los brazos cruzados, mira fijamente una placa que dice: Aníbal Frutos. No parece desconsolada sino rabiosa. De pronto ella lo mira. Javier considera oportuno inclinar la cabeza, en una actitud que él considera respetuosa, pero la mujer descruza los brazos y sin dar un solo paso lo encara y dice:

—No me acerque su lástima, por favor. Soy la viuda de Aníbal Frutos, para más datos un hijo de puta. ¿Sabe cómo y cuándo estiró la pata el muy cretino? Mientras cogía con mi mejor amiga. Vengo aquí tres veces por semana: lunes, miércoles y viernes. Nunca le traigo flores. Le pongo mi ramillete de odios, nada más. Tres veces por semana, vengo a putearlo. ¿Qué le parece?

Tomado de sorpresa, Javier no supo qué decir. Pero al fin supo. Él mismo se sorprendió al advertir su tono de burla.

—Usted perdone. ¿Y su amiga?

La mujer resopló, luego se mordió el labio.

—¡Ah! ¿Mi amiga? Rápidamente se repuso del infausto suceso. Ahora está cogiendo con otro de los maridos disponibles.

Allí explotó en una carcajada, que resonó como ajena en el cementerio, habituado a los llantos y las jeremiadas.

—¿Sabe la novedad? Mire que la noticia es fresquita. Data de anteayer. Mi mejor amiga tiene sida. La pobre. Como bien decía mi abuelita: Dios castiga sin palo ni piedra.

Éste es el texto del quinto artículo, "La democracia como engaño", que Javier envió a España. La primera reacción fue de rechazo. Luego fue admitido, con la condición de que eliminara ciertas enojosas referencias a los medios de comunicación.

"Creo que esta calificación —la democracia como engaño— se la escuché por primera vez a José Saramago, ese notable portugués que a veces *imagina* a partir de personajes *imaginados* por otros (digamos, sobre Ricardo Reis, uno de los tantos heterónimos de Pessoa). Le preguntaron qué opinaba de la democracia y respondió (aclaro que es una cita aproximada, ya que ni la grabé ni la vi reproducida en la prensa) que por lo general era un engaño. Como la amplia concurrencia susurró un estupor colectivo, Saramago fue desgranando su personal punto de vista. Como sus opiniones me impresionaron y de a poco las fui haciendo mías, aquí las adopto y amplío con mis propias palabras y no las de Saramago, quien sólo es responsable del puntapié inicial."

"En apariencia todo está bien. Los diputados son elegidos por voto popular; también los senadores y las autoridades municipales, y en la mayoría de los casos, el presidente. [Los reyes en cambio, agrego yo, no son democráticamente elegidos, pero en compensación no mandan.] Sin embargo, quienes en verdad deciden el rumbo económico, social y hasta científico de cada país, son los dueños del gran capital, las transnacionales, las prominentes figuras de la Banca. Y ninguno de ellos es elegido por la ciudadanía. Aquí trepo con euforia al vagón de Saramago. ¿De qué voto popular surgieron los presidentes del Fondo Monetario Internacional, el Banco Mundial, la Trilateral, el Chase Manhattan, el Bundesbank, etcétera? Sin embargo, es esa élite financiera la que sube o baja intereses, impulsa inflaciones o deflaciones, instaura la moda de la privatización *urbi et orbi*, exige el abaratamiento del despido laboral, impone sacrificios a los más para que los menos se enriquezcan, organiza fabulosas corrupciones de sutil entramado, financia las campañas políticas de los candidatos más trogloditas, digita o controla el 80% de las noticias que circulan a nivel mundial, compagina las más fervorosas prédicas de paz con la metódica y millonaria venta de armas, incorpora los medios de comunicación en su *Weltanschauung*. La clase que decide, en fin."

"Lyotard inventó la palabra justa: decididores. Tal vez sea éste su mayor aporte a la semiología política. Deciden con estrategia, con astucia, con cálculo, pero también deciden sin solidaridad, sin compasión, sin justicia, sin amor al prójimo no capitalista. Por otra parte, deciden sin dar la cara. Lo hacen a través de intermediarios aquiescentes, bien remunerados, altos funcionarios de mohín autoritario; intermediarios que en definitiva son, en el marco de la macroeconomía, los macropayasos que reciben las bofetadas de ecologistas, sindicatos y pobres de solemnidad. Los ricos de solemnidad, en cambio, están más allá del bien y del mal, bien instalados en su inexpugnable bunker y/u Olimpo financiero. De los copetudos intermediarios se conocen idilios, cruceros del Caribe, infidelidades, Alzheimer, sida, bodas espectaculares, pifias de golf, bendiciones papales. Por el contrario, los dioses del inalcanzable Olimpo financiero sólo aparecen alguna que otra vez mencionados en la prosa esotérica y tediosa de esos suplementos económicos que el lector común suele desgajar del periódico dominical y arrojar directamente a la basura, sin percatarse de que en ese esperanto de cifras, estadísticas, cotizaciones de Bolsa y PNB, está dibujado su pobre futuro mediato e inmediato."

"En ciertas y malhadadas ocasiones, cuando algún vicediós del Olimpo es rozado por denuncias de dolo harto evidente, el impugnado se resigna a cruzar el umbral penitenciario, sabedor de que al cabo de pocos meses, o quizá semanas, acudirán amigos, familiares o compinches, capaces de aportar los milloncejos necesarios para pagar la fianza que algún miserable juececito le exige si quiere recuperar la libertad y el goce de sus mercedes y su Mercedes. (Como dicen que dijo un notorio español que llegó a ministro, 'en matemáticas no hay pecados sino errores'.) Pero a no confundirse. Ese trámite más o menos ominoso puede ocurrir con un incauto o insolente vicediós, nunca con un dios hecho y derecho."

60

Querida hermana: Hace casi un mes que recibí tu inesperada carta y si he demorado en responderte se
debe a que me hiciste reflexionar a fondo y hasta sentir un poco de culpa en cuanto al progresivo decaimiento de nuestra relación. ¿Por qué pudiste vos
escribir esa carta, difícil y problemática, y en cambio
yo no lo hice ni tuve jamás intención de hacerlo? ¿Será
que mis rencores son más resistentes que los tuyos?
Siempre he pensado que, por ejemplo, cuando una
pareja se separa (y tengo por qué saberlo) nunca ocurre que uno sea totalmente inocente y el otro totalmente culpable. Tal vez ocurra lo mismo con el
progresivo deterioro de una relación fraterna. Por eso
tu carta me sacudió. Al menos supiste encontrar tu
vestigio de afecto aún sobreviviente y decidiste apo-
yarte en él para tirarme un cabo. Cabo que recojo y te
prometo no soltar. Te confieso que de Gervasio siempre me sentí lejano. No creo que ni él ni yo podamos
rescatar una cercanía afectiva que por otra parte nunca existió. Pero tu caso era y es otro, muy distinto. La
aurícula frívola de mi corazón suplente (también llamado mala conciencia) intentaba igualarlos, pero la
aurícula sensible de mi corazón y/o conciencia titular
siempre asumió la diferencia. Que Gervasio y yo nos
sintiéramos distantes, significó para mí un dato marginal, pero que vos y yo no nos lleváramos bien fue una
carencia básica, un hueco en mi modesto itinerario de

vida. O, para decirlo en términos contables, un déficit a enjugar. En fin de cuentas, que Gervasio no me importara o que yo no le importara a él, no significaba ni significa ningún trauma, pero desde chico miré con involuntaria envidia a aquellos compañeritos que tenían una hermana y se protegían o ayudaban mutuamente. Además, la relación entre hermano y hermana suele ser más nutricia y estimulante que la de hermanos varones o de hermanas mujeres entre sí. La contigüidad hermano-hermana viene a menudo cubierta por una niebla de pudor que censura la confidencia pero también la hace más tierna o más sutil y acaso por eso más verdadera. La confidencia entre hermanos varones suele ser más brutal o más zafia; la que ocurre entre hermanas, más mentirosa y competitiva. Ya lo sé, cuando leas esto es probable que la memoria te alcance varios ejemplos que refutan mi peregrina teoría. Yo mismo podría aportar unos cuantos más. No descarto que mi planteo sea apenas una forma indirecta y tal vez inconsciente de prestigiar y valorar tu carta, que es de las buenas cosas que me han ocurrido desde que regresé. La otra fue mi actual relación con Rocío. ¡Fijáte que ni siquiera te la presenté! ¡Qué bruto! Te prometo que desde ahora todo será distinto. No importa que estés allí y yo aquí. Simplemente me reconforta que desde uno y otro lado vamos a emprender con paciencia, esperanza y buena fe la reconstrucción del afecto que nos merecemos. Vos pusiste el primer andamio. Aquí va el segundo. Y también una pregunta: ¿puedo mostrarle tu carta y mi carta a Nieves? Estoy seguro de que la harían feliz. Me consta (aunque ella nunca lo menciona) que una de las frustraciones de su complicada vida ha sido la dispersión (no sólo geográfica sino sobre todo afectiva) que año tras año se fue acentuando entre sus hijos. Creo que a sus años le debemos esta buena noticia. Te quiere, Javier.

61

Este lunes, cuando fue a ver a Nieves, Javier se enteró de que la "señora Maruja" estaba enferma (nada de cuidado, pero guardaba cama en su cuarto de pensión) y ella tenía que cocinar, tenderse la cama, encargarse de una limpieza sumaria, etcétera. Le dio pena ver a su madre en esos menesteres y decidió invitarla a almorzar. Ella aceptó, tan complacida como si la hubiera invitado a una recepción en palacio, cualquier palacio. Le pidió que le concediera unos minutos para ponerse un vestido que no desentonara con la ocasión. Javier aprovechó para echar un vistazo a los libros que leía su madre. Nada más heterogéneo. Había de todo, como en botica. Desde Don Quijote hasta Lin Yutang, pasando por Somerset Maugham, Paco Espínola, Eduardo Mallea y Romain Rolland.

Cuando ella reapareció muy acicalada en la salita, Javier la encontró diez años más joven. Aunque sus recuerdos de niño no lo auxiliaban en este punto, pensó que Nieves, cuando muchacha, debió haber sido francamente guapa.

Salieron a la calle, ella prendida orgullosamente del brazo filial. Tomaron un taxi y Javier decidió llevarla al Panorámico, en la cumbre del Palacio Municipal. Después de todo, era un palacio. El restaurante no estaba muy concurrido. El camarero los instaló en una mesa algo apartada, junto a los ventanales. Nieves disfrutó contemplando la ciudad desde aquel piso 24.

—Nunca había estado aquí.

Javier pidió un vino blanco, seco y de la frontera. Chocaron las copas. Dos veces seguidas, como manda la tradición.

—Salud y libertad —dijo él.

—Como la contraseña de Artigas —completó ella para asombro del hijo.

—Eso no lo aprendiste en Lin Yutang.

Nieves rió, como en los buenos tiempos.

—Ya estuviste refistoleando en mis libros.

Cuando iban por el plato fuerte (Javier, pollo a la portuguesa; Nieves, lenguado a la plancha), ella le preguntó si había tenido tiempo de echarle un vistazo al cofrecito de madera.

—Sí, lo estuve revisando, y ya tiré muchos papeles que me parecieron inservibles.

Nieves tomó un poco de vino y él entonces se atrevió.

—A propósito. En un sobre, con otros papeles, había una esquela mortuoria de un tal Eugenio no sé cuánto, fallecido en Vergara, Treinta y Tres. ¿Quién era?

—Nada de Eugenio no sé cuánto. El nombre completo es Eugenio Chaves.

—Creo que sí.

Por un instante, Nieves se tapó la boca con la servilleta. Cuando bajó la servilleta, la boca se curvaba en una sonrisa pícara y amonestadora.

—Javier, no seas falluto. Leíste la carta ¿verdad?

—Sí. Creo que es más bien un borrador de carta.

—El texto es igual a la que envié. La culpa es mía. Me olvidé de quitarla del cofrecito. Pero así y todo podías haber sido más discreto ¿no?

—Podía. Pero no pude.

Nieves tomó otro trago y luego respiró hondo.

—Estuve muy enamorada de ese hombre. Ustedes tres ya habían nacido, pero yo todavía era joven, demasiado joven como para que el cuerpo no se conmoviera.

—Pero te quedaste con papá.

—Claro. Y él con su mujer. Ella no le importaba mucho, no se llevaban nada bien. Al menos eso me decía Eugenio. Pero a mí sí me importaba Ramón. Puede parecer cursi, pero igual te lo voy a decir. A Eugenio lo quise con el cuerpo y sólo un poco más. A Ramón también lo quise con el cuerpo, tal vez no de modo tan intenso, pero sobre todo lo quise con el alma, que es decir con la memoria, con la pobreza y la dignidad compartidas, con el trabajo, con la llegada de los hijos. Abandonarlo habría sido una vileza y yo misma no habría podido soportarlo.

—¿Nunca sospechó algo?

—Nunca, pero yo se lo dije. No como una autoinculpación, sino como una prueba de amor, como una constancia de que lo había preferido, de que lo había elegido por segunda y definitiva vez.

—¿Y él lo admitió?

—Él, que nunca me había sido infiel, lo entendió y lo admitió. Creo que a partir de ese momento estuvimos mucho más unidos.

—¿Alguna vez te arrepentiste de aquella decisión, que me imagino fue difícil?

—Sufrí, pero no me arrepentí. Después de unos años, los dos se fueron. De la vida, claro. Y ahí vino la prueba del nueve. La noticia de la muerte de Eugenio, ya distante, me entristeció, no voy a negarlo. Pero la muerte de tu padre me desesperó. Me llevó varios años aceptarla. El dolor fue tan intenso que yo, que era católica de confesión, comunión y misa dominical, dejé automáticamente de creer en Dios. La de Ramón fue una muerte demasiado injusta.

—¿Por qué? ¿Porque murió todavía joven?

—¿No lo sabés?

—Siempre oí decir que había sido un accidente. Me pareció que nadie (vos tampoco) quería entrar
en pormenores.

—Una tarde él volvía de su trabajo por la calle
Ituzaingó y de pronto vio a un hombre, muy corpulento, que le estaba dando tremendos puñetazos a una
mujer de apariencia frágil. Nadie se animaba a intervenir. Ramón no resistió el impulso de acercarse. Según el testimonio de al menos dos personas, tomó al
tipo por el brazo, trató de apartarlo de la mujer, y le
dijo con calma: "Basta, hombre, es feo pegarle a una
mujer". El individuo se volvió, furioso, se encaró con
Ramón, le dijo a los gritos: "¿También esto te parece
feo?" y le metió una puñalada en el cuello. Ramón se
desangró y murió allí mismo, antes de que nadie pudiera auxiliarlo.

Javier sintió que las manos le temblaban. Quizá fuera un poco ridículo conmoverse así por un hecho acaecido hacía treinta o cuarenta años, pero no
podía evitar (se trataba de su padre) que sus manos
temblaran. Nieves lo advirtió y cubrió esas manos
estremecidas con las suyas, serenas.

—Perdonáme, hijo. Te lo dije porque me lo
preguntaste. Gervasio y Fernanda no lo saben, porque nunca me lo preguntaron. Es mala cosa que ahora te enteres, pero de todas maneras hay episodios de
la propia historia que no es bueno ignorar.

Cuando por fin pudo respirar, Javier, ya cal-
mado, dijo: "Gracias". Y volvió a repetir: "Gracias,
Nieves".

Pidieron postres. Javier, un chajá; Nieves, una
macedonia. Cuando por fin pudieron mirarse a los ojos,
comprobaron que ahora había otro puente que los
unía.

Se acercó el mozo a preguntar si querían café.

—No —dijo Nieves—. Mejor dos infusiones, si
es posible de tilo.

No es hijo ni sobrino de ninguno de sus viejos amigos. Es tan sólo Braulio. Se presenta y sin más pide permiso para sentarse en la mesa de Javier.

—Soy amigo de Diego —explica—, el hijo de Fermín.

Javier se había aprontado para almorzar a solas en una mesa del fondo. Todavía no había asimilado del todo el relato de Nieves sobre la muerte de Ramón. Quería evaluar con serenidad ese hecho insólito, medir su profundidad, administrar para sí mismo la importancia de una imagen que le resultaba aterradora.

No obstante, el dieciochoañero Braulio está allí, inoportuno pero ineludible, y no se siente con ánimo de rechazarlo. Además, su presencia inopinada le despierta curiosidad.

—Sentáte. ¿Querés comer algo?

—No. Ya almorcé. En todo caso, cuando termines de comer, a lo mejor te acepto un helado.

Javier queda a la espera de una explicación. La presunta amistad con Diego no es suficiente.

—Te preguntarás a qué viene este abordaje. Diego me ha hablado bien de vos. Dice que siempre fuiste buen amigo de su padre y que lo has ayudado. Además estuviste exiliado, en España creo. Conocés mundo. Conocés gente. Tenés experiencia.

Javier calla, aunque se da cuenta de que el otro aguarda un comentario.

—Aquí los muchachos de mi edad estamos desconcertados, aturdidos, confusos, qué sé yo. Varios de nosotros (yo, por ejemplo) no tenemos padre. Mi viejo, cuando cayó, ya estaba bastante jodido y de a poco se fue acabando en la cafúa. Lo dejaron libre un mes antes del final. Murió a los 38. No es demasiada vida ¿no te parece? Otros tienen historias parecidas. Mi vieja es una mujer vencida, sin ánimo para nada. Yo empecé a estudiar en el Nocturno, pero sólo aguanté un año. Tenía que laburar, claro, y llegaba a las clases medio dormido. Una noche el profe me mandó al patio porque mi bostezo había sonado como un aullido. Después abandoné. Mi círculo de amigos boludos es muy mezclado. Vos dirías heterogéneo. Bueno, eso. Cuando nos juntamos, vos dirías que oscilamos entre la desdicha y el agobio. Ni siquiera hemos aprendido a sentir melancolía. Ni rabia. A veces otros campeones nos arrastran a una discoteca o a una pachanga libre. Y es peor. Yo, por ejemplo, no soporto el carnaval. Un poco las Llamadas, pero nada más. El problema es que no aguanto ni el dolor ni la alegría planificados, obligatorios por decreto, con fecha fija. Por otra parte, el hecho de que seamos unos cuantos los que vivimos este estado de ánimo casi tribal, no sirve para unirnos, no nos hace sentir solidarios, ni entre nosotros ni con los otros; no nos convierte en una comunidad, ni en un foco ideológico, ni siquiera en una mafia. Somos algo así como una federación de solitarios. Y solitarias. Porque también hay mujercitas, con las que nos acostamos, sin pena ni gloria. Cogemos casi como autómatas, como en una comunión de vaciamientos (¿qué te parece la figura poética?). Nadie se enamora de nadie. Cuando nos roza un proyecto rudimentario de eso que en Hollywood llaman amor, entonces alguien menciona el futuro y se nos cae la estantería. ¿De qué futuro me hablás?, decimos casi a coro, y a veces casi llorando. Ustedes (vos, Fermín, Rosario y tantos otros) perdieron, de una u otra forma los liquidaron, pero al menos se habían propuesto luchar por algo, pensaban en términos sociales, en una dimensión nada mezquina. Los cagaron, es cierto. Quevachachele. Los metieron en cana, o los movieron de lo lindo, o salieron con cáncer, o tuvieron que rajar. Son precios tremendos, claro, pero ustedes sabían que eran desenlaces posibles, vos dirías verosímiles. Es cierto que ahora están caídos, descalabrados, se equivocaron en los pronósticos y en la medida de las propias fuerzas. Pero están en sosiego, al menos los sobrevivientes. Nadie les puede exigir más. Hicieron lo que pudieron ¿o no? Nosotros no estamos descalabrados, tenemos los músculos despiertos, el rabo todavía se nos para, pero ¿qué mierda hicimos? ¿Qué mierda proyectamos hacer? Podemos darle que darle al rock o ir a vociferar al Estadio para después venir al Centro y reventar vidrieras. Pero al final de la jornada estamos jodidos, nos sentimos inservibles, chambones, somos adolescentes carcamales. Basura o muerte. Uno de nosotros, un tal Paulino, una noche en que sus viejos se habían ido a Piriápolis, abrió el gas y emprendió la retirada, una retirada más loca, vos dirías hipocondriaca, que la de los Asaltantes con Patente, murga clásica si las hay. Te aseguro que el proyecto del suicidio siempre nos ronda. Y si no nos matamos es sobre todo por pereza, por pelotudez congénita. Hasta para eso se necesita coraje. Y somos muy cagones.

—Vamos a ver. Dijiste que sos amigo de Diego. ¿Él también anda en lo mismo?

—No. Diego no. No integra la tribu. Yo lo conozco porque fuimos compañeros en primaria y además somos del mismo barrio. Quizá por influencia de sus viejos, Diego es un tipo mucho más vital. También está desorientado, bueno, moderadamente desorientado, pero es tan inocente que espera algo mejor y trata de trabajar por ese algo. Parece que Fermín le dijo que hay un español, un tal Vázquez Montalbán, que anuncia que la próxima revolución tendrá lugar en octubre del 2017, y Diego se da ánimos afirmando que para ese entonces él todavía será joven. ¡Le tengo una envidia!

—¿Y se puede saber por qué quisiste hablar conmigo?

—No sé. Vos venís de España. Allí viviste varios años. Quizá los jóvenes españoles encontraron otro estilo de vida. Hace unas semanas, un amiguete que vivió dos años en Madrid me sostuvo que la diferencia es que aquí, los de esta edad, somos boludos y allá son gilipollas. Y en cuanto a las hembras, la diferencia es que aquí tienen tetas y allá tienen lolas. Y también que aquí se coge y allá se folla. Pero tal vez es una interpretación que vos llamarías baladí ¿no? o quizá una desviación semántica.

—¿Querés hablar en serio o sólo joder con las palabras? Bueno, allá hay de todo. Para ser ocioso con todas las letras hay que pertenecer a alguna familia de buen nivel. No es necesaria mucha guita (ellos dicen pasta) para reunirse todas las tardes frente a un bar, en la calle, y zamparse litronas de cerveza, apoyándolas en los coches estacionados en segunda fila, pero concurrir noche a noche a las discotecas, sobre todo si son de la famosa "ruta del bakalao", nada de eso sale gratis. Algunos papás ceden a la presión de los nenes y les compran motos (son generalmente los que se matan en las autovías); otros progenitores más encumbrados les compran coches deportivos (suelen despanzurrarse en alguna Curva de la Muerte, y de paso consiguen eliminar al incauto que venía en sentido contrario).

—Después de todo no está mal crepar así, al volante de una máquina preciosa.

—No jodas. Y está la droga.

—Ah no. Eso no va conmigo. Probé varias y prefiero el chicle. O el videoclip.

—Quiero aclararte algo. Todos ésos: los motorizados, los del bakalao, los drogadictos, son los escandalosos, los que figuran a diario en la crónica de sucesos, pero de todos modos son una minoría. No la tan nombrada minoría silenciosa pos Vietnam, sino la minoría ruidosa pre Maastricht. Pero hay muchos otros que quieren vivir y no destruirse, que estudian o trabajan, o buscan afanosamente trabajo (hay más de dos millones de parados, pero no es culpa de los jóvenes), que tienen su pareja, o su parejo, y hasta conciben la tremenda osadía de tener hijos; que gozan del amor despabilado y simple, no el de Hollywood ni el de los culebrones venezolanos sino el posible, el de la cama monda y lironda. No creas que el desencanto es una contraseña o un emblema de todas las juventudes. Yo diría que más que desencanto es apatía, flojera, dejadez, pereza de pensar. Pero también hay jóvenes que viven y dejan vivir.

—¡Ufa! ¡Qué reprimenda! Te confieso que hay tópicos de tu franja o de las precedentes o de las subsiguientes, que me tienen un poco harto. Que el Reglamento Provisorio, que el viejo Batlle, que el Colegiado, que Maracaná, que tiranos temblad, que el Marqués de las Cabriolas, que el Pepe Schiaffino, que Atilio García, que el Pueblo Unido Jamás Será Vencido, que los apagones, que los cantegriles, que Miss Punta del Este, que la Ley de Caducidad de la Pretensión Punitiva del Estado, que la Vuelta Ciclista, que las caceroleadas, que la puta madre. Harto, ¿sabés lo que es harto? Con todo, te creía más comprensivo.

—Pero si te comprendo. Te comprendo pero no me gusta. Ni a vos te gusta que te comprenda. No estoy contra vos, sino a favor. Me parece que en esta ruleta rusa del hastío, ustedes tienden de a poco a la autodestrucción.

—Quién sabe. A lo mejor tenés razón. Reconozco que para mí se acabaron la infancia y su bobería, el día (tenía unos doce años) en que no lloré viendo por octava vez a Blanca Nieves y los 7 enanitos. A partir de ese Rubicón, pude odiar a Walt Disney por el resto de mis días. ¿Sabés una cosa? A veces me gustaría meterme a misionero. Pero eso sí, un misionero sin Dios ni religión. También Dios me tiene harto.

—¿Y por qué no te metés?

—Me da pereza, como vos decís, pero sobre todo miedo. Miedo de ver al primer niño hambriento de Ruanda o de Guatemala y ponerme a llorar como un babieca. Y no son lágrimas lo que ellos precisan.

—Claro que no. Pero sería un buen cambio.

—De pronto pienso: para eso está la Madre Teresa. Claro que tiene el lastre de la religión. Y yo, en todo caso, querría ser un misionero sin Dios. ¿Sacaste la cuenta de cuánto se mata hoy día en nombre de Dios, cualquier dios?

—Quién te dice, a lo mejor inaugurás una nueva especie: los misioneros sin Dios. No estaría mal. Siempre que además fuera sin Diablo.

—¿Creés que algún día podré evolucionar de boludo a gilipollas?

—Bueno, sería casi como convertir al Mercosur en Maastricht.

—Me tomás en joda ¿verdad?

—No te preocupes. Yo también me tomo en joda. Es saludable. Una suerte de terapia intensiva contra la arrogancia, ese pecadito venial. Además te confieso que, pese a todo, me caés bien.

—Hurra. Pese a todo.

—Mirá, tenemos que seguir hablando. Te propongo que sigamos pensando sobre todas las macanas que aquí dijimos. Vos y yo.

—Aceptado. Choque esos cinco.

—Ahora llegó el momento de que por fin pidas tu helado. ¿Limón? ¿Vainilla? ¿Chocolate?

—¿Cómo se te ocurren esas vulgaridades? ¡Dulce de leche y no se hable más! ¿O no sabés que eso fue lo primero que pidieron los Treinta y Tres orientales cuando desembarcaron en la Agraciada?

63

Cada día lo veo con mayor nitidez:
mi cuerpo, este cuerpo, es lo único mío,
mi casa solariega, mi propiedad antigua.
Qué pobreza, qué lujo
de futura ceniza.

Viajo por él sin guía y sin resguardo
y como en un safari recorro sus penurias,
sus abras y archipiélagos,
sus redes varicosas,
sus manchas y suturas,
sus rótulas tarpeyas,
y hasta las cicatrices, ese agüero
del mañana que acecha.

No hay duda que mi cuerpo es lo
único mío,
mi testamento ológrafo,
mi convincente nada, mi destino,
pero también mi dulce
memoria de Rocío.

Estiro con la yema
de mi pulgar villano
las costuras del tiempo,
pero no bien la quito

renacen y se afirman
todos sus amuletos.

La cabeza candela no existe como faro.
Es la que atiende y juzga,
la que asimila y sueña,
la que se subordina
y a veces se subleva,
la que espera el regalo
de otro cuerpo a la espera,
la que organiza tactos
y visiones y yugos
y resume en su piel
el pellejo del mundo.

Pese a todo mi cuerpo
es lo único mío,
mi propiedad antigua.
Qué pobreza, qué lujo
de futura ceniza.

64

Rocío está trabajando en otra encuesta. Esta vez en Durazno. Le había sugerido a Javier que la acompañara, pero él no quiso.

—Vas a estar todo el tiempo entrevistando a la gente, y yo solo y abandonado en el hotel.

—Y cuando estás en Nueva Beach ¿acaso no estás solo?

—De ninguna manera. Allí tengo a Bribón.

Justamente ahora está en Nueva Beach, sin Rocío y con Bribón. El perro está feliz, tendido frente al amo, con las patas delanteras muy juntas, como listas para aplaudir, y si Javier se distrae porque está leyendo o mira hacia fuera, él se hace notar con un ladridito breve. Llamado de atención o reclamo de afecto, vaya uno a saber.

En los últimos tiempos Javier se veía poco con los vecinos jubilados. Apenas para dejarles a Bribón o recogerlo.

—Mi mujer está algo pachucha —le había dicho el veterano—. Lumbago, jaqueca, y en los últimos tiempos sinusitis. ¿Se da cuenta? Son los años, que vienen sin aviso. Yo tampoco ando muy florido que digamos. Pero me aguanto. Mi hijo mayor, que vive en California, la última vez que vino me trajo un bastón, bien paquete, con empuñadura de plata y todo. Por ahora me resisto a usarlo, al menos mientras pueda caminar por mí mismo, sin ayuda adicional. También le digo, muy confidencialmente, que una de las causas de mis recelos es que usé el bastón una sola vez y esa vez me caí.

Javier está algo soñoliento, así que deja el libro, para gran alborozo de Bribón, que sacude la cola con infundado optimismo. Casi sin proponérselo, el "anarcoreta" se dedica a hacer balance de su primera etapa de desexilio: Nieves, Rocío, Fermín, Rosario, Leandro y Teresa, el estrafalario coronel retirado, Gaspar, Sonia, Lorenzo, el Tucán Velasco, Egisto, Alejo, el diputado Vargas, Gervasio y Fernanda, Claudio el pintor, Servando el mendigo, Rita la de los sueños, Braulio, y también los faxes de Raquel y Camila. Y algo a tener en cuenta: los fantasmas de don Ángelo, Eugenio Chaves y sobre todo de Ramón, su padre, desangrándose en una calle del remoto pasado.

De a poco va llegando a la conclusión de que el país no ha cambiado en esencia. La cáscara es otra. Eso puede ser. Pero la pulpa y el carozo son los de siempre. Aquellos que habían estado presos, cuando recuperaron su libertad habían tratado de volver a sus sitios y a sus hábitos. Los que, por cualquier razón, se habían librado de ese oprobio, intentaban, no siempre con éxito, contemporizar con los ex ausentes. Los regresados del exilio se sentían algo extraños, se introducían en el país como en un traje de otro, les quedaba grande o les quedaba estrecho, pero de a poco iban enmendando sus pronósticos, corrigiendo sus nostalgias. Las novedades se reducían a cierta envidia, cierta mezquindad, pero ya se sabe que estos atributos no aparecen por generación espontánea. Lo más probable es que siempre hayan existido, pero en épocas de menos conflictividad o de cierta holgura económica, había por supuesto menos pretextos para recurrir a zancadillas o calumnias o golpes bajos o sarcasmos. La convivencia era entonces más placentera o acaso más normal, menos tensa, la gente se reía con naturalidad, se encontraban al atardecer en los cafés, discutían, cambiaban impresiones, ejercitaban el humor, todavía no habían sustituido el cine de arte por la frivolidad y la agresión de la pantalla del living. Javier estaba convencido de que si se volvieran a dar parecidas circunstancias a las de hace veinte o treinta años, la sociedad actual perdería buena parte de sus tirrias y de sus mezquindades.

Y por último estaba Braulio. Lo había encontrado por segunda vez y había ajustado su diagnóstico inicial. Aquel desconcierto, aquella aura suicida de la primera vuelta, no le parecían ahora del todo sinceras. El muchacho no era nada estúpido, incluso manejaba cierta sorna intelectual que no era precisamente analfabeta. En ese desparpajo pesimista Javier reconocía una zona real y otra ficticia, creada ésta última sobre todo para reclamar la atención ajena. Un equivalente de los ladriditos de Bribón. Los muchachos de hoy se sentían un poco descuidados y aquello era tal vez un intento de que los cuidaran. Falsas alarmas en cuanto a su volumen y espesura; minúsculas pero verdaderas alarmas en cuanto a necesidad de afecto. ¿Que a los dieciocho años se es ya bastante boludo como para aspirar a semejantes mimos? Sí, claro, pero nunca es tarde si la ternura es buena.

Vamos a ver —se pregunta—, ¿cómo era yo cuando adolescente? Si me atengo a mis borrosos recuerdos, era un sumiso, un mentecato, un adoquín. Mi máxima expresión de independencia consistía en fumarme un rubio que me hacía toser durante una hora, metido en una asquerosa cerrazón de humo. Lo único que hacíamos mejor era bailar, ya que cumplíamos el rito bien agarraditos, cintura contra cintura, pubis contra pubis, con el brazo masculino en el talle de ella y el brazo femenino acariciándonos el cogote. Eso sí tenía un alegre sabor erótico y no esta ridiculez de ahora, donde uno y otra bailan distanciados, ensordecidos por los decibelios, más atentos a la calistenia del ritmo repetitivo y feroz que a las preciosas piernas de las niñas que aquí y allá se alzan y cortan el aire. Por otra parte, hoy los padres les dan a sus chicos tanta autonomía que, aunque suene a paradoja, los hace sentirse esclavos de esa libertad. Están obligados a liberarse de cualquier cosa, no saben bien de qué. No hay nada a conquistar. Para qué trabajar si trabajan los veteranos. Para qué estudiar si cuando culminan la carrera no hay quien les dé trabajo. Nada justifica la frivolidad, pero debe reconocerse que en esa trama la frivolidad es una tentación. En España, un muchacho de 18 o 20 años me confió que en un amanecer como cualquier otro, al final de una espesa jornada en la Ruta del Bakalao, llegó a su casa, se duchó, se enfrentó al espejo, miró sus ojeras que ya se parecían a las de su abuelito materno y no tuvo más remedio que preguntarse: ¿Y ahora qué hago con mi puta vida?

65

Una tarde ventosa e inhospitalaria, Javier se encontró con el Tucán Velasco a la salida de la Cinemateca y estuvo lerdo en hallar un pretexto para esquivar su invitación a tomar un trago en un bar de Constituyente.

Tras los lugares comunes de rigor (por vos no pasan los años, cómo hacés para no tener canas, así que te sigue gustando el buen cine, etcétera) y tal como Javier se lo temía, el Tucán abordó de inmediato su prioritario desvelo.

—No sé si te tocará a vos, Javier, pero alguien de tu grupo me tendrá que explicar un día de éstos por qué provoco en ustedes tanta suspicacia.

—En todo caso no seré yo. No olvides que estuve unos cuantos años fuera del país. Hay muchos entretelones que ignoro.

—Me imagino que, a pesar de tu ausencia, ya te habrás dado cuenta de que me tratan como a un soplón.

—¿Y no lo sos? ¿O al menos no lo fuiste?

—Claro que no. Es cierto que tengo algunos parientes que estuvieron vinculados a la represión. No militares, eh; simplemente "vinculados". Te juro que jamás les acerqué un dato o un chisme o un domicilio o un teléfono. En cambio, en más de una ocasión avisé a tus compañeritos acerca de cuál podía ser una zona de riesgo. Nunca prestaron atención a mis alertas, y por eso cayó más de uno. Por eso y no porque yo fuera un soplón.

Javier no sabía qué decir, se sentía incómodo. El personaje nunca le había caído bien. Era antipático, necio, quisquilloso, se parecía a Peter Lorre en uno de sus papeles de eterno espía, pero ninguno de esos rasgos le parecía suficiente para justificar los recelos de sus amigos.

—Ahora, por ejemplo —dijo el Tucán—, estoy en posesión de un dato que a lo mejor a vos personalmente te interesa. Tengo entendido que conociste al coronel Bejarano.

—Lo conocí casualmente.

—Bueno, no tan casualmente. Fue a verte a tu casa.

—¿Cómo sabés todo eso?

—No importa el cómo. Lo que importa es lo que sigue. Estás enterado de que se suicidó.

—Lo leí en el diario.

—Lo leíste en el diario y además te envió una carta.

—No me digas que vos se la dictaste. A esta altura estoy listo para asimilar cualquier sorpresa.

—¡Estás loco! No sé ni quiero saber su contenido.

—Tampoco pensaba decírtelo.

—Me lo imagino. Pero ¿sabías que dejó otra carta?

—También me enteré por la prensa.

—Dirigida al general Morente. ¿Lo sabías?

—No.

—Bueno, yo sí.

—Y ésa sí la leíste.

—En realidad, no la leí, pero conozco en términos generales su contenido, debido a que el general Morente es uña y carne con uno de mis parientes "vinculados". ¿Querés saber qué decía el coronel

Bejarano en su misiva póstuma? ¿Querés saber por qué se mató?

—No sé si quiero saberlo. Es como espiar en la intimidad de un tipo, con el agravante de que está muerto. Ya bastante tenía el pobre diablo con su mala conciencia.

—Aunque intentes hacerme creer que no querés saberlo, yo sé que sí querés y que en este caso particular, como de alguna manera te concierne, no te preocupa demasiado la eficacia de mi fisgoneo. Acaso te interese enterarte, por ejemplo, de que (pese a las seguridades que en su momento te dio) en la carta habla de vos y sobre todo de Fermín. Quedáte tranquilo. Puedo asegurarte que no los deja mal y queda claro que nada tuvieron que ver con su última decisión. ¿Sabés por qué se mató? La curiosidad te carcome, eh Anarcoreta. Pues te adelanto que, para tu sorpresa y la de muchos más, no lo hizo por ningún motivo político o militar, ni siquiera por mala conciencia, como vos decís. Antes y después de su viudez, tuvo una amante, mujer culta y muy hermosa, peruana de origen, divorciada de un ingeniero colombiano, ex actriz, quince años más joven que nuestro coronel. Bejarano le había puesto un confortable apartamento en plena Rambla de Pocitos. No te diré el apellido de la dama de marras, sólo que su apodo era Tina. Aunque parezca extraño, cuando Bejarano quedó viudo, sólo a partir de entonces Tina empezó a sentir celos de la muerta. Bejarano, que estaba perdidamente enamorado de la peruana, hizo ingentes esfuerzos por desbaratar unos celos tan absurdos. Le aseguró que en los últimos años ni siquiera había compartido el lecho matrimonial con su esposa, que, como suelen decir los diarios, había "fallecido después de sufrir una larga y cruel dolencia". Pues bien, una tarde el coronel llegó al apartamento de la Rambla y lo encontró no sólo vacío sino vaciado, con una carta prendida con una chinche en la puerta del baño, una breve misiva en la que la mina le agradecía fríamente los buenos años compartidos y le comunicaba su abandono irreversible. Él quedó anonadado, pero lo peor vino luego. Sólo tres días más tarde se enteró de que su Tina se había ido del país con el agregado cultural (¡ni siquiera militar!) de una embajada europea que regresaba a su país. Por razones de elemental reserva, tampoco te diré cuál. Este último pormenor terminó de derrumbarlo. Se lo confiesa a Morente: fue eso lo que lo llevó al suicidio.

—Decíme un poco, Tucán, ¿toda esa complicada historia estaba en la carta que Bejarano le dejó a Morente?

—De ninguna manera. El hombre mantuvo hasta el final algunos de los pudores que le habían inculcado en la Academia. Allí sólo le decía que había decidido eliminarse "debido a un fracaso amoroso".

—¿Y se puede saber dónde averiguaste el resto?

—No, no se puede. Digamos que es el resultado de una indagación particular. La verdad es que tengo mis medios para enterarme de muchas cositas.

—¿Cómo querés que los amigos no sospechen de vos?

—Son unos tarados. No saben diferenciar las vocaciones de las profesiones. Puedo llegar a ser espía, lo reconozco, pero nunca soplón ni delator. Son labores muy diferenciadas en el escalafón oficial y asimismo en el oficioso. Espío para mi información, para mi archivo, no para la información o el archivo de otros. Soy un tipo honorable, Javier.

—Te confieso que, a pesar de tus datos, no puedo creer que Bejarano se haya eliminado por una historia de cama. Me pareció un tipo frío, casi congelado.

—Eso es asunto tuyo. Yo tan sólo te digo lo que sé de buena fuente.

—¿La buena fuente son tus parientes "vinculados"?

—U otros "vinculados" no parientes.

—Sigo creyendo que se mató por un problema de conciencia. ¿O te olvidaste que fue torturador, que fue él quien reventó a Fermín? Él mismo me lo dijo.

—No lo olvido. Pero mi impresión personal es que era un personaje más cercano a Otelo que a Scilingo. Tenés que comprender que para un milico la pérdida de una buena hembra (no de una esposa, eh) es casi peor que una derrota militar. ¿Te gusta mi tropo sobre la tropa?

66

Mientras residió en España, Javier no fue nunca a la peluquería. Raquel, que de jovencita había hecho alguna práctica en ese oficio, se encargaba de mantenerlo presentable, y él estaba muy conforme con aquella bienvenida pericia de su mujer. Pero desde que había vuelto, y dado que Rocío no se atrevía con sus tres remolinos, no había tenido más remedio que buscar a su antiguo barbero, don Anselmo, un pintoresco canario (no de Canelones sino de Tenerife), que siempre se había mostrado muy ufano de su estilo clásico y recomendaba a sus clientes (nadie le llevaba el apunte, claro está) no lavarse jamás la cabeza con champú, por prestigioso que fuera, sino con jabón de piso o de cocina, o "si te sentís medio maricón", con jabón de glicerina y coco. Mientras ejercía su (nunca mejor llamada) peliaguda tarea, hablaba a la misma velocidad con que movía sin pausa sus tijeras, aunque éstas sólo cortaran el aire y sonaran como el ritual acompañamiento de un solista oral. Don Anselmo estaba al tanto de todos los chismes, rumores, maledicencias, alcahueterías y preconflictos, circulantes en el medio. No en vano reclamaban a menudo sus servicios varios reporteros de nota que volcaban en la peluquería aquellas noticias, por lo común las más jugosas, que la censura interna del periódico les impedía publicar. Y a esto llaman libertad de prensa, se quejaba el tinerfeño, cuando es tan sólo libertad para que el dueño del diario publique lo que le sale de los cojones. Después de todo no difiere demasiado de la libertad de prensa que permitía el gallego Franco.

Don Anselmo había recibido a Javier con los brazos abiertos y tijeras en alto. Empezó por presentarle a sus nuevos ayudantes. Ahora tenía hasta manicura ("siempre hay algún diputado amaneradito que quiere hacerse las uñas") y luego lo instaló en su sillón, que ahora era mucho más moderno y funcional. La otra novedad era un gran letrero en la puerta: "Don Anselmo, coiffeur de caballeros".

—Luces bastante bien, Javiercito, pese a la larga temporada en que sufrimos tu abandono. Un poco más ajadito, eso sí, el bigote muy descuidado, los años no pasan en vano, a qué voy a engañarte, o sea que los lustros no dan lustre, y si no fíjate en las canitas que con toda razón me han salido en la década infame. Más ajadito, pero seguís teniendo la mirada joven y eso es lo que importa. No creas [esto sólo susurrado en el oído izquierdo] que no capté la miradita lujuriosa que le dedicaste a mi manicura. Vade retro, Satanás, que esa mina tiene dueño, y por si las moscas te advierto que es bombero. ¿Que cómo va esto? Como siempre, muchacho, o sea como la mona. Corrupción y honradez siguen coexistiendo. Corrupción ha habido siempre, desde los treinta denarios (aquí serían tres vintenes) en adelante. Sólo que, desde hace un tiempo, la corrupción es cosmopolita, y la honradez en cambio es apenas regional. Mira que en este sillón gestatorio suelen posar sus nalgas, deportistas de alto vuelo y locutores afónicos, sindicalistas y sindicaleros, periodistas de la prensa chica y capos de la grande, senadores y agentes de Bolsa, militares y ediles, banqueros y bancarios, homos y héteros, policías y entrenadores, curas párrocos y cantantes de ópera, bagayeros e inspectores de aduana, rockeros y primeros violines, árbitros de fútbol y *best sellers*, marado-

nas de campito y estancieros, narcos y anarcos, vice-
presidentes de directorio y cafishos de categoría. Por
aquí pasan todos, y con ellos pasan chismes, calumnias, verdades de a puño, pronósticos a sueldo, confidencias de alto riesgo, horóscopos en joda, preanuncios
de quiebra fraudulenta, y aunque Paco Casal no se
atienda conmigo, igual estoy enterado de todas sus
gestiones futbolísticas, de todos sus pases transatlán-
ticos: pasados, presentes y futuros. Si instalara aquí
una grabadora, disfrazada de maquinita rasurante o
de secador, te garantizo que mis chantajes posibles
podrían alcanzar una talla y una cotización internacionales, o también (todo es posible) conseguir que
me alojaran una bala en la noble nuca. Pero todos
saben que yo escucho pero no trasmito. Esa segunda
tecla no me funciona. Todos saben que soy una tumba,
pero no "sin sosiego", como la de aquel inglés, un tal
Cirilo Connoly o algo por el estilo. Si yo fuera un estómago resfriado, como alguno de mis colegas que
no quiero nombrar y que por esa falla han perdido
toda su clientela de fuste; si yo fuera un estómago
resfriado, repito, te podría enumerar qué proyectos
de ley van a entrar en el Parlamento, cuáles de ellos
van a quedar arrumbados y cuáles van a seguir su
curso, y de éstos, cuáles serán aprobados y con qué
mayoría, o, lo que es más grave, qué escándalo de
corrupción (ahora decimos cohecho) estallará el mes
próximo, y qué gran personaje será al principio cla-
morosamente condenado y más tarde absuelto con
todo sigilo. Pero nada, no te hagas ilusiones. Tengo
por supuesto la tentación porque vos sos de toda
confianza, por algo fuiste hincha de Huracán Buceo
(¿lo seguís siendo o ahora sos del Rayo Vallecano de
Ruiz Mateos?), tengo la tentación pero la domino, todo
queda en el disco duro de mi bien informado marote,
te lo repito, soy una tumba, casi te diría (si no temiera
la excomunión del Wojtyla) que soy un santo sepul-

cro. Como dijo el franchute Marcel Pagnol (yo también tengo mi culturita, qué te crees): ¡Suerte que tenemos la Iglesia para protegernos del Evangelio!

67

Fernanda le contestó a Javier a los pocos días de recibir su carta. Era evidente que se sentía feliz de que se hubiera sellado la reconciliación y por supuesto autorizaba a Javier a que participara a Nieves del intercambio. Como de costumbre, Fernanda se resistía a usar el fax. Tenía la sospecha de que, ya que esa comunicación se llevaba a cabo a través de líneas telefónicas, fuera vulnerable a los famosos pinchazos. En Estados Unidos todo el mundo teme que alguien, alguna vez, pinche su línea. Pero hijita, le decía su mejor amiga, una *rican* que enseñaba semiología en la misma Universidad, también las cartas pueden ser violadas. Sí, claro, pero es más complicado, deja más huellas. De modo que las cartas de Fernanda llegaban indefectiblemente por correo aéreo, urgente y certificado.

Cuando Javier le mostró las cartas a Nieves, ella se conmovió. Hacía años que él no la veía llorar.

—No te preocupes, hijo, es de alegría. En mi fuero íntimo nunca pude aceptar que Fernanda y vos no se sintieran hermanos. Con Gervasio es distinto. Él es duro, ambicioso. No sé de quién lo hereda.

—También yo me siento mejor a partir de este gesto de Fernanda.

Nieves se pasó un pañuelo por los ojos llorosos y regresó a la sonrisa que la rejuvenecía.

—Ahora ya puedo morir tranquila.

—Por favor, Nieves, no digas pavadas. Nada de morirse. Ni tranquila ni intranquila. Estás hecha de buena madera.

—Puede ser, pero a esta altura tengo la impresión de que está algo apolillada.

Cada vez que visitaba a su madre, Javier se sentía cómodo, más a gusto que en la soledad de su casa y hasta más a gusto que en el apartamento de Rocío. La casa de Nieves era lo más parecido a un hogar.

La "señora Maruja" había mejorado de su constipado, pero aún no estaba en condiciones de cumplir su jornada completa. A pesar de la preocupación de Nieves, todos los días venía dos horas, siempre en la mañana, para ayudarla en las tareas más elementales. No se quedaba a la hora del culebrón, pero Nieves sí lo veía, sobre todo, según le dijo a Javier, "para luego poder contarle a la 'señora Maruja' el capítulo de la víspera". Como de costumbre, Javier se burlaba de esa adicción encubierta.

—Decime, Nieves, ¿qué te parece si le regalamos a la "señora Maruja" un televisor, de esos pequeños, así no te sentís obligada a ver esa basura?

Nieves se sintió atrapada, pero igual se defendió como gato entre la leña.

—No, hijo, dejémoslo así. No quiero que te metas en gastos. Un televisor, aunque sea pequeño, sale mucha plata.

68

Las voces del regreso, o también: Los rostros del regreso. Podría ser el título para uno de sus artículos. Pero —piensa Javier— ¿a quién puede interesar en España el panorama que encuentra a su regreso un exiliado latinoamericano? La verdad es que tampoco demostraron mucho interés cuando algunos de sus propios y más conocidos exiliados (en esa época se escribía *exilados*) fueron regresando. ¿Recuerdan a Max Aub? Ni siquiera hoy, a más de veinte años de su muerte, se han permitido recuperarlo. ¿Cuántos años demoraron en otorgarle a Alberti el premio Cervantes? El desexiliado siempre promueve recelos en aquel que se quedó. No, no voy a escribir un artículo sobre un tema que provoca tantos escozores en quien lo escribe como en quien lo lee. Sin embargo, el regreso tiene rostros y tiene voces. Está, por ejemplo, el rostro de las calles, de las manifestaciones, de la primera página de los diarios, de los homenajes, de los repudios. Y está la voz de los mercados, de los estadios, de las ferias, de los vendedores ambulantes, de los políticos en cuarentena que se defienden acusando, de las víctimas que perdonan y de las que seguirán odiando de por vida, de los desaparecidos, de los memoriosos, de los amnésicos. Y sobre todo están las voces del silencio, que pueden llegar a ser ensordecedoras.

Uno regresa —se dice Javier— con la imagen de una calle en agfacolor o kodacolor o kakacolor, y se encuentra con una calle en blanco y negro. Uno vuelve con una postal de cafés tradicionales, donde todos discutíamos de todo, y se topa con los McDonald's y otras frivolidades alimenticias. Uno se repatria con nostalgia de los abuelos y se encuentra con las zancadillas de los nietos.

Las calles del regreso tienen basura, casi tanta como la de antes, pero es una basura posmoderna. Los desperdicios ya no se componen de sobras tradicionales, sino de carencias y largas nóminas de lo que falta. Antes eran miserables aficionados, individualistas, los que hurgaban en los tachos. Ahora los hurgadores son profesionales, dueños de carritos con jamelgo escuálido y niño cochero, y otorgan por fin a las calles la identidad tercermundista que hasta aquí ocultábamos con pudor patriótico. La desocupación se ha vuelto bagayera y sus motivos tiene.

Los rostros —piensa Javier—, si no han sido estirados por los "cirujas", padecen las honorables arrugas del tiempo. El sábado se cruzó con una antigua vecina, que doce años atrás era una veterana jacarandosa y ahora es la viejita del Mazawattee. Las voces, si no han sido acalladas por el pánico, padecen afonías o farfullan improperios. Siempre hay algún hijo de desaparecidos al que no le hacen gracia las reapariciones. Los padres postizos están de moda. Cuando alguien reclama pruebas de sangre, sólo falta que algún doctor en leyes proponga pruebas de linfa. Pero no es lo mismo. Nada es lo mismo.

Y sin embargo, cuando un español bienintencionado viene aquí por unas semanas, regresa a la Península encantado con Montevideo y sobre todo con Punta del Este, nuestra peninsulita de bolsillo y balcón de gala. Somos amables —según ellos—, generosos, casi no hay atascos en las calles céntricas (¡ah, si la Gran Vía fuera tan moderada en coches como 18 de Julio!). El churrasco es exquisito; los restaurantes del

Mercado del Puerto, una preciosura con folklore incluido; el dulce de leche y el fainá todo un descubrimiento aunque sin carabelas; los ombliguitos femeninos son casi europeos; no hay indios, casi no hay negros, y cuando los hay, crean esa maravilla de las Llamadas. Punta del Este, además, con millonarios porteños y sin jeques árabes, es una Marbella sin Jesús Gil y Gil, y más garbosa. Con certámenes internacionales de belleza y sin *hooligans* británicos, es una Mallorca curada de espanto. Sí, vuelven encantados, y no falta el prestigioso intelectual ibérico, que luego de pasar una noche en Montevideo y dos en Punta del Este, nos brinde una lección de cordura y pragmatismo, haciéndonos saber que es una aberración que nos quejemos tanto, cuando en todo caso tenemos un país casi europeo, lo que es mucho decir. Tanto gusto.

Vuelven encantados —piensa Javier— y a mí me gusta que les guste, y no me preocupa demasiado que el encanto se base en razones crudamente turísticas. Por supuesto preferiría que, para obtener una visión más cercana a la realidad, conocieran otros rostros, con arrugas, cicatrices y pecas, y otras voces, así fueran con tartamudeces, conminaciones y rabietas.

Yo mismo —admite Javier—, si me propusiera emborronar un croquis del país que encontré, tendría mis dudas. Es cierto que la Avenida está sin árboles; que la Plaza Cagancha y la Plaza Fabini se han transformado de veras y resultan más acogedoras; que los inmigrantes coreanos han invadido dos o tres manzanas del Centro, donde abundan discotecas y cabarets; es cierto que los jóvenes Braulios andan sin rumbo, muchos viejos sin pensión y familias enteras sin vivienda. Pero nada de eso confirma una transformación radical. El cambio que advierto tiene poco que ver con esos matices. Es sobre todo una alteración de atmósfera, un cierto trapicheo ético, como si la ciudad tuviera otro aire, la sociedad otra inercia, la conciencia otro abandono y la solidaridad otras ataduras. La voz de los silencios me revela más claves que la voz de los alaridos. No sé a ciencia cierta si yo he crecido y el país se ha enanizado, o si, por el contrario, es el país el que se ha expandido y yo soy el pigmeo. Los rostros del regreso no son tan sólo las calles, las plazas, las esquinas, la Vía Láctea tan valorizada en los apagones. Están asimismo los rostros del prójimo y la prójima, y es allí que descubro una lenta angustia, todo un archivo de esperanzas descartadas, una resignación de poco vuelo, unos ojos de miedo que no olvidan.

Después de todo —concluye Javier— ¿soy o estoy distinto? En inglés serían sinónimos: sólo existe *to be*. Pero en castellano hay diferencia. Puede que no sea tan distinto; que en el exilio haya olvidado cómo era. ¿Me siento extraño o extranjero? En francés sería más fácil: sólo existe *étranger*. Y están las voces del regreso. Voces que han cambiado de registro, de tono, de volumen; voces que han pasado de falsete a vozarrón, de aguardentosa a aflautada y viceversa. El problema es que siguen diciendo lo mismo. Voces que han pasado de la confesión a la condena, de la súplica a la exigencia. Voces con bozal y voces con bocina. Pero voces al fin. Todo es mejor que la mudez ¿no?

69

Querido viejito: En estos días tuve doble noticia de tu existencia, de la que ya estaba dudando. La primera: tu llamada para mi cumple. Te sorprenderás si te confieso que me emocionó escuchar tu voz, aunque debo agregar que la hallé un poco cavernosa, como si vinieras de consumir un litro de caipirinha o de grapa con limón. Si es así, se me figura que las copas las bebiste en mi honor, pero por favor, anciano mío, no te entregues a esa disipación tan común entre los patriarcas. No creas que he olvidado que, cuando vivías con nosotras, aquí en Madrid, habías colgado un cartelito adquirido en el Rastro: "Más vale borracho conocido que alcohólico anónimo". Es probable que los alcohólicos anónimos mueran de aburrimiento, pero en cambio los borrachos conocidos mueren de cirrosis. Así que cuídate. ¿A que no sabías que existe en Francia, para más datos región de la Loire, una población de nombre Mamers, y que a sus habitantes los llaman *mamertins* o sea mamertines? La segunda noticia fue un artículo tuyo que apareció en un diario de Alicante. Me lo mandó un amigo que estudia allí. Era algo sobre la democracia como engaño. Me encantó. A propósito, ¿quién es ese Saramago que te gusta tanto? También le entusiasma a mi bien erudita progenitora. O sea que entre ambos lograron que me sintiera inmersa en una ignorancia enciclopédica. No tendré más remedio que ponerme al día con ese bendito portugués. Una pregunta indiscreta: ¿no piensas (o no pensás) venir nunca más por esta orilla? ¿No te vienen ganas de caminar Madrid? Ya sé que lo conoces bien y que tal vez no te seduzca visitar por trigésima vez el Museo del Prado, pero también estamos mi madre y yo, que como bien sabés somos dos obras de arte. Al menos eso opina mi Esteban, que sabe engatusar con mucha delicadeza. Como te imaginarás, la vieja está chocha con ese yerno aficionado. Yo también. Nos llevamos bárbaro. Te va a gustar. Ahora una noticia confidencial (por favor, no te des por enterado): la Raquel rompió con su gallego. Ignoro los motivos. Pasando a otro ítem: ¿cómo está la abuela Nieves? ¿No te parece absurdo que ella y yo no nos conozcamos? Hay que hacer todo lo posible para enmendar esa errata del destino. ¿Viste qué frase? Tenemos que encontrarnos, antes de que ella se muera o me muera yo, que para la Parca no hay edad *verboten*. Mi madre se pasa alabándola (a la abuela Nieves; no a la Parca). A mis normales prejuicios juveniles les resulta difícil admitir que una persona tan pero tan mayor (¡creo que tiene como 77 años!) pueda ser maravillosa, pero a lo mejor sí lo es y me la estoy perdiendo. Bueno, ¿y a ti (a vos) cómo te va en la vida? ¿Nunca se te ha ocurrido llevar un diario íntimo y enviárnoslo por fax o por internet? A veces he tenido la delirante idea de llevar yo misma un diario, pero después llegué a la conclusión de que mi vida no es tan interesante como para justificar semejante fajina. En cambio tú (o vos) debes (o debés, mecachis, a esta altura ya no sé cuál es mi idioma) tener una existencia apasionante, colmada de descubrimientos, relaciones explosivas, diálogos estimulantes, rupturas inesperadas y las consiguientes reconciliaciones, ésas que dejan huella. ¿O no? No seas tan tímido: cuéntanos tu culebrón privado. *Please, daddy*. A la espera de ese *best seller*, te abraza y te besa tu hija única y por tanto predilecta, Camila. P.S.: dice mamá que te manda recuerdos. Vale.

70

Rocío vino con la noticia de que Severo Argencio, un antiguo compañero de liceo, ahora arquitecto y casado con una psicóloga, les prestaba por unos días su piso en Punta del Este.

—No me atrae Punta del Este —arguyó tímidamente Javier—, es como ir al extranjero.

—A mí —dijo Rocío—, me gustan el sitio, la naturaleza, la península metiéndose en el mar, la Brava, el puerto, pero en cambio no me agrada la clientela, eso que Graham Greene llamaba el factor humano. Allí ni siquiera se pueden hacer encuestas. Todos mienten. Es una clase social que disfruta mintiendo. Se hacen *lifting* hasta en las cuentas bancarias. La patria financiera, que le dicen. No quisiera pasar allí un verano. Pero esto de ahora sería un paréntesis y además no nos cuesta nada. Son unos pocos días, y el apartamento, un noveno piso, tiene una espléndida vista sobre el puerto. ¿No te seduce?

Al final Javier accedió, sólo para darle un gusto a Rocío, que en las últimas semanas había trabajado duro y necesitaba una tregua, aunque fuese breve.

Fueron en un ómnibus de la COT y, una vez instalados en ese noveno piso, hasta Javier quedó impresionado por el panorama que aparecía en los ventanales: algo así como un Albert Marquet en vías de desarrollo.

—Algunos ricos —dijo Javier— son deprava-
dos, frívolos o esperpénticos, pero otros, como tu
amigo Severo, indudablemente tienen buen gusto y
saben vivir.

—Severo no es rico. Este piso fue parte de los
honorarios que le correspondieron por una urbaniza-
ción muy importante que proyectó y dirigió en Bahía
Blanca. Él, que en el fondo es muy clase media, vive
en una casita nada suntuosa del Prado, y para finan-
ciar los gastos comunes y los impuestos de este piso
lo oferta en alquiler todos los veranos. Casi siempre
consigue algún candidato. Entre inquilino e inquilino
viene a pasar unos días con su familia, pero ahora se
iban de viaje y por eso me lo ofrecieron.

—Está bien —asintió él, resignado y con cierto sabor a mala conciencia. La sobriedad de Nieves
siempre había pesado en su conducta. Lo que ganes con tu trabajo, decía ella, no tengas vergüenza
ni remordimiento en disfrutarlo. Pero sólo lo que
ganes con tu trabajo, no con el trabajo de los demás.

Fueron a almorzar a un restaurante de Gorlero.
Disimularon como pudieron su estupor ante los precios. Estuvieron de acuerdo: en Montevideo se comía
bastante mejor y mucho más barato. Luego entraron
en uno de los grandes supermercados, no para comprar, sino como quien emprende un safari. Después,
en la calle, ya no había que cuidarse de los precios
pero sí de las motos, enormes y estentóreas, y de los
coches deportivos, con chapa argentina, tripulados por
los primogénitos de la patria financiera.

Más tarde, un poco fatigados del *Welfare State*
criollo, retornaron al noveno piso y durmieron a pierna suelta su primera siesta de seudomillonarios. Y tras
la siesta, el amor, que, desplegado en aquella cama
enorme, casi de triple dimensión, tenía un sabor, ni
mejor ni peor, pero distinto.

De nuevo fatigados, pero ahora con un cansancio alegre, se ducharon a dúo pero no se vistieron. Les gustaba verse los cuerpos. Pensando que la solitaria altura los protegía de toda mirada indiscreta (enfrente sólo estaba el puerto), se acercaron al enorme ventanal para disfrutar otra vez del paisaje. Así, primitivos y en cueros, parecían una escultura de Rodin. Estaban tan absortos en aquel panorama desusado, que sólo advirtieron la presencia del helicóptero cuando éste irrumpió en su campo visual. Volaba muy bajo, bajísimo, y el piloto, al verlos abrazados y desnudos, festejó con muestras de entusiasmo aquel descubrimiento inesperado y acabó haciéndoles la V de la victoria. Sólo entonces les sobrevino un poco de tardía e inexplicable vergüenza y cerraron las cortinas, por si el helicóptero les hacía otra visita. A fin de superar la extraña invasión (al menos ése fue el pretexto invocado), Javier propuso un trago y ella apareció con whisky, hielo y unos vasos retacones pero elegantísimos.

De pronto Rocío se puso seria.

—Cuando dormías, nombraste dos veces a Raquel.

Él la miró, sorprendido. No recordaba haber soñado con Raquel, y así se lo dijo.

—A veces no es obligatorio soñar para decir un nombre.

—Fueron muchos años de convivencia, Rocío. Tenés que comprenderlo.

—Claro —dijo ella, ya sonriendo—. No me molesta lo que digas en sueños. Prefiero acordarme de lo que decís despierto.

—Rocío —dijo él.

—Suavecito —dijo ella.

Rocío empezó a revisar entre los discos de Severo y al fin se decidió por un CD con boleros. Javier vino por detrás y la abrazó. Sabían que, a pesar de sus letras cursis, blanduzcas ("te fuiste de mi vida

/ sin una despedida / dejándome una herida / dentro del corazón", "dices tú que la juventud / ya se me fue / pero me queda mucho corazón / a mi manera") los boleros traían tristeza, pero también una paz aderezada con deseo. Y en paz y deseo, bolero tras bolero, empezaron a bailar, diciéndose cariños al oído y besándose (improvisaron esa regla) cada vez que el o la cantante pronunciaba la palabra "corazón", que era más o menos cada quince segundos ("ya no estás más a mi lado / corazón / en el alma sólo tengo soledad"). Entonces permanecían balanceándose con suavidad, moviendo apenas los pies descalzos, sólo meneando las cinturas, y de nuevo la clave ("porque el corazón de darse / llega un día que se parte / el amor acaba"), obediencia debida, el mandato era boca a boca. La siguiente norma era aguardar que, después de tanto corazón apareciera la palabra "felicidad" para que la empírica, deseada unión se llevara a cabo, por favor basta de corazón, para cuándo esa esquiva felicidad, y ya que aquel remiso vocalista seguía sin nombrar la palabra esperada, ahí nomás resolvieron decir felicidad a dos voces y se volcaron de nuevo en aquella cama, que más que una cama era un territorio libre de América. Mientras tanto, y en medio del vaivén, Javier recordaba que ese deporte del baile afrodisíaco también lo había jugado antes, mucho antes, con Raquel, sólo que no con boleros sino con tangos. *Altri tempi*.

Cuando subieron de nuevo el volumen del Portable Stereo CD System, la voz, cualquier voz, había encontrado por fin la palabra perdida: "Es inútil que pienses / en la felicidad".

71

Salieron a cenar y se encontraron casualmente con el "diputado Vargas" y su mujer, Gabriela, una gordita simpática, charlatana imparable, que al parecer estaba enterada de todos los chismes de Punta y sus alrededores y les propuso excursiones ("no me digan que no han visitado la Fundación Ralli, ese extraño bunker de la posmodernidad") y jolgorios varios, incluida una visita al Casino, pero ellos, con firmeza y amabilidad, dijeron que no.

Vargas les preguntó hasta cuándo pensaban quedarse y Javier dijo que hasta el miércoles.

—Bárbaro —aulló el diputado—. Entonces vienen con nosotros. Tengo que asistir a una reunión de comisión y sólo volveré a Punta el fin de semana. También Gabriela tiene no sé qué compromiso.

—¡Cómo no sé qué compromiso! ¡El cumpleaños de tu suegra, desalmado!

Javier dijo que les agradecía mucho, pero que ya tenían el billete de vuelta de la COT y que a ellos les gustaban los viajes en ómnibus.

—¡Pero cómo vas a preferir la incomodidad del ómnibus al confort de mi Mercedes!

La insistencia fue tan agobiante, que al final, ya superada por la obstinación de aquel pesado, Rocío le hizo un pestañeo en clave a Javier y tomó la decisión:

—Está bien, iremos con ustedes.

Y con ellos fueron. En principio iban a salir a las nueve de la mañana, pero luego Vargas telefoneó anunciando que partirían al mediodía, y al mediodía avisó que mejor viajaban a última hora de la tarde, porque entonces "la carretera está más libre".

Cuando por fin los recogieron, Rocío advirtió que el diputado estaba algo achispado, pero ya era tarde para retroceder. Gabriela se instaló junto a su marido, y ellos dos en los asientos posteriores. Desde que tomaron la carretera, Vargas pisó con decisión el acelerador y sólo cuando era imprescindible aflojaba la presión. Por la derecha, las torres residenciales desfilaban como fantasmas.

Cuando Javier vio que el cuentakilómetros andaba por los 160, se atrevió a comentar que no era necesario que volaran. Gabriela volteó entonces la cabeza y acotó con resignación:

—A éste no hay quién lo sujete. Ya son muchos años de paranoia. Mi padre dice que tiene la fiebre del caballo, o sea que si ve que otro coche lo precede, tiene que pasarlo a toda costa. Y si no hay nadie a sobrepasar, entonces le ataca la otra fiebre: la del camino libre.

—Lo importante es llegar ¿no? —osó balbucear Rocío, con plena conciencia de que había expresado un lugar común y además inútil, porque Vargas, sin pronunciar palabra, seguía instalado en su complejo de Schumacher.

Había empezado a oscurecer y los coches que venían de frente traían encendidos los faros. En una ocasión, al salir de una curva, Vargas se encandiló y casi se fue a la cuneta, pero logró a duras penas enderezar el rumbo y recuperar su condición de bólido.

Se detuvieron en una estación de servicio para cargar combustible y Javier hizo un aparte con Vargas.

—¿No podés ir más despacio? Rocío está muy nerviosa.

El otro respondió sin mirarlo:

—Siempre me entusiasma poner nerviosos a los tranquilos.

—Mirá, Vargas —dijo Javier, cada vez más molesto—, allá vos con tus hábitos suicidas, pero te comunico que nosotros nos quedamos aquí.

Sólo entonces el diputado lo miró de frente.

—No seas bobo, Anarcoreta. Te prometo que de aquí en adelante iré más despacio.

No cumplió su promesa. Sólo veinte kilómetros más adelante, ya iba a 140. Al salir de otra curva, el Mercedes se enfrentó a una masa enorme y oscura, un camión tanque o algo así. Llevaba cuatro focos encendidos al máximo. Javier abrió los ojos desmesuradamente, oprimió con fuerza la mano helada de Rocío y todavía alcanzó a ver cómo aquellas luces poderosas, deslumbrantes, irresistibles, cegadoras, se metían impertérritas en el Mercedes.

Todo blanco. Cielo raso blanco. Pared blanca. Todo blanco. O quizás no. Me consta que soy Javier, piensa Javier. ¿Un Javier blanco? Sábana blanca. Mano vendada y blanca. Luces blancas, enceguecedoras, brillantes, blanquísimas, que se meten en el Mercedes. Quisiera tragar, pero no puede. En la boca, algo como un tubo. Algo que le impide tragar una saliva espesa, probablemente blanca. Un dolor va emergiendo de la nada. No sabría decir dónde. Quizá en las piernas. Aumenta de a poco, blanco a blanco. Soy Javier, piensa Javier. ¿Y qué más soy? Pequeños trazos de colores van avanzando en la memoria blanca. Amarillos, verdes, rojos, azules. El cielo raso sigue blanco, al menos eso lo tiene controlado. No puede llamar, mucho menos gritar. Hay un alarido silencioso que está a la espera. Quizá si alguien le quitara el tubo. Quizá si más tarde pudiera tragar. La sed no es blanca sino pavorosa. Sed hecha de arena, de cal, de tierra, de aserrines. Sed multicolor e insoportable. El cielo raso sigue blanco. Como si fuera a derrumbarse sobre el dolor, cada vez más intenso. Imposible quejarse con ese maldito tubo en la garganta. Imposible pedir auxilio. Quién va a auxiliarle en esta soledad intolerable y blanca. ¿Qué otras cosas ha conocido así de blancas? Tal vez el poder. Qué momento para acordarse del poder. El poder de otros. Pero cuando el poder se quita la túnica impoluta aparece su ropón de fajina, sotana o clámide, uniforme o levita, de distintos colores pero rojo de sangre y de calvario. El color blanco es apenas una síntesis, un compendio de vida. ¿O será de muerte? ¿Javier estará muerto? se pregunta Javier, entre ensueño y pesadilla, pero llega a la estimulante conclusión de que no. El dolor es un síntoma de vida. Y el dolor crece. Hasta que en el pequeño campo visual surge una presencia también blanca, de túnica blanca, y un rostro fresco de carne amable, mejor dicho un rostro amable de carne fresca, se inclina sobre su boca entubada, sonríe pero no le quita el tubo, levanta la sábana blanca y él siente un pinchazo taladrante, tal vez en la nalga. En medio de la niebla subsiguiente alcanza a oír la palabra "calmante" y el intenso dolor empieza a disminuir, hasta que por fin desaparece, junto con su conciencia.

73

Esta vez despierta sin tubo. La enfermera le da agua,
que él agradece infinitamente, sólo con la mirada.
Todavía no puede hablar, sí mover la cabeza, mirar a
los costados. En la mano izquierda siente el calor de
una mano: es la de Nieves, que sonríe mansamente,
entre lágrimas. En la derecha, la que está vendada,
hay otra mano: es la de Fermín. Él forma lentamente
con los labios la palabra R-o-c-í-o. Nieves mueve la
cabeza negando algo, al parecer no quiere que Fermín
hable. Pero él forma otra vez con los labios mudos la
palabra m-u-r-i-ó, mientras los ojos y las cejas ponen
el signo de interrogación.

—Sí, murió en el acto —dice Fermín y se muer-
de el labio.

Él cierra los ojos y pierde el sentido, sólo por
un instante. Entonces vuelve a interrogar con los ojos.
Y Fermín completa la información.

—Los Vargas también murieron. Sos el único
sobreviviente. Tuviste varias fracturas, en las piernas,
en la muñeca, pero te operaron anoche y vas a quedar bien. El cirujano nos lo aseguró.

Nieves le acaricia la mano y él hace un penoso
esfuerzo por sonreír. Al final lo consigue y sonríe.

—Ayer les telefoneé a Raquel y a Camila
—dice Nieves— para avisarles del accidente y asegu-
rarles que estabas bien.

Él sintió que de nuevo le invadía la soñolencia.

Cuando abrió otra vez los ojos, el panorama había cambiado. Sólo estaba Fermín. Le dijo que Diego y Águeda habían llevado a Nieves a su casa, porque estaba agotada. Desde que lo trajeron en la ambulancia, ella no se había movido del sanatorio.

Entró la enfermera con la sonrisa puesta y le dijo que ya podía empezar a hablar, pero de a poco, nada de discursos, homilías o catilinarias. Él sonrió, apreció el componente de humor y quiso estrenarse diciendo "gracias", pero le salió un extraño ronquido que no reconoció como su voz.

Una hora después, cuando por fin pudo articular una frase con su voz normal, fue para hacerle un pedido a Fermín.

—Por favor, cuando puedas enviáles un fax a Raquel y Camila, sólo con este texto: "Estoy relativamente bien. Todavía en el sanatorio. Dicen los médicos que saldré del paso. Besos, abrazos y S.O.S. Las quiere, Javier".

Con los ojos cerrados alcanzó a rememorar: "Mi cuerpo es lo único mío", para luego añadir un complemento, popurrí de cinismo y autoburla: "Está jodido el pobre".

Bribón recibió a Javier con sus mejores ladridos. No bien lo dieron de alta en el sanatorio, Fermín, Rosario y Diego lo habían traído en el auto. En la víspera, Rosario había conseguido una confortable silla de ruedas, con movilidad propia. A Nieves la había traído Sonia. Los vecinos se acercaron a saludarlo y con mucho tacto se refirieron a Rocío. Con un gesto, Javier les agradeció esa discreción. Todavía no estaba en condiciones de recibir "sentidos pésames" y soportar pormenorizadas preguntas sobre el desastre. Por el sanatorio habían desfilado Leandro y Teresa, Sonia, Egisto, Alejo, Gaspar, Braulio y hasta el Tucán Velasco. El elenco completo.

—Mientras estés enyesado, siempre habrá alguno de nosotros que te acompañe.

Javier se negaba, consideraba exagerada tanta protección.

—Con esta magnífica silla que me consiguió Rosario puedo movilizarme sin problema. Hasta voy a cocinar, ya lo verán.

Nieves, Rosario y Diego fueron a la cocina con la intención de preparar café, algo que todos estaban necesitando.

A solas con Fermín, Javier se aflojó.

—Todavía no me hago a la idea de no tener a Rocío. Es como un eclipse. Además, la sensación de injusticia es insoportable. Después de todo lo que soportó la pobrecita, que ahora le ocurra esta catástrofe. No se me borra algo que me dijo una mañana, recién despierta: "El problema es que no creo en el futuro. Menos aún en *mi* futuro". Y todo por la soberbia y la curda de Vargas, ese hijo de puta. Cuando nos detuvimos en la estación de servicio, debí dejar que siguiera solo. Creo que hasta la pobre Gabriela estaba temblando. Estuve débil, no consigo desprenderme de esa culpa.

—Vamos, Javier. Nadie más que Vargas fue el responsable. Y bien que la pagó.

Todavía se sentía débil. De pronto se mareó, tuvo un breve desvanecimiento. No tan breve, sin embargo, como para no padecer un relámpago de pesadilla. Estaba en el andén de una estación cualquiera y un tren pasaba con lentitud, pero sin detenerse. En una ventanilla asomó la cabeza de Rita y él alcanzó a entender el grito: "Te había avisado que sabrías de mí". La respuesta de Javier, en cambio, se perdió en el bullicio de la estación: "¡Bruja de mierda!".

Cuando volvió en sí, se encontró con los ojos preocupados de Fermín.

—¿A quién le gritabas bruja de mierda?

—Yo qué sé. No fue nada —dijo él—. Sólo un mareo. En el sanatorio me mataban de hambre. Por eso estoy débil.

Sonó el teléfono y de inmediato el tableteo del fax.

Diego y Rosario aparecieron con los cafés. Nieves venía detrás, leyendo el mensaje recién llegado. Cuando se lo alcanzó a Javier, él notó que le brillaban los ojos.

El texto era breve: "Hace días que estamos llamando a todos los números de la agenda montevideana. Nadie responde. Es probable que todos los amigos estén cuidándote. Estamos tristes y también queremos cuidarte. Llegaremos el próximo jueves en el vuelo 6843 de Iberia. Besos y besos y besos, Raquel y Camila".

Yo sólo quiero decir
lo que debéis escuchar.
Gracias por haber oído
como quien oye nevar.

JUAN GARCÍA HORTELANO

Andamios terminó de imprimirse en marzo de 1999, en Litográfica Ingramex, S.A. de C.V. Centeno 162, Col. Granjas Esmeralda, C. P. 09810, México, D.F.